L. M. MONTGOMERY

O LADO MAIS SOMBRIO

O LADO MAIS SOMBRIO

L. M. MONTGOMERY

Tradução Karine Ribeiro
Ilustrações dos contos Ana Milani

TRADUÇÃO
Karine Ribeiro

PREPARAÇÃO
Karoline Melo

REVISÃO
Camilla Mayeda
e Barbara Parente

CAPA E DIAGRAMAÇÃO
Marina Avila

ILUSTRAÇÕES
Ana Milani (contos)
Caroline Jamhour (retrato)

AVALIAÇÃO
Mariana Dal Chico

1ª edição | 2022 | Capa dura | Geográfica

DADOS INTERNACIONAIS DE CATALOGAÇÃO NA PUBLICAÇÃO (CIP)
(Câmara Brasileira do Livro, SP, Brasil)
Catalogação na fonte: Bibliotecária responsável: Ana Lúcia Merege - CRB-7 4667

M 787
Montgomery, Lucy Maud
 O lado mais sombrio / Lucy Maud Montgomery; tradução de Karine Ribeiro; ilustrações de Ana Milani; prefácio de Mellory Ferraz Carrero. - São Caetano do Sul, SP: Wish, 2022.
 256 p. : il.
 ISBN 978-85-67566-45-0 (Capa dura)
 1. Ficção canadense 2. Contos de suspense I. Ribeiro, Karine II. Milani, Ana III. Carrero, Mellory Ferraz IV. Título
CDD 810

ÍNDICE PARA CATÁLOGO SISTEMÁTICO:
1. Ficção: Literatura canadense 810

EDITORA WISH
www.editorawish.com.br
Redes Sociais: @editorawish
São Caetano do Sul - SP - Brasil

© Copyright 2022. Este livro possui direitos de tradução e projeto gráfico reservados e não pode ser distribuído ou reproduzido, ao todo ou parcialmente, sem prévia autorização por escrito da editora.

O LADO MAIS SOMBRIO

ESTE LIVRO
PERTENCE A

SUMÁRIO

Prefácio
por Mellory Ferraz — 09

Alguns Tolos e uma Santa
1931 — 19

O Encontro Amoroso da Dama Branca
1922 — 63

A Porta Fechada
1934 — 81

A Sala Vermelha
1898 — 95

O Analgésico do Diácono
1902 — 113

O Velho Baú em Wyther Grange
1903 — 127

139	Magia *1921*
157	Um Sacrifício Redentor *1909*
165	O Amante de Miriam *1901*
175	A Festa em Smoky Island *1935*
189	O Homem no Trem *1914*
199	A História de Davenport *1902*
205	A Garota no Portão *1906*
211	Capturado pela Câmera *1897*
221	Do Silêncio *1934*

PREFÁCIO

UMA MULHER EM ÉPOCA DE ESCRITORES

A sagacidade de L. M. Montgomery diante de sua paixão pela escrita e de exigências editoriais

Por Mellory Ferraz

Embora Lucy Maud Montgomery seja unanimidade quando o assunto é literatura canadense, e uma referência para escritoras aclamadas como Alice Munro e Margaret Atwood, durante anos ela permaneceu em um injusto esquecimento. Nascida em 1874 em Prince Edward Island, Canadá, L. M. Montgomery escreveu prolificamente variados gêneros, como diários, ensaios, romances e centenas de poemas e contos. Reconhecida sobretudo por

Lucy Maud Montgomery por Caroline Jamhour

suas histórias longas que desenvolvem a vida de uma protagonista se tornando adolescente e, depois, adulta, Montgomery cultivou uma sólida carreira jornalística e literária em seu país; ela é considerada uma das mais importantes escritoras canadenses, e possui grande popularidade também mundo afora, com obras traduzidas para diversas línguas. Além disso, quando pensamos em mulheres na literatura, pouco temos o que contar a respeito de atividades profissionalizadas do século XIX; poucas puderam se tornar, de fato, autoras vivendo de seus próprios escritos. No entanto, esse não foi o caso de L. M. Montgomery, que ficou conhecida por visualizar e organizar uma carreira para si, uma vez que entendia o que editores e público desejavam.

A edição que temos em mãos é especial porque, fora seus famosos livros da série *Anne of Green Gables* (1908), os quais inspiraram a série *Anne with an "e"* (2017), L. M. Montgomery ainda é pouco conhecida no Brasil. E, quando se trata de seus contos, temos um cenário ainda mais desanimador. Com estas quinze histórias, os leitores brasileiros ganham uma publicação que há muito tempo deveria ter acontecido. Isso porque a produção da escritora nesse gênero textual é vastíssima e realizada ao longo de décadas, em um projeto profissional que ela delineou para si própria, tendo em vista um conhecimento profundo do contexto editorial de sua época; Montgomery foi uma escritora bastante produtiva, e bastante presente no meio literário e jornalístico.

Assim, Maud, como ela era chamada pela família, começou a escrever e a publicar muito cedo, conciliando sua atuação enquanto escritora com uma jornada na docência, visto que ela frequentou o ensino superior e passou a dar aulas. Montgomery não possuía dois anos de idade ainda quando sua mãe faleceu de tuberculose e seu pai a confiou à tutela dos avós, que a criaram de forma solitária – conferindo um ambiente muito propício à necessidade, por parte de uma criança, de inventividade e criatividade.

L. M. Montgomery tinha nítida ciência de outra necessidade, isso quando já mais velha e em atuação: precisava escrever para ganhar o seu sustento. Dessa forma, escrevia conscientemente de acordo com o que o público gostaria de ler, e também de acordo com o que cada jornal e periódico costumava publicar. E, na virada do século, ela já contava em suas inúmeras cartas a amigos, em especial o escritor

Ephraim Weber, sobre quanto recebia por seus textos – nessa época, Montgomery já havia deixado de lado a sala de aula para se dedicar à carreira literária; cinco anos depois dessa decisão, ela já estava ganhando cinco vezes mais do que quando professora[1].

Mas tamanho retorno financeiro veio cobrar o seu preço. Para dar conta de escrever o enorme volume de textos encomendados pelos editores, Montgomery chegou até mesmo a reutilizar suas histórias, reintroduzindo-as em contextos diferentes, e a escrever para cerca de 70 periódicos e jornais; em 1906, publicou 44 histórias em 27 revistas[2]. Ela era extremamente organizada em sua rotina de escritora, possuindo um tempo todo dia para escrever e pesquisando muito a fim de desenvolver seus textos. Vivendo em uma época na qual a atuação de um escritor passou a ser profissionalizada e altamente bem-vinda nos círculos sociais, por conta da disseminação dos jornais e de um florescimento deste enquanto um veículo de informações e entretenimento, Montgomery soube compreender os anseios de um espaço jornalístico ávido por histórias que prendessem a atenção do leitor. Ela possuía uma noção muito sagaz do que tal público procurava em determinada publicação, e do que tal editor buscava em um conteúdo para preencher as páginas que venderia. E é curioso como a própria escritora abre a sua autobiografia, intitulada *The Alpine Path: The Story of my Career* (1917), questionando justamente o que seria a sua carreira – e se ela chegou a ter uma. Notando como ela possuía uma atuação bastante desenvolta no meio literário (sempre tendo em mente sua condição enquanto mulher vivendo em uma sociedade patriarcal), tal abertura nos soa, hoje, como uma autodepreciação.

Embora ela tenha feito muito sucesso em sua época, não deixou de passar pelas tão comuns rejeições de seus textos. São incontornáveis, para qualquer carreira literária, episódios de recusas de histórias e

---

1 PIKE, E. Holly. *L. M. Montgomery and Literary Professionalism*. In: 100 Years of Anne with an "e": The Centennial Study of Anne of Green Gables. University of Calgary Press, 2009. p. 26.
2 Ibidem, p. 27.

originais. Montgomery sentiu muito quando seus primeiros textos foram rejeitados, chegando a afirmar que era quase como um tapa na cara. Além disso, ressaltou que as pessoas não notam quantos desapontamentos vêm com o sucesso. Lucy Maud Montgomery se tornou um nome reconhecido e requisitado, porém, a que preço? Para a autora, escrever *Anne of Green Gables* foi algo que fez por puro prazer, diferentemente de muito do que já havia criado em nome de seus rendimentos. Havia desencantos em escrever sob demanda, porém essa era sua profissão – uma, aliás, que amava, e escolhida por ela, apesar dos pesares. Reconhecer um lado nem tão exitoso do ofício também evidencia quão criticamente Montgomery pensava a conjuntura do universo jornalístico de seu tempo. Então, mesmo que sua Anne tenha sido concebida por conta de sua paixão pela escrita, logo depois, com o sucesso instantâneo que a história fez, seu editor encomendou uma sequência, e que ela viesse rápido.

Porém, mesmo *Anne of Green Gables* sendo um sucesso de público, a crítica especializada por muito tempo a depreciou por conta de seus temas domésticos e da popularidade entre os mais jovens. Em 1908, quando o primeiro livro da série foi publicado, Montgomery se tornou uma autora *best-seller*, tendo vendido dezenove mil cópias em apenas cinco meses[3]. No entanto, não raro as qualidades de uma obra *best-seller* são negadas pela crítica.

Há de se fazer uma pontuação importante a respeito dos interesses de Montgomery enquanto escritora de seu tempo: ela pautava a vida da mulher e sua independência intelectual, e também trabalhava, em sua obra, temáticas preocupadas com críticas sociais. Isso esteve presente em sua série mais famosa, embora não reconhecida por muitos críticos, e também em muitos de seus contos e histórias breves. Assim, o que vemos na seleção dos contos apresentados nesta

---

[3] GAMMEL, John L. et al. *LM Montgomery and Canadian culture.* University of Toronto Press, 1999. p. 10.

edição é a expressão de uma obra que aborda e questiona temas complexos, delicados e, muitas vezes, reprimidos.

Mas aqui encontramos um teor assombroso que não está presente nas histórias de Anne Shirley e outras da obra de Montgomery. Claramente contos de terror, se não abordam o sobrenatural, ao menos todos trazem à tona temas muito densos e incômodos. Esse é o caso, por exemplo, dos contos "A sala vermelha", "O analgésico do diácono" e "Do silêncio".

O primeiro apresenta uma história familiar "triste e sombria", porém é na violência doméstica que o foco da perturbação da leitura recai, não necessariamente em um tom assombroso. Se não bastasse a menção a um "comando de marido" que revela uma situação de opressão da esposa em questão, há uma citação direta do clássico do Barba Azul[4], de Charles Perrault – história na qual um marido sanguinário proíbe e pune as liberdades da esposa. Por sua vez, "O analgésico do diácono" traz à tona os assuntos da temperança e dos vícios, especificamente o alcoolismo; mais do que isso, até coloca no centro das reflexões a injusta atitude de Andrew (um religioso fervoroso), pai que proíbe a filha de se casar com o homem que ama porque uma vez o viu em uma noitada de bebedeiras. Para ele, o pretendente, uma vez com sua imagem maculada, jamais poderia se casar com a sua filha. Mesmo sabendo que seu julgamento é demasiado severo, pois o jovem prova ser digno, o pai, descrito como um "terrível homem" que quando "colocava o pé no chão, algo sempre era esmagado", se coloca veementemente contra o enlace. A hipocrisia e a falta de temperança em seus julgamentos tirânicos são as pautas principais desta história. Já em "Do silêncio", temos o luto e o arrependimento excruciante delineando os sentimentos da protagonista, cuja melhor amiga morreu sem elas terem feito as pazes após uma séria briga. Para além do

---

4 Conto publicado pela Editora Wish no livro *Contos de fadas em suas versões originais*.

sonho visitado pelos mortos (o que, sob certa perspectiva, já causa um grande impacto), não há grandes acontecimentos macabros aqui.

Essas histórias passam a sensação de sufocamento, visto que não poupam o tratamento de questões bastante complexas e desagradáveis. Isso se aplica sobremaneira aos contos notavelmente sobrenaturais, os quais possuem como elementos a magia ou, na maioria das vezes, fantasmas. Desde o irmão morto que volta para avisar de um acidente que poderá matar a sobrinha ("A história de Davenport"), até a antepassada que faz os homens da família se destruírem ao presenciarem sua beleza sepulcral ("O encontro amoroso da dama branca"). Talvez o exemplo mais perturbador seja o caso dos amantes que, no conto "O amante de Miriam", literalmente se comunicam a distância, como que em um transe que não deve ser interrompido.

Para além das passagens evidentemente pertencentes à literatura do sobrenatural, o que muito se destaca nas histórias que você lerá é a presença de elementos do gótico, em especial a sensação, constantemente presente nesses contos, de que algo incompreensível está acontecendo, e também o ambiente capaz de produzir um efeito de tensão nos personagens e, consequentemente, nos leitores também. Não raro, as histórias se passam durante a noite e/ou possuem florestas e bosques estranhos como pano de fundo. No conto "A porta fechada", os personagens precisam atravessar uma floresta a princípio amigável, embora ela logo se transforme em um local estranho e sombrio. Isso se dá em partes como um reflexo dos acontecimentos inexplicáveis e sobrenaturais. Assim, o entorno também representa a forma como os personagens se sentem diante de tudo o que presenciam. Quanto a isso, podemos enxergar uma maioria de narradores parciais, sejam participativos ou simplesmente observadores; no geral, são em primeira pessoa, revelando seu discurso por meio de pronomes pessoais que podem até passar despercebidos, mas que muito dizem sobre a importância da fonte daquilo que lemos. Narradores parciais, por mais que distanciados dos eventos da história, costumam se colocar no texto de alguma forma, principalmente por meio de julgamentos e opiniões. E, no contexto envolvendo o sobrenatural ou o perturbador, isso funciona como uma ponte, um maior acesso aos efeitos da tensão então ocasionada.

Outro aspecto que contribui para essa atmosfera de suspense é o tratamento da beleza, motivo bastante caro a L. M. Montgomery, pois em todos os contos aqui presentes, e também em outras de suas principais obras, a discussão acerca do que é belo é premente. Sendo uma parte fundamental para a construção do sublime, a beleza aparece para descrever o inalcançável. Assim, no conto "O encontro amoroso da dama branca", o protagonista é acusado de ser feio pela própria tia, que o quer casado e diz saber que ele terá dificuldades para encontrar uma pretendente; ele mesmo cultua a beleza, sentindo asco do que é feio – o que nos faz questionar se ele possui uma repulsa por si próprio.

Quando Montgomery compartilha muito de sua juventude em sua autobiografia, acaba mencionando seus hábitos de leitura e, também, sua paixão pela literatura de terror:

> Eu sempre amei contos de fadas e me deliciei com histórias de fantasmas. Na verdade, até hoje não há nada melhor, para mim, do que uma história de fantasmas bem contada, certeira em dar um arrepio frio na espinha. Mas tem que ser uma verdadeira história de fantasmas, note bem. O fantasma não deve ser uma ilusão e uma armadilha.

A ideia de que podemos questionar o que seria uma "história de fantasmas bem contada" é convidativa, e muito bem-vinda. O aprofundamento de reflexões a partir de elementos da ordem do sobrenatural recai na abordagem psicológica. Alguns acontecimentos podem ser vistos como uma fratura na lógica, na mentalidade e no lado passional do indivíduo. O que poderia ser explicado deixa de ter sentido, e, com isso, uma visão mentalmente instável se coloca como possibilidade também. Assim, quão envolvida uma pessoa pode estar na curiosidade de saber o passado misterioso de alguém que o trancou em um baú? A resposta estaria apenas ali, ao alcance da mão; tão perto, mas tão longe – por que não alterar a ordem estabelecida a seu bel prazer? Esse é o panorama do conto "O velho baú em Wyther Grange", e o tema do passado ressurgido e o ambiente imaginativo do sótão são componentes góticos evidentes. Ainda, temos o conto "O homem do trem", no qual uma senhora interage com perigos em potencial – mas, novamente, o que de perigoso de fato existe fora da perspectiva dessa protagonista?

Assim, o que você, leitor, irá ler nesta coletânea é o trabalho de uma mulher consciente de sua atuação profissional, que teve uma obra profícua no tratamento de questões importantes para a mulher de seu tempo. São histórias que dão o arrepio na espinha, conforme a própria Montgomery admirava em contos de terror, mas que acima de tudo nos fazem refletir sobre temáticas densas e complexas.[5]

> **Mellory Ferraz Carrero**, nascida em Jundiaí, interior de São Paulo, é formada em Estudos Literários pela Unicamp e, atualmente, faz mestrado no Programa de Pós-Graduação em Estudos de Literatura da Universidade Federal Fluminense. Já atuou como professora de literatura e redação, e também como revisora textual *freelancer*. Desde 2010, promove a divulgação literária e acadêmica no canal do YouTube Literature-se.

---

5 Referências:

EPPERLY, ELIZABETH R. L.M. Montgomery and the Changing Times. Acadiensis 17, no. 2 (1988): 177–85. http://www.jstor.org/stable/30303118.

GAMMEL, John L. et al. *LM Montgomery and Canadian culture*. University of Toronto Press, 1999.

MONTGOMERY, Lucy Maud. *The Alpine Path:* the Story of My Career. Delphi Classics, 2017.

MONTGOMERY, Lucy Maud; WEBER, Ephraim. *After Green Gables:* LM Montgomery's Letters to Ephraim Weber, 1916-1941. University of Toronto Press, 2006.

PIKE, E. Holly. *L. M. Montgomery and Literary Professionalism*. In: 100 Years of Anne with an "e": The Centennial Study of Anne of Green Gables. University of Calgary Press, 2009. https://doi.org/10.2307/j.ctv6gqwtj.6.

SALAH, Christiana. *Girls in Bonds:* Prehensile Place and the Domestic Gothic in L. M. Montgomery's Short Fiction. Tulsa Studies in Women's Literature 32, no. 1 (2013): 99–117. http://www.jstor.org/stable/43653366.

L. M. MONTGOMERY

ALGUNS TOLOS E UMA SANTA

1931

A casa de Alec Longo é assombrada — vozes de pessoas mortas soam no sótão, ouve-se um berço fantasma sendo balançado, pegadas sangrentas mancham o chão — e o jovem ministro Curtis Burns decide que desvendará o mistério, mesmo que custe sua sanidade.

CAPÍTULO 1

— Você vai ficar na casa de Alec Longo! — exclamou o sr. Sheldon com espanto.

O ex-ministro da congregação de Glen Donald e o novo ministro estavam na pequena sacristia da igreja. O ex-ministro olhou com bondade para o novo ministro — gentilmente e com bastante melancolia. O rapaz era tão parecido com o que ele próprio havia sido cinquenta anos antes — jovem, entusiasmado, cheio de esperança, energia e propósito elevado. Bonito, também. O sr. Sheldon sorriu um pouco e se perguntou se Curtis Burns estava noivo. Era provável que sim. A maioria dos jovens ministros estava. Caso contrário, haveria alguma vibração nos corações femininos de Glen Donald. E com razão.

A cerimônia de ordenação foi realizada à tarde e seguida por um jantar no porão. Curtis Burns conheceu todo o pessoal e apertou a mão deles. Estava se sentindo um pouco confuso e desnorteado, e bastante feliz por estar na silenciosa sacristia com o velho sr. Sheldon, seu santo predecessor que havia ministrado naquela congregação por mais de trinta anos e cuja renúncia no outono parecia cataclísmica para sua adorada paróquia.

— Você tem uma boa igreja e um povo leal aqui, sr. Burns — disse o sr. Sheldon. — Espero que seu ministério entre eles seja feliz e abençoado.

Curtis Burns sorriu. Quando sorria, suas bochechas faziam covinhas, o que lhe dava um ar infantil e irresponsável. O sr. Sheldon sentiu uma dúvida momentânea. Não conseguia se lembrar de nenhum ministro que tivesse covinhas. Era adequado? Mas Curtis Burns estava dizendo, com o tom certo de desconfiança e modéstia:

— Tenho certeza de que sim, senhor. Mas sinto minha inexperiência. Posso recorrer ao senhor ocasionalmente para conselhos e ajuda?

— Ficarei muito feliz em lhe dar qualquer assistência que puder — disse o sr. Sheldon, suas dúvidas desaparecendo prontamente. — Quanto a conselhos... alqueires deles estão à sua disposição. Já vou dar um pouco. Vá ao presbitério... não fique em uma pensão.

Curtis balançou a cabeça com pesar.

— Eu não posso, sr. Sheldon... não imediatamente. Não tenho um centavo. Gastei tudo comprando o terno para minha ordenação.

Vou ter que esperar até ter economizado o suficiente do meu salário para colocar alguns móveis no presbitério.

— Ah, bem... se não pode, paciência. Mas faça isso o quanto antes. Para um ministro, não há lugar como sua própria casa. O presbitério de Glen Donald é uma bela casa antiga. Foi um lar muito feliz para mim por muitos anos... até a morte de minha querida esposa há cinco anos. Desde então, tenho sido muito solitário. Mas você terá uma boa estadia com a sra. Richards. Ela vai deixar você muito confortável.

— Infelizmente a sra. Richards não poderá me receber. Ela tem que ir ao hospital para uma cirurgia bastante séria. Ficarei na casa do sr. Field... Alec Longo, como é chamado, creio. Há apelidos estranhos em Glen Donald... Já ouvi alguns.

E então o sr. Sheldon exclamou:

— Alec Longo!

— Sim, hoje convenci ele e a irmã a me aceitarem por algumas semanas com a promessa de bom comportamento. Estou com sorte. É o único outro lugar perto da igreja. Foi trabalhoso fazê-los consentir.

— Mas... Alec Longo! — disse o sr. Sheldon novamente.

Ocorreu a Curtis que a surpresa do sr. Sheldon era bastante surpreendente. Por que ele não deveria ficar na casa de Alec Longo?

O sr. Field parecia um jovem muito respeitável e bastante atraente, com suas feições aquilinas bem definidas, sua testa alta e branca e olhos cinzentos suaves e sonhadores. E a irmã... uma coisinha doce, pequena, negra, de aparência um tanto cansada, com uma voz de flauta. Seu rosto era marrom como uma noz, seus cabelos e olhos eram castanhos, seus lábios, escarlates. De todas as garotas que se aglomeraram, como flores, no porão naquele dia, lançando olhares tímidos de admiração para o belo jovem ministro, ele não se lembrava de nenhuma. Mas se lembrava de Lucia Field.

— Por que não? — ele disse. Lembrou-se, também, que algumas outras pessoas pareceram surpresas quando ele mencionou sua mudança de pensão.

O sr. Sheldon parecia envergonhado.

— Ah, está tudo bem, suponho. Só... Não pensei que eles aceitariam um pensionista. Lucia está ocupada. Você sabe que há uma prima inválida lá.

— Sim. Liguei para vê-la quando preguei aqui em fevereiro. Que tragédia... aquela doce e linda mulher!

— Uma mulher linda, de fato — disse o sr. Sheldon enfaticamente. — E uma mulher maravilhosa. Ela é uma das maiores forças para o bem nesta comunidade. Eles a chamam de anjo de Glen Donald. Eu lhe digo, sr. Burns, é incrível a influência que Alice Harper exerce daquele leito de desamparo. Mal posso expressar o que ela tem sido para mim durante estes últimos dez anos. A vida maravilhosa dela é uma inspiração. As jovens da congregação a adoram. Você sabia que por oito anos ela ensinou uma classe de meninas adolescentes? Elas vão ao quarto dela depois da escola dominical. A mulher entra nas vidas delas... as meninas levam para ela todos os seus problemas e perplexidades. E foi totalmente graças a ela que a igreja aqui não foi irremediavelmente perturbada quando o Ancião North ficou furioso porque Lucia Field tocou um solo de violino sagrado. Alice mandou chamar o Ancião e o convenceu. Mais tarde, em segredo, ela me contou toda a conversa, com seus próprios toquezinhos humorísticos. Foi incrível. Ela é muito divertida. Ela sofre indescritivelmente às vezes, mas ninguém nunca a ouviu reclamar.

— Ela sempre esteve assim?

— Ah, não. Ela caiu do celeiro há dez anos... pegando ovos ou algo assim. Ficou inconsciente por vinte e quatro horas... e está paralisada dos quadris para baixo desde então.

— Teve um bom acompanhamento médico?

— O melhor. Winthrop Field - o pai de Alec Longo - trouxe especialistas de todos os cantos. Eles não podiam fazer nada por ela. Ela é filha da irmã de Winthrop. Os pais dela morreram quando ela era bebê - seu pai era um patife inteligente que morreu um bêbado tal qual o próprio pai –, e os Fields a criaram. Antes do acidente, eu pouco sabia dela: era uma garota magra, bonita e tímida que não gostava de aparecer e raramente andava com outros jovens. Não sei se deu trabalho ao tio. Ela sente muito a própria impotência – não consegue nem se virar na cama, sr. Burns –; sente ser um fardo para Alec e Lucia. Eles são muito bons para ela... mas as pessoas jovens e saudáveis não conseguem entender. Winthrop Field morreu há sete anos e sua esposa no ano seguinte. Então Lucia desistiu de seu trabalho na cidade – ela era professora – e voltou para cuidar da casa de Alec e servir Alice, que não suporta que estranhos a tratem, pobre alma. Lucia é boazinha, acho, Alec é um bom sujeito em muitos aspectos... talvez um pouco teimoso. Ouvi falar que ele está noivo de Edna Pollock, mas nunca dá em nada. Bem, é um bom lugar antigo – a fazenda Field é a melhor em Glen Donald – e Lucia é uma boa governanta. Espero que você fique confortável, mas...

O sr. Sheldon parou abruptamente e se levantou.

— Sr. Sheldon, o que você quer dizer com esse "mas"? — quis saber Curtis. — Outros também tinham esse "mas" no olhar, embora não o dissessem. Eu quero entender... não gosto de mistérios.

— Então você não deveria ir à casa de Alec Longo — disse o sr. Sheldon, secamente.

— Por que não?

— Acho que é melhor eu te contar. Acho que deveria. Mas isso sempre me faz sentir como um tolo. Sr. Burns, há algo muito estranho na velha casa Field. As pessoas de Glen Donald vão dizer que é... assombrada.

— Assombrada! — Curtis quase riu. Suas covinhas apareceram. — Sr. Sheldon, não me diga isso.

— Um dia, eu também duvidei — disse o sr. Sheldon um pouco bruscamente. Ainda que fosse um santo, ele não gostava de ser ridicularizado por garotos recém-saídos da faculdade. — Nunca mais duvidei depois que passei uma noite lá.

— Mas você não... sério, você não acredita, acredita, sr. Sheldon?

— Claro que não. Ou seja, não acredito que as coisas estranhas que aconteceram lá durante os últimos cinco ou seis anos sejam sobrenaturais ou causadas por ação sobrenatural. Mas as coisas aconteceram... não há dúvida alguma.

— Que coisas?

O sr. Sheldon tossiu.

— Eu... Eu... algumas soam um pouco ridículas quando colocadas em palavras. Mas o efeito cumulativo não é ridículo – pelo menos, para aqueles que têm que morar na casa e que não conseguem encontrar explicação... não podem, sr. Burns. Cômodos são revirados, um berço invisível é balançado no sótão, violinos são tocados – não há violinos na casa, exceto o de Lucia, que está sempre guardado em seu quarto –, água fria é derramada sobre as pessoas nas camas, roupas arrancadas delas, gritos ecoam pelo sótão, vozes de pessoas mortas são ouvidas em salas vazias, pegadas sangrentas são encontradas no chão, figuras brancas são vistas andando no telhado do celeiro. Ah, sorria, sr. Burns... Eu também sorri. E ri quando soube, na primavera passada, que todos os ovos das galinhas poedeiras foram encontrados cozidos sob elas. Mas não foi motivo de riso quando a casa do maquinário de Alec Longo pegou fogo no outono passado com seu novo maquinário dentro. Incendiou sozinha... ninguém esteve perto dela por semanas.

— Mas... Sr. Sheldon... se alguém além do senhor tivesse me dito essas coisas...

— Você não teria acreditado? E você não... acredita em mim, exatamente. Eu não o culpo. Não acreditei nas histórias até passar uma noite lá.

— E algo... o que aconteceu?

— Bem, eu ouvi o berço... balançou a noite toda no sótão sobre minha cabeça. O sino do jantar tocou à meia-noite. Ouvi uma espécie de risada diabólica...Não posso dizer se estava no meu quarto ou fora dele. Havia um tom nela que me enchia de uma espécie de horror doentio... Eu admito, sr. Burns, que aquela risada não era humana. E, pouco antes do amanhecer, todos os pratos em uma das prateleiras do armário foram jogados no chão e esmagados. Além disso... — a boca enrugada e gentil do sr. Sheldon se contraiu — o mingau no café da manhã era literalmente metade sal.

— Alguém estava pregando peças.

— Claro que acredito nisso tão firmemente quanto você. Mas como? E como é que esse alguém não pode ser pego? Você acha que Lucia e Alec não tentaram?

— Isso acontece todas as noites?

— Não. Às vezes, semanas passam sem incidentes. Então, uma confusão. As noites de luar são geralmente - nem sempre - tranquilas.

— Quem mora na casa além da senhorita Field e seu irmão e a senhorita Harper?

— Duas pessoas. Jack MacCree, um sujeito estúpido que mora com os Fields há trinta anos - ele deve estar perto dos cinquenta -, e Julia Marsh, a criada. Uma criatura desajeitada e mal-humorada... Da família Marsh de Glen Road. Talvez você já tenha ouvido falar deles?

— Um imbecil... e uma garota de família degenerada! Não acho que seus fantasmas devam ser muito difíceis de localizar, sr. Sheldon.

— Não é tão simples assim. Claro que eles foram suspeitos um dia. Mas as coisas continuam quando Jack está trancado no quarto. Julia nunca trancaria a porta, admito. Mas alguém fica de guarda do lado de fora. Além disso, essas coisas acontecem nas noites em que ela não está.

— Você já ouviu algum deles rir?

— Sim. Jack ri como um bobo. Julia bufa. Não posso acreditar que qualquer um deles produziu o som que ouvi. As pessoas de Glen Donald a princípio pensaram que era Jack. Agora acreditam que são fantasmas... acreditam, mesmo aquelas que não admitem que acreditam.

— Que razão elas têm para supor que a casa é assombrada?

— Bem, há uma história triste. A irmã de Julia Marsh, Anna, costumava trabalhar lá antes dela. É difícil conseguir empregados em Glen Donald, sr. Burns. E Lucia precisa de ajuda – ela não pode fazer o trabalho daquele lugar sozinha e ainda cuidar de Alice. Anna Marsh teve um filho ilegítimo. Tinha uns três anos e ela costumava levá-lo até lá. Era uma coisinha lindinha... todos gostavam da criança. Um dia, ele se afogou na cisterna do celeiro... Jack tinha deixado a tampa aberta. Anna pareceu aceitar friamente. Não fez barulho... nem sequer chorou, me disseram. As pessoas diziam: "Ah, ela está feliz por se livrar da criança. Muito ruins, esses Marsh". Mas duas semanas depois que a criança foi enterrada, Anna se enforcou no sótão.

Curtis soltou uma exclamação horrorizada.

— Agora você entende por que pode haver fantasmas. Essa é a razão pela qual Edna Pollock não vai se casar com Alec Longo. Os Pollock estão bem e Edna é uma garota inteligente e capaz, mas um pouco abaixo dos Fields social e mentalmente. Ela quer que Alec venda a casa e se mude. Ela insiste que o lugar está sob uma maldição. Bem, quanto a isso, uma nota foi encontrada uma manhã, escrita com sangue. Mal escrita, pois Anna Marsh era um tanto analfabeta: "Se criança nascer nesta casa, amaldiçoada nascerá". Alec não vai vender. O lugar pertence à sua família desde 1770 e ele diz que não vai ser expulso por fantasmas. Algumas semanas após a morte de Anna, esses eventos começaram. O berço foi ouvido balançando no sótão – na época, havia um berço lá. Eles o retiraram, mas o balanço continuou do mesmo jeito. Ah, tudo foi feito para resolver o mistério. Os vizinhos observaram noite após noite. Às vezes, nada acontecia. Às vezes, as coisas aconteciam, mas eles não conseguiam descobrir o motivo. Três anos atrás, Julia se aborreceu e foi embora – disse que as pessoas estavam dizendo coisas a respeito dela. Também acredito que ela disse que um vaso na sala fez uma careta para ela enquanto o limpava! Lucia fez Min Deacon vir de Bainton. Ela ficou três semanas e foi embora porque foi acordada por uma mão gelada em seu rosto, embora tivesse trancado a porta por dentro. Então trouxeram Maggie Elgon, uma jovem com cabelos esplêndidos e sem medo. Maggie aguentou por cinco semanas – mãos geladas, risadas estranhas e berços fantasmagóricos não a incomodavam. Mas quando ela acordou uma manhã e descobriu que sua linda trança de cabelo preto havia sido cortada durante a noite... bem, foi demais para Maggie. O cabelo curto ainda não era moda em Glen Donald, e Maggie tinha orgulho de seu cabelo. Anna Marsh, as pessoas dirão, tinha um cabelo muito ruim e sempre teve um ciúme amargo de garotas com cabelos bonitos. Lucia convenceu Julia a voltar, depois que se livrou do vaso ofensivo, e ela está lá desde então. Pessoalmente, tenho certeza de que Julia não tem nada a ver com isso.

— Então... quem tem?

— Ah, sr. Burns, não podemos responder isso. E quem sabe o que os poderes do mal podem ou não fazer? Algumas coisas muito estranhas aconteceram em Epworth Rectory, nos disseram. Acho que o mistério deles nunca foi resolvido. E mesmo assim... Eu dificilmente acho que o diabo – ou até mesmo um fantasma malicioso – esvaziaria uma dúzia de garrafas de vinho de framboesa e as encheria com tinta vermelha, sal e água.

O sr. Sheldon riu. Curtis não riu — ele franziu a testa.

— É intolerável que essas coisas continuem por cinco anos e o agressor escape. Deve ser uma vida terrível para a srta. Field.

— Lucia aceita friamente. Algumas pessoas são assim. Temos pessoas maliciosas em Glen Donald, assim como em todos os outros lugares, e algumas sugeriram que ela mesma faz as coisas. Claro, eu não posso acreditar nisso.

— Nem eu. Que motivo ela poderia ter?

— Evitar o casamento de Alec com Edna Pollock. Lucia nunca gostou de Edna. E o orgulho Field acha difícil engolir uma aliança Pollock. Além disso... Lucia toca violino.

— Eu jamais acreditaria em algo assim a respeito dela.

— Não? Eu também acho que não, embora não a conheça bem. Ela não participa do trabalho da igreja... bem, suponho que ela não poderia. Mas é difícil acabar com uma insinuação. Lutei e derrubei muitas mentiras, sr. Burns, mas algumas insinuações me derrotaram. Lucia é uma coisinha reservada... talvez eu seja velho demais para conhecê-la bem. Bem, eu lhe disse tudo o que sei a respeito do nosso mistério. Se você puder aguentar os fantasmas de Alec Longo por algumas semanas, não há razão para não se sentir muito confortável. Sei que Alice ficará feliz em ter você lá. Ela se preocupa com o mistério, acha que afasta as pessoas... bem, claro que sim, mais ou menos... e ela gosta de companhia, a pobre menina. Além disso, ela está muito nervosa com o que está acontecendo. Espero não ter deixado você nervoso.

— Não. Você me interessou. Acredito que há uma solução bastante simples.

— E você também acredita que tudo foi muito exagerado. Ah, não por mim – sei que não é o que você quis dizer –, mas pelos meus paroquianos fofoqueiros. Bem, ouso dizer que houve muito exagero. As histórias podem crescer em proporções enormes em cinco anos e nós, camponeses, gostamos muito de um tempero dramático. Dois vezes dois resultando em quatro é chato... dois vezes dois fazendo cinco é emocionante. Mas meu ancião cabeça-dura, o velho Malcolm Dinwoodie, ouviu Winthrop Field falando no salão uma noite... anos depois de ter sido enterrado. Ninguém que uma vez ouviu a voz peculiar de Winthrop Field poderia confundi-la – ou a risadinha nervosa com a qual ele sempre acabava.

— Mas não era o fantasma de Anna Marsh que rondava por lá?

— Bem, a voz dela também foi ouvida, sr. Burns. Não vou falar mais disso. Você vai me achar um tolo. Talvez você não tenha tanta certeza quando morar naquela casa por algum tempo. E talvez o fantasma respeite a sua presença e se comporte enquanto você estiver lá. Talvez você possa até descobrir a verdade.

O sr. Sheldon é um santo e um homem e ministro melhor do que eu jamais serei, refletiu Curtis enquanto atravessava a estrada para a pensão, *mas o velho acredita que a casa de Alec Longo é assombrada... por conta do vinho de framboesa. Bem, veremos os fantasmas. E dois vezes dois são quatro.*

Ele olhou para trás, para sua igreja — um prédio velho e tranquilo entre sepulturas afundadas e lápides cobertas de musgo sob o céu prateado da noite de final de primavera. Ao lado estava o presbitério, uma bela casa velha e grande de tijolos cor creme, parecendo solitária e atraente com suas janelas cegas. Bem em frente a ela, do outro lado da estrada, ficava "a antiga casa Field". A casa larga e bastante baixa, com seus muitos alpendres, tinha uma estranha semelhança com uma velha galinha maternal com pintinhos espiando debaixo do peito e das asas. Havia um arranjo peculiar de janelas em águas-furtadas no telhado. A janela de um quarto da casa principal ficava em ângulo reto com outra e estava tão perto dela que as pessoas poderiam apertar as mãos de janela em janela. Havia algo nesse truque arquitetônico que agradava a Curtis. Dava ao telhado uma individualidade. Alguns grandes pinheiros cresciam em torno dela, estendendo seus galhos sobre ela amorosamente. Todo o lugar tinha atmosfera, charme, sugestão. Uma velha tia de Curtis Burns teria dito:

— Há uma família ali.

A trepadeira tomava conta das varandas. Macieiras retorcidas, das quais soavam notas fracas e delicadas de pássaros, curvadas sobre canteiros de flores antiquadas — moitas de trevos brancos e perfumados, canteiros de hortelã e abrótano, amores-perfeitos, madressilvas e rosas coradas. Havia um velho caminho coberto de musgo, ladeado por conchas de mariscos, que subia até a porta da frente. Mais além havia celeiros confortáveis e um campo de pasto deitado na frescura das sombras da noite, salpicado com globos fantasmagóricos de dentes-de-leão. Um lugar antigo e amigável. Não havia nada assustador ali. O sr. Sheldon era um santo, mas era muito velho. Os velhos acreditavam nas coisas com muita facilidade.

CAPÍTULO 2

Curtis Burns estava hospedado na antiga casa Field havia cinco semanas e nada acontecera... exceto que ele se apaixonara perdidamente por Lucia Field. E ainda não sabia que isso tinha acontecido. Ninguém sabia — exceto talvez Alice Harper, que, com seus lindos olhos azuis, parecia ver coisas invisíveis aos outros. Ela e Curtis eram amigos íntimos. Como todos os outros, ele era atormentado alternadamente por uma admiração inexprimível pelo espírito e coragem dela e uma pena feroz por seu desamparo e sofrimentos. Havia uma beleza pálida, quase sobrenatural em Alice Harper. Apesar de seu rosto magro e enrugado, ela tinha uma estranha aparência de juventude, em parte por causa de seus cabelos louros curtos, cortados para evitar emaranhados; em parte pelo esplendor de seus grandes olhos que sempre pareciam rir, embora ela mesma nunca risse. Ela tinha um sorriso doce com uma pitada de malícia... em especial quando Curtis lhe contava uma piada. Ele era bom em contar piadas e contava a ela todas que aprendia. Alice nunca reclamava, embora houvesse dias em que gemia incessantemente em uma agonia quase insuportável e não podia ver ninguém, exceto Alec e Lucia. Alguma fraqueza cardíaca tornava os remédios perigosos e pouco podia ser feito para aliviá-la, mas em tais ataques ela não suportava ficar sozinha.

Nesses dias, Curtis era deixado à mercê de Julia Marsh — que servia as refeições corretamente, mas a quem ele não podia suportar. Ela era uma criatura bastante bonita, embora seu rosto branco fosse manchado e sinistro por conta de uma marca de nascença — uma faixa vermelha profunda na bochecha. Tinha olhinhos cor de âmbar, o cabelo castanho-avermelhado era esplêndido e desarrumado, e ela se movia com uma graciosa discrição de movimentos e membros, como um gato ao crepúsculo. Ela falava muito, exceto nos dias em que fazia birras e ficava possuída por um demônio silencioso. Então, nenhuma palavra podia ser-lhe arrancada e ela fazia uma carranca e rosnava como uma tempestade. Lucia não parecia se importar com esses humores — Lucia aceitava tudo com sua doce serenidade imperturbável —, mas Curtis parecia senti-los por toda a casa. Nessas ocasiões, Julia era uma criatura desconcertante e desumana que podia fazer qualquer coisa. Às vezes, Curtis tinha certeza de que ela estava por trás da história dos fantasmas; outras vezes, tinha certeza de que era Jack MacCree. Curtis tinha ainda menos utilidade para Jack do que Julia e não conseguia entender por que Lucia e Alec pareciam ter afeição pelo estranho sujeito.

Jack tinha cinquenta anos, mas parecia ter cem em alguns aspectos. Ele tinha olhos cinzentos e opacos, um rosto magro e pálido, cabelos pretos escorridos e um lábio inferior curiosamente protuberante que tornava seu perfil singularmente desagradável. Estava sempre vestido em uma coleção heterogênea de roupas — por sua própria escolha, ao que parecia, não por necessidade — e passava a maior parte do tempo carregando comida e cuidando dos inúmeros porcos de Alec. Ele fazia dinheiro para Alec com os porcos, mas não se podia contar com ele para outros trabalhos. Quando sozinho, cantava velhas canções escocesas com uma voz surpreendentemente doce e verdadeira, mas com algo peculiar em seu timbre. Então Jack gostava de música, observou Curtis, lembrando-se do violino. A voz de Jack era estridente e infantil, e ocasionalmente seu rosto inexpressivo era marcado por brilhos de malícia, como o de um diabrete. Quando sorria — o que raramente acontecia —, ele parecia incrivelmente astuto. Desde o início, ele parecia ter admiração pelo ministro de casaca preta e se mantinha fora de seu caminho o máximo possível, embora Curtis o procurasse, determinado a resolver, se possível, o mistério do lugar.

Ele passou a pensar no mistério com leviandade. Tudo tinha estado normal desde sua chegada — exceto que, uma noite, quando ficou até tarde em seu quarto no sótão para estudar, ele teve uma sensação curiosa e persistente de que estava sendo observado... por alguma personalidade inimiga. Curtis atribuiu isso aos nervos. A situação não se repetiu. Uma vez, também, quando se levantou à noite para abaixar a janela contra um vento forte, ele olhou para o presbitério ao luar do outro lado da estrada e por um momento pensou ter visto alguém olhando pela janela do escritório. Ele examinou o presbitério no dia seguinte, mas não encontrou vestígios de qualquer intruso. As portas estavam trancadas, as janelas bem fechadas. Ninguém tinha as chaves, exceto ele mesmo e o sr. Sheldon, que ainda mantinha a maioria de seus livros e algumas outras coisas lá, embora estivesse embarcando com a sra. Carter na estação Glen Donald, a um quilômetro e meio de distância. Curtis concluiu que algum efeito estranho do luar e das sombras das árvores o havia enganado.

Era evidente que o perpetrador dos truques sabia quando era sensato ficar quieto. Um pensionista residente, jovem e astuto era uma proposta diferente de um hóspede passageiro, um velho ou um vizinho sonolento e supersticioso. Assim concluiu Curtis em sua complacência juvenil. Ele lamentou que nada tivesse acontecido. Queria ter uma chance com os fantasmas.

Nem Lucia nem Alec Longo se referiram a seus "assombros", nem ele. Mas Curtis conversara muito sobre o assunto com Alice, que o havia mencionado quando ele foi vê-la na noite de sua chegada.

— Então você não tem medo de nossas assombrações? Sabe que nosso sótão está cheio delas — ela disse caprichosamente, enquanto lhe estendia sua mão muito longa, muito esbelta e muito bonita.

Curtis notou que Lucia, que acabara de dar às costas e ombros de Alice a massagem de meia hora que era necessária todas as noites, corou repentina e profundamente.

— Receio não levar muito a sério as suas assombrações, srta. Harper — disse ele.

— Posso ajudá-la com mais alguma coisa, Alice? — perguntou Lucia em voz baixa.

— Não, querida. Estou muito confortável. Vá e descanse. Sei que você está cansada. E quero muito conhecer meu novo ministro.

Lucia saiu, o rosto ainda corado. Curtis sentiu uma emoção repentina e perturbadora em seu coração enquanto a observava. Ele queria confortá-la, ajudá-la, tirar aquela paciência cansada de seu rostinho doce e negro, fazê-la sorrir, fazê-la rir...

— Sr. Burns, você é tão gentil e jovem — Alice estava dizendo. — Só conheci ministros mais velhos. Eu gosto de juventude. Quer dizer então que você não acredita nos fantasmas da nossa família?

— Eu não posso acreditar em todas as coisas que ouvi.

— E ainda assim é tudo verdade. Também são mais numerosas do que qualquer um já ouviu. Sr. Burns, podemos ter uma conversa franca? Eu nunca consegui falar com franqueza com ninguém a respeito disso. Lucia e Alec não suportam falar no assunto – também deixou o sr. Sheldon nervoso - e não se pode falar com estranhos, pelo menos eu não posso. Quando soube que você viria aqui por algumas semanas, fiquei feliz. Sr. Burns, não posso deixar de esperar que você resolva o mistério, especialmente por causa de Lucia e Alec. Está arruinando a vida deles. Já é ruim o suficiente me ter sob seus cuidados, e a adição de fantasmas e seres diabólicos é demais. Eles se sentem humilhados... você sabe que é considerado uma coisa vergonhosa ter fantasmas na família.

— O que você acha do assunto, srta. Harper?

— Ah, suponho que é coisa de Jack, embora ninguém possa entender como. Jack, sabe, não é tão tolo quanto parece. E ele costumava rondar a casa depois da noite, muito tempo atrás... O tio Winthrop costumava pegá-lo no flagra. Mas ele nunca fez nada além de rondar.

— Como ele veio parar aqui?

— O pai dele, Dave MacCree, era um funcionário aqui anos atrás. Ele salvou a vida de Henry Kildare quando o garanhão preto o atacou.

— Henry Kildare?

— Um jovem de dezoito anos que também trabalhava aqui. Ele foi para o Klondike quando a corrida do ouro começou. Ele não era importante, mas o tio Winthrop ficou tão grato ao pai de Jack por impedir que tal coisa acontecesse que, quando Dave morreu no ano seguinte, o tio Winthrop lhe prometeu que Jack sempre teria um lar aqui. Lucia e Alec prometeram depois. Nós, Fields, somos um clã, sr. Burns, e sempre nos apoiamos e mantemos nossas tradições. Jack se tornou uma de nossas tradições.

— É possível que Julia Marsh seja culpada?

— Não acredito que seja Julia. As coisas continuam a acontecer quando ela não está. A única vez que realmente suspeitei dela foi quando o dinheiro do jantar da igreja desapareceu na noite depois que Alec o trouxe para casa. Ele era o tesoureiro da comissão. Cem dólares desapareceram de sua mesa. Jack não teria pegado. Ninguém em Lancaster sabia do dinheiro. Claro que Alec disfarçou o caso. Ouvi dizer que houve uma explosão de vestidos novos na família Marsh durante todo aquele ano. A própria Julia saiu resplandecente em um de seda roxa. Essa foi a única vez em que o dinheiro foi levado. Sr. Burns, alguém já deu a entender que é culpa de Lucia?

— O sr. Sheldon me disse que as pessoas sugeriram isso.

— O sr. Sheldon! Por que ele lhe diria isso? É uma falsidade cruel e maliciosa — exclamou Alice enfaticamente... quase enfaticamente demais, pensou Curtis. — Lucia nunca poderia fazer uma coisa dessas... Nunca. Ela é totalmente incapaz disso. Ninguém conhece aquela criança como eu, sr. Burns. Sua doçura... a paciência dela... sua... sua família. Pense no que deve ter significado para ela desistir de sua vida e trabalho na cidade e se enterrar em Glen Donald. Quando penso que foi por minha causa, quase enlouqueço. Nem por um momento, sr. Burns, se permita acreditar que Lucia está por trás das coisas aqui.

— Não acredito. Mas se não é Jack ou Julia, quem é?

— Essa é a questão. Uma vez me ocorreu uma ideia, mas era tão louca, tão incrível... Nem vou descrevê-la.

— Aconteceu alguma coisa ultimamente?

— O telefone tocou à meia-noite e às três horas todas as noites durante uma semana. Alec encontrou outra maldição, escrita em sangue, ao contrário para que pudesse ser lida apenas no espelho... foi entregue por baixo da porta do quarto. Nosso fantasma gosta de maldições, sr. Burns. Esta era peculiarmente desagradável. Você vai encontrá-la naquela gavetinha da mesa. Eu fiz Lucia trazer para mim porque queria mostrar a você. Sim, aí está. Leia no meu espelhinho de mão.

— *"O céu e o infernu distruirão sua filicidade. Você será firido por aqueles que ama. Sua vida será distruída e sua casa devassada"*. O fantasma tem um péssimo gosto para papel de carta — concluiu Curtis, olhando para a folha barata, pautada em azul, na qual as palavras estavam rabiscadas. — Jack sabe escrever?

— Sim... um pouco. Você vê que a ortografia está ruim. Mas mesmo assim, toda a composição me parece estar além de Jack. O óleo de carvão que foi derramado no caldo de galinha frio na despensa anteontem combina mais com as coisas que ele faz. E o delicado humor de um jarro de melaço espalhado por todo o tapete da sala. Custou à pobre Lucia um árduo dia de trabalho para limpar tudo.

— Mas decerto o autor de um truque como esse poderia ser facilmente pego.

— Se soubermos quando acontecerá, sim. Mas não podemos ficar vigilantes todas as noites. E geralmente, quando alguém está vigiando, nada disso acontece.

— Isso prova que deve ser alguém da casa. Um estranho não saberia quando há uma vigília.

— Acho que sim. E, mesmo assim, sr. Burns, o berço foi balançado e o violino tocou estranhamente a noite toda no sótão, duas semanas atrás, quando Julia estava fora e Jack estava no estábulo com Alec, cuidando de uma vaca doente.

— É verdade que vozes de pessoas mortas foram ouvidas?

— Sim. — Alice estremeceu. — Não com frequência, mas já aconteceu. Eu não gosto de falar disso. Uma noite, ouvi o tio Winthrop do lado de fora da minha porta dizendo: "Alice, você quer alguma coisa? Eles fizeram tudo o que você quis?". Ele costumava fazer isso quando estava vivo... falava bem baixinho, para não me perturbar se eu estivesse mesmo dormindo. Veja bem — ela adicionou, com um retorno de sua extravagância —, nosso fantasma é extremamente versátil. Se fizesse o mesmo sempre... mas estranheza e malandragem juntas é uma combinação difícil de resolver. Essa "maldição" preocupa Alec, diz Lucia. Ele não está bem da cabeça ultimamente, por causa dos acontecimentos. E tem havido tantas maldições... principalmente versículos bíblicos. Nossa assombração conhece a Bíblia, sr. Burns... o que vai contra a ideia de ser Jack ou Julia.

— Mas é intolerável, esta perseguição...

— Ah, estamos todos um tanto acostumados. Pelo menos Lucia e Alec estão. Eu não me importei muito até o incêndio na casa do maquinário no outono passado. Desde então, tenho sido assombrada pelo medo de que a casa seja a próxima... e eu trancada aqui.

— Trancada!

— Sim. Eu faço Lucia trancar minha porta todas as noites. Eu nunca conseguiria dormir... Durmo mal a qualquer hora, exceto no início da manhã. Mas eu não conseguia dormir com aquela porta destrancada, e só Deus sabe o que rondava a casa.

— Mas Deus sabe... A coisa não é parada por portas trancadas, se as histórias de Min Deacon e Maggie Elson forem verdadeiras.

— Ah, eu não acredito que Min ou Maggie estivessem com as portas trancadas quando as coisas aconteceram com elas. Elas pensaram que sim, é claro, mas devem ter se enganado. De qualquer forma, garanto que a minha fique sempre trancada. Bem, não vamos falar mais nisso. Mas quero que mantenha os olhos abertos e veremos o que podemos fazer juntos. E você vai me deixar ajudá-lo tanto quanto eu puder no trabalho da igreja, não vai? O sr. Sheldon deixava.

— Ficarei muito feliz em ter sua ajuda e conselho, srta. Harper.

— Quero fazer o que puder enquanto estou aqui. Dia desses eu vou embora... puff! Como uma vela bruxuleia e se apaga. Meu coração não vai se comportar. Agora não se preocupe em procurar em sua mente, sr. Burns, a coisa apropriada e diplomática a dizer. Já encarei a morte por tempo demais para ter medo dela. Só que às vezes, nas longas horas de vigília, estremeço um pouco... mesmo que a vida não tenha nada para mim.

— Srta. Harper, é certo que nada pode ser feito por você?

— Sim. Tio Winthrop trouxe uma dúzia de especialistas aqui. O último foi o dr. Clifford... você o conhece. Quando ele não conseguiu me ajudar, eu simplesmente lhe disse que não queria mais médicos. Eu não gostaria que gastassem mais dinheiro comigo. Ah, há outros em situação pior que a minha. Todo mundo é tão bom para mim... Eu não sou totalmente inútil... e é só uma vez por semana que sofro muito. Então vamos deixar pra lá e nunca mais falar nisso, sr. Burns. Estou mais interessada no trabalho da igreja e em você. Eu quero que você se saia bem.

— Eu também — riu Curtis.

— Não seja tão bem-humorado — disse Alice solenemente, mas com malícia em seus olhos. — O sr. Sheldon nunca se incomodou com nada e tudo foi muito imposto. Geralmente é o que acontece com os santos. Pobre velho, ele não queria desistir de seu trabalho, mas estava mesmo na hora. Ele nunca mais foi o mesmo desde a morte de sua esposa. Foi muito difícil para ele. Por um ano após a morte dela, as pessoas pensaram que a mente dele estava afetada. Ele fazia e dizia coisas tão estranhas, aparentemente sem se lembrar delas depois. E ele tomou tanto rancor de Alec... achava que ele não era ortodoxo. Mas isso passou. Você pode fechar minha cortina e abaixar minha luz, por favor? Obrigada. Que vento majestoso há naqueles pinheiros esta noite! E sem luar. Eu não gosto de luar. Sempre me lembra de coisas que quero esquecer. Boa noite. Não sonhe... e não veja ou ouça nenhuma assombração.

Curtis não sonhou nem viu assombrações, embora tenha ficado acordado por muito tempo pensando em muitas coisas. Ele ficou um pouco decepcionado por não ter visto. Mas, com o passar das semanas, quase esqueceu que estava morando em uma casa supostamente mal-assombrada. Estava muito ocupado conhecendo sua paróquia e organizando o trabalho na igreja. Nisso, achou a ajuda de Alice Harper inestimável. Ele nunca poderia ter reorganizado o coral sem ela. Ela suavizou irritações e eliminou crises de ciúmes. Foi ela quem lidou com o Ancião Kirk quando ele tentou interferir no negócio dos escoteiros; foi ela quem aliviou Curtis de sua consequente amargura e aborrecimento.

— Você não deve se importar com o sr. Kirk. Ele nasceu idiota, sabe. E ele tem seus pontos positivos. É um bom homem e seria muito bom se ele não achasse que é seu dever cristão ser um pouco miserável e rabugento o tempo todo.

— Eu gostaria de ser tão tolerante quanto você, srta. Harper.

— Aprendi a tolerância em uma escola difícil. Nem sempre fui tolerante. Mas o sr. Kirk é engraçado... você deveria tê-lo ouvido.

A imitação dela do ancião fez Curtis gargalhar. Alice sorriu com seu sucesso. Curtis adquiriu o hábito de conversar a respeito de todos os problemas com ela. Ele fez dela uma espécie de ídolo e a adorou como uma Madona em um santuário. No entanto, Alice tinha suas breves fraquezas. Ela queria saber tudo o que acontecia em casa e na comunidade. Doía-lhe ser excluída de qualquer coisa. Ele contou a ela todas as suas idas e vindas, achando-a estranhamente ciumenta de seus segredinhos. Ela queria saber até o que ele comia quando saía para tomar chá. Estava ávida sobre os detalhes dos casamentos em junho.

— Todos os casamentos são interessantes — Alice asseverou —, até os casamentos de pessoas que não conheço.

Ela gostava de conversar sobre sermões enquanto Curtis os preparava e ficava infantilmente satisfeita quando de vez em quando ele pregava a partir de um texto de sua escolha.

Ele estava muito feliz. Amava seu trabalho. Sua pensão era muito agradável. Alec era um sujeito inteligente e culto, e Curtis tinha conversas interessantes com ele. Quando a sra. Richards morreu no hospital, foi dado como certo que Curtis continuaria morando na casa de Field pelo tempo que quisesse. As pessoas de Glen Donald estavam resignadas a isso, embora não aprovassem que ele se apaixonasse por Lucia. Todos na congregação sabiam que ele estava apaixonado por Lucia muito antes que ele mesmo soubesse. Curtis só sabia que os silêncios de Lucia eram tão encantadores quanto a eloquência de Alec ou os dizeres maliciosos e bem-humorados de Alice. Ele só sabia que os rostos de outras garotas pareciam fúteis e insípidos em comparação com a beleza dela. Ele só sabia que a visão dela andando pelos quartos antigos, arrumados e dignos, descendo a escada escura e brilhante, cortando flores no jardim, fazendo saladas e bolos na despensa, o afetava como um acorde perfeito de música e parecia despertar ecos em sua alma que repetiam o encantamento enquanto ele ia e vinha. Uma vez, Curtis tremeu à beira de descobrir seu próprio segredo quando Lucia levou para Alice algumas rosas. O sr. Sheldon também estava lá, tendo acabado de voltar para Glen Donald de uma visita a alguns amigos distantes. Ele estivera fora desde o dia seguinte à ordenação de Curtis.

Lucia estava chorando. Lucia não era uma garota que chorava facilmente. Curtis foi de repente tomado pelo desejo de colocar a cabeça dela em seu ombro e confortá-la. Ele a estava seguindo cegamente do quarto quando um espasmo de dor torceu o rosto de Alice.

— Lucia, volte... rápido, por favor. Eu terei... uma de... minhas crises.

Curtis não viu Lucia novamente por vinte e quatro horas. A maior parte do tempo ela estava no quarto escuro de Alice, tentando em vão aliviar a outra. Então ele ficou um pouco mais na ignorância.

Ao voltar do jardim depois de se despedir do sr. Sheldon, Curtis notou que uma bela e jovem bétula branca, que estava crescendo de forma primorosa entre os pinheiros em um canto, havia sido cortada. Era a árvore favorita de Lucia — a mulher havia falado de seu amor por ela na noite anterior. Estava caída ao chão, suas folhas murchas estremecendo lamentavelmente. Indignado, Curtis comentou o assunto com Alec.

— A árvore estava bem ontem à noite — disse Alec.

Curtis o encarou.

— Você não a cortou? Nem mandou cortar?

— Não. Nós a encontramos assim esta manhã.

— Então... quem cortou?

— Nosso querido fantasma, suponho — disse Alec Longo amargamente, virando-se. Alec nunca falava do fantasma. Curtis viu os olhinhos âmbares estranhos de Julia o observando da varanda dos fundos. Ele se lembrava de ouvi-la pedir a Jack, no dia anterior, para afiar o machado para cortar gravetos.

Nas três semanas seguintes, Curtis teve muito em que pensar. Uma noite, ele foi acordado pelo telefone tocando. Ele se sentou na cama. Acima de sua cabeça, no sótão, um berço balançava distintamente. Curtis levantou-se, vestiu um roupão, pegou a lamparina, desceu o corredor, abriu a porta do pequeno recesso na extremidade e subiu a escada do sótão. O berço havia parado. O longo cômodo estava vazio e silencioso sob suas vigas, penduradas com molhos de ervas, sacos de penas e algumas roupas descartadas. Havia pouco no sótão: dois grandes baús de madeira, uma roca, alguns sacos de lã. Um rato poderia facilmente ter se escondido nele. Curtis desceu e, ao chegar ao pé da escada, os acordes estranhos de um violino flutuaram atrás dele. Ele estava consciente de uma terrível dor de cabeça, mas voltou a correr. Nada... não havia ninguém lá. O sótão estava tão quieto e inocente quanto antes. Mas, quando desceu, a música recomeçou.

O telefone tocou novamente na sala de jantar. Curtis desceu e atendeu. Não houve resposta. Não adiantava ligar para a central. A linha era rural, com vinte assinantes.

Curtis escutou deliberadamente na porta do quarto de Alec, ao lado da sala de jantar. Ele podia ouvir a respiração do rapaz. Ele subiu na ponta dos pés a escada da cozinha até a porta de Jack. Jack estava roncando. Ele voltou pela casa e subiu a escada da frente. O telefone tocou novamente. A casa estava muito silenciosa. Em frente à escada ficava a porta de Alice. Como de costume, a luz estava acesa e ela estava repetindo o Salmo 23 com sua voz suave e clara. A alguns passos adiante no corredor ficava o quarto de Julia, em frente ao dele. Curtis escutou na porta, mas não ouviu nada. O quarto de Lucia ficava além do corrimão da escada. Ele não foi até lá. Mas não pôde evitar o pensamento de que todos na casa foram contabilizados, exceto Julia... e Lucia. Ele voltou para seu próprio quarto, fechou a porta, ficou parado por um minuto em uma reflexão carrancuda e foi para a cama. Ao fazê-lo, uma risada estranha e irônica soou distintamente do lado de fora de sua porta. Pela primeira vez na vida, Curtis conheceu o medo doentio e a peculiar transpiração pegajosa que ele induz. Ele se lembrou do que o sr. Sheldon havia dito... havia algo não humano nela.

Por um minuto, ele cedeu ao horror. Então cerrou os dentes, pulou da cama e abriu a porta.

Não havia nada no grande corredor vazio. A porta bem fechada de Julia em frente à dele parecia ter um ar de triunfo furtivo.

Lucia parecia preocupada na mesa do café da manhã.

— Você... você foi perturbado ontem? — ela perguntou hesitante.

— Pelo contrário — disse Curtis. — Passei um tempo considerável rondando a casa e espionando descaradamente. Não foi sábio.

Lucia produziu o pequeno espectro desamparado de um sorriso.

— Se rondar e espionar pudesse resolver nosso mistério, já teria sido resolvido há muito tempo. Alec e eu desistimos de tomar conhecimento de... do... das manifestações. Geralmente dormimos agora, a menos que algo muito surpreendente ocorra. Eu tive... esperava... que não haveria mais... pelo menos enquanto você está aqui. Nunca tivemos um intervalo de liberdade tão longo.

— Você vai me dar carta branca para investigação? — disse Curtis.

Lucia hesitou perceptivelmente.

— Ah, sim — disse por fim. — Só... por favor, não fale disso comigo. Eu não posso suportar. É fraco e tolo da minha parte, suponho. Mas é um assunto tão delicado... e tantas pessoas "investigaram".

— Eu entendo — disse Curtis. — Mas pegarei seu fantasma, srta. Field. Essa coisa tem que ser esclarecida. É intolerável neste país. Vai arruinar completamente sua vida e a de seu irmão se vocês ficarem aqui.

— E nós temos que ficar aqui — disse Lucia com um sorriso pesaroso. — Nós amamos muito este lugar para deixá-lo.

— É verdade — Curtis perguntou hesitante — que a srta. Pollock não vai se casar com Alec por causa disso? Não me responda se me acha impertinente.

O rosto de Lucia mudou um pouco. Seus lábios escarlates pareceram ficar mais finos. As pessoas que conheceram o velho Winthrop Field diriam que ela se parecia com o pai.

— Se for... Eu não acho que Alec deve ser criticado por isso. Edna Pollock é inferior a ele em todos os sentidos. Os Pollock não são ninguém.

Curtis achou bastante encantador o pontinho fraco de orgulho familiar dela. Ela era tão humana, aquela coisinha adorável e doce.

CAPÍTULO 3

Durante as semanas que se seguiram, Curtis Burns às vezes pensava que enlouqueceria. Às vezes, pensava que estavam todos loucos juntos. Ele perambulou, investigou, passou horas de guarda sem dormir, passou noites inteiras no sótão, em vão. As coisas aconteciam quase continuamente — coisas ridículas e horríveis, todas misturadas em uma confusão de travessuras diabólicas. Doze dúzias de ovos embalados para o mercado foram encontrados quebrados por todo o chão da cozinha; o vestido novo de Lucia foi encontrado arruinado com manchas de sangue no armário de seu quarto; o violino tocava e o berço balançava. O lugar parecia possuído por uma risada diabólica. Várias vezes tudo na sala de estar e na de jantar ficou empilhado no meio do chão, resultando em um dia de trabalho para Lucia. As portas externas, trancadas à noite, eram encontradas escancaradas pela manhã; o espicho foi puxado para fora da leiteria e o creme de uma semana se derramou no chão; a cama do quarto de hóspedes estava revirada e amassada como se alguém tivesse dormido ali durante a noite; porcos e bezerros foram soltos para fazer tumulto no jardim; tinta estava espalhada por todas as paredes do corredor; muitas maldições foram espalhadas; vozes soaram naquele sótão exasperante e comum. Por fim, o gatinho de estimação de Lucia, um lindo e pequeno persa que Curtis trouxera da cidade, foi encontrado pendurado na varanda dos fundos, seu pobre corpinho flácido pendendo lamentavelmente.

— Eu sabia que isso ia acontecer quando você me deu — disse Lucia. — Nunca tentei ter um animal de estimação desde que meu cachorro foi estrangulado há quatro anos. Tudo que ouso amar morre ou é destruído. Meu bezerro branco, meu cachorro, minha bétula, agora meu gatinho.

Na maioria das vezes, Curtis realizava suas investigações sozinho. Alec afirmou sem rodeios que estava farto de perseguir fantasmas. Tentara por cinco anos e desistira. Desde que os fantasmas deixassem o teto sobre sua cabeça, ele os deixaria em paz. Uma ou duas vezes, Curtis fez o sr. Sheldon vigiar com ele. Nada aconteceu naquelas noites. Em outra, ele trouxe Henry Kildare. Henry estava bastante confiante no início.

— Vou pregar a assombração na porta do celeiro pela manhã, pregador — ele se gabou.

Mas Henry ficou tomado de terror cego quando ouviu a voz de Winthrop Field falando no sótão.

— Não vou mais fingir, pregador. Não me diga... Conheço bem a voz do velho Winthrop, trabalhei aqui por três anos. É ele, estou certo. Pregador, é melhor você sair desta casa. Acredite, não é saudável.

O reaparecimento de Henry Kildare em Glen Donald havia causado grande sensação. Ele fizera fortuna no Klondike e anunciou que poderia viver como milionário pelo resto da vida. Passou por ali com um primo, mas ficou boa parte do tempo na velha casa Field. Gostavam dele lá. Ele era um homem grande, franco e vigoroso, não refinado demais, bastante bonito, generoso, presunçoso. Alice nunca se cansava de ouvir suas histórias sobre o Klondike e os tempos da corrida do ouro. Para ela, presa entre quatro paredes durante anos, era como se pudesse contemplar uma maravilhosa liberdade de aventura e perigo. Mas Henry, que havia enfrentado os silêncios, frios e terrores do norte destemidamente, não podia enfrentar os fantasmas de Field. Ele se recusou terminantemente a ficar mais uma noite na casa.

— Pregador, este lugar está cheio de demônios, sem dúvida. Anna Marsh não fica quieta no túmulo – ela nunca se comportaria, e arrasta o velho Winthrop consigo. É melhor Alec doar o lugar se alguém quiser. Eu gostaria de poder tirar Alice e Lucia daqui. Elas serão encontrados estranguladas como o gatinho noite dessas.

Curtis estava completamente exasperado. Fazia tempos que havia desistido de teorizar sobre o assunto. Parecia igualmente impossível que alguém da casa pudesse fazer aquelas coisas quanto qualquer pessoa fora da casa. Às vezes, ele se sentia tão confuso e enganado que quase ficava tentado a acreditar que o lugar era assombrado. Se não, ele estava sendo feito de bobo. Qualquer conclusão era intolerável. Estava tacitamente entendido na casa que as ocorrências não deveriam ser comentadas fora dela. Curtis discutia o assunto apenas com o sr. Sheldon, que passava muito tempo com seus livros no presbitério, às vezes lendo lá até tarde da noite. Mas todas as suas conversas, suposições e pesquisas deixaram Curtis exatamente onde estava no início. Ele desenvolveu insônia e não conseguia dormir mesmo quando a casa estava silenciosa. Estava obcecado. O sr. Sheldon percebeu e aconselhou-o a procurar outro lugar para ficar. Curtis sabia que não podia fazer isso. Ele não podia deixar Lucia, pois agora sabia que a amava.

Ele se deu conta em uma noite, quando o bater da grande porta da frente o despertou de alguns estudos tardios. Ele colocou o livro de lado e desceu. A porta estava fechada, mas não trancada como quando a família se recolhia. Enquanto ele tentava a maçaneta, Lucia saiu da sala de jantar carregando uma pequena vela. Ela estava chorando; ele nunca tinha visto Lucia chorar antes, embora uma ou duas vezes tivesse suspeitado de lágrimas. O cabelo dela pendia sobre o ombro em uma trança grossa, fazendo-a parecer uma criança — uma criança cansada e de coração partido. De repente, Curtis soube o que ela significava para ele.

— Qual é o problema, Lucia? — ele perguntou gentilmente, sem se dar conta de que pela primeira vez havia usado o nome de batismo dela.

— Olhe — soluçou Lucia, segurando a vela na porta da sala de jantar.

A princípio, Curtis não conseguiu entender exatamente o que havia acontecido. A sala parecia ser um labirinto perfeito de... de... o que era aquilo? Fios coloridos! Eles se atravessavam e se cruzavam. Tinham sido enrolados dentro e fora dos móveis, ao redor dos degraus da cadeira, ao redor das pernas da mesa. Parecia uma enorme teia de aranha.

— Minha manta afegã — disse Lucia. — Minha nova manta afegã! Eu a terminei ontem. Está completamente desfeita. Estou trabalhando nela desde o Ano-Novo. Ah, sou tola em me importar com isso quando tantas coisas piores aconteceram. Mas tenho tão pouco tempo para fazer algo assim. E a malícia disso! O que é que me odeia tanto?

Ela se livrou da mão estendida de Curtis e correu escada acima, ainda soluçando. Curtis ficou um tanto atordoado no corredor, observando até que ela desapareceu. Ele sabia agora que a tinha amado desde o primeiro encontro. Poderia ter rido de si mesmo por sua longa cegueira. Amor... claro que a amava... ele soube disso no momento em que viu lágrimas nos olhos valentes e doces dela. Lucia em lágrimas — lágrimas que ele não tinha o direito ou poder de enxugar. A ideia era insuportável.

Alice o chamou quando ele passou pela porta dela. Curtis a destrancou e entrou. Um vento fresco e doce do amanhecer soprava através da janela e uma luz fraca quebrava atrás da igreja.

— Tive uma noite ruim — disse Alice —, mas foi tranquila, não foi, exceto por aquela porta?

— Silenciosa o suficiente — disse Curtis severamente. — Nosso fantasma se divertiu desfazendo a manta de Lucia. Srta. Harper, estou enlouquecendo.

— Deve ser Julia quem fez isso. Ela estava muito mal-humorada o dia todo ontem. Lucia a repreendeu sobre alguma coisa. Essa é a vingança dela.

— Não acredito que seja Julia. Mas vou fazer um último esforço. Você disse uma vez, eu me lembro, que uma ideia lhe ocorreu. Que ideia?

Alice fez um gesto inquieto com suas lindas mãos.

— E eu também disse que era incrível demais para ser dita. Eu repito isso. Se não te ocorreu, não serei eu a dizer.

Curtis não conseguiu convencê-la e voltou para o quarto com a cabeça girando.

— Há apenas duas coisas de que eu tenho certeza — disse ele enquanto observava o sol nascer. — Dois vezes dois são quatro. E vou me casar com Lucia.

Acontece que Lucia tinha uma opinião diferente. Quando Curtis pediu que ela fosse sua esposa, ela lhe disse que era impossível.

— Por quê? Você não... você não pode gostar de mim?

Lucia olhou para ele, corando.

— Eu poderia... sim, eu poderia. Não adianta negar. Não se deve negar a verdade. Mas do jeito que as coisas estão, não posso me casar. Não posso deixar Alice e Alec.

— Alice poderia vir conosco. Eu ficaria muito feliz em ter uma mulher assim em nossa casa. Ela é uma inspiração constante para mim.

— Não. Não seria justo com você.

Era inútil implorar ou argumentar, embora Curtis fizesse as duas coisas. Lucia era uma Field. Foi o que Alice lhe disse.

— E pensar que... se não fosse por mim! — ela disse amargamente.

— Não é só você. Eu disse a ela como ficaria feliz em tê-la conosco. É também por Alec... e aquele fantasma infernal!

— Shhh... não deixe o Ancião Kirk te ouvir — disse Alice caprichosamente. — Sinto muito, sr. Burns... sinto muito por você e Lucia. Tenho medo que ela não mude de ideia. Nós, Fields, não costumamos mudar. Sua única esperança é acabar com o fantasma.

Ninguém, ao que parecia, poderia fazer isso. Curtis se reconheceu amargamente derrotado. Seguiram-se duas semanas de noites enluaradas e tranquilas. Quando as noites escuras voltaram, as manifestações recomeçaram. Desta vez, Curtis parecia ter se tornado o objeto do ódio das assombrações. Várias vezes, ele encontrou seus lençóis molhados ou com areia quando se deitava entre eles à noite; duas vezes ao vestir seu terno ministerial nas manhãs de domingo, encontrou todos os botões cortados; e o sermão especial de aniversário que ele preparara com tanto cuidado desapareceu de sua mesa no sábado à noite, antes que ele tivesse tempo de memorizá-lo. Como resultado, ele fez uma grande confusão diante de uma igreja lotada no dia seguinte e era jovem e humano o suficiente para se amargurar com isso.

— É melhor você ir embora, sr. Burns — disse Alice. — Esse é um conselho altruísta, se é que algum já foi dado, pois sentirei sua falta mais do que posso dizer. Mas você deve. Você não tem a compostura de Lucia ou a teimosia de Alec, ou mesmo minha fé em uma porta trancada. Eles não vão deixar você em paz agora que começaram. Veja como perseguiram Lucia por anos.

— Eu não posso ir embora e deixá-la nessa situação — teimou Curtis.

— Que bem você pode fazer? Você tentou... fracassou. Eu acho mesmo que você teria uma chance melhor com Lucia se fosse embora. Ela descobriria o que você realmente significa para ela, se é que você significa alguma coisa.

— Às vezes, acho que nada.

— Ah, sim, você significa. Mas, sr. Burns, não espere que Lucia o ame como você a ama. Os Fields não amam. Eles têm sangue frio, sabe. Veja Alec. Ele gosta de Edna, gostaria de se casar com ela, mas não perde o sono nem o apetite por isso. Nem Lucia. Ela seria uma esposa querida para você, fiel e dedicada, mas não vai ficar de coração partido se não puder se casar com você. Você não gosta de ouvir isso. Você quer ser amado de forma mais romântica e apaixonada. Mas é a verdade.

Houve momentos em que Curtis achou que Alice estava certa ao resumir Lucia. Para sua natureza ardente, Lucia parecia muito composta e resignada. Mas a ideia de desistir dela era uma tortura.

Ela é como uma pequena rosa vermelha fora de alcance. Devo alcançá-la, ele pensou.

Curtis não podia suportar a ideia de ir embora. Ele a veria tão raramente, pois sabia que Lucia escaparia de suas visitas. A fofoca já estava ocupada com seus nomes, e o sr. Sheldon havia insinuado desaprovação. Curtis o ignorou e foi um pouco brusco com o velho. Ele sabia que o sr. Sheldon nunca aprovara sua hospedagem na casa de Alec Longo.

A perplexidade dele de repente recebeu uma nova reviravolta. Uma noite, voltando para casa tarde de uma reunião em um local distante, ele ficou um longo tempo em sua janela de águas-furtadas antes de ir para a cama. Havia encontrado um volume precioso em sua mesa — um livro que sua mãe morta lhe dera de aniversário —, com metade de suas folhas cortadas em pedaços e tinta derramada sobre o resto. Ele estava zangado com a raiva impaciente de um homem que é esbofeteado pelos golpes de um antagonista invisível. A situação tornava-se cada dia mais intolerável. Talvez fosse melhor ir embora, embora odiasse admitir a derrota. Lucia não se importava com ele; ela o evitava; fazia dias que ele não conseguia trocar uma palavra com ela, exceto à mesa. Por algo que Alec havia dito, Curtis sabia que Lucia desejava que ele encontrasse outro domicílio.

— Seria um pouco mais fácil para ela, eu acho — disse Alec. — Ela se preocupa tanto com as coisas.

Bem, se Lucia queria se livrar dele... Curtis estava petulante naquele momento. Ele era um fracasso em tudo; seus sermões estavam começando a ser monótonos; ele estava perdendo o interesse no trabalho; desejou nunca ter ido a Lancaster.

Curtis se inclinou para fora de sua janela para inalar o ar perfumado de verão. A noite estava um tanto fantasmagórica. As árvores ao redor do gramado assumiam as formas estranhas que as árvores podem assumir em luz fraca e incerta, como o luar nublado. Odores noturnos frescos e indescritíveis vinham do jardim. Ele se sentiu aliviado, animado. Afinal, devia haver alguma saída. Ele era jovem; o mundo era bom só porque Lucia estava nele. Ele não iria desistir ainda.

A lua de repente irrompeu entre as nuvens que se separavam. Curtis olhou pela janela oposta para o quarto de hóspedes, cuja cortina estava aberta. O quarto estava bem nítido para ele no brilho repentino, e no espelho na parede Curtis viu um rosto olhando para ele, delineado contra a escuridão da porta que o emoldurava. Ele o viu apenas por um momento antes que as nuvens tornassem a engolir a lua, mas o reconheceu. O rosto era de Lucia. Ele não pensou no assunto... na hora. Sem dúvida, ela ouvira algum barulho e fora ao quarto de hóspedes investigar. Mas quando no café na manhã seguinte Curtis perguntou o que a havia perturbado, Lucia olhou para ele sem expressão.

— Quando você foi até a porta do quarto de hóspedes ontem à noite — ele explicou.

— Eu não cheguei perto do quarto de hóspedes ontem à noite — respondeu ela. — Fui para a cama muito cedo, estava cansada, e dormi profundamente a noite toda.

Lucia se levantou enquanto falava e saiu. Não retornou, nem fez qualquer referência adicional ao assunto. Por que ela tinha... mentido? Uma palavra feia, mas Curtis não conseguiu suavizá-la. Ele a vira. É verdade que foi apenas por um momento no espelho iluminado pela lua, mas não podia estar enganado. Era o rosto de Lucia... e ela havia mentido para ele!

Curtis decidiu sair da casa. Ficaria na estação, o que seria inconveniente, mas deveria ir. Ele estava doente no coração. Não queria mais descobrir quem ou o que era o fantasma em Field. Estava com medo de descobrir.

Lucia ficou um pouco pálida quando ele contou a ela, mas não disse nada. Alec, em seu jeito descontraído de sempre, concordou que seria melhor. Alice aprovou com os olhos cheios de lágrimas.

— Claro que você deve ir. A situação aqui é impossível para você. Mas ah, o que devo fazer?

— Virei vê-la com frequência, querida.

— Não será o mesmo. Você não sabe o que significou para mim, Curtis. Você não se importa que eu chame você de Curtis, não é?

Você parece um jovem primo ou sobrinho ou algo assim. Você é um rapaz querido. Eu deveria estar feliz por você estar indo. Esta casa maldita não é lugar para você. Quando você vai?

— Em quatro dias, depois que eu voltar do Presbitério.

Curtis perdeu seu trem regular depois da reunião do Presbitério — perdeu-o procurando nas livrarias um livro que Alice queria ver —, e voltou no último trem que o deixou em Glen Donald a uma hora da manhã. Geralmente o trem não parava, mas ele conhecia o condutor, que era um homem prestativo. Henry Kildare também desceu. Ele esperava ter que seguir para Rexbridge, pois não conhecia o condutor.

— São apenas cinco quilômetros, posso andar com facilidade — disse ele enquanto deixavam a plataforma.

— Poderia muito bem passar o resto da noite na casa de Alec Longo — sugeriu Curtis.

— Não — disse Henry enfaticamente. — Eu não ficaria mais uma noite naquela casa por metade do meu dinheiro. Ouvi dizer que você está indo embora, pregador. Rapaz sábio!

Curtis não respondeu. Não desejava companhia em sua caminhada, muito menos a de Henry Kildare. Ele caminhou em silêncio melancólico, ignorando o fluxo de conversa de Henry. Era uma noite de ventos fortes e nuvens pesadas, com explosões de luar brilhante entre elas. Curtis sentiu-se miserável, sem esperança, desanimado. Ele não conseguira resolver o mistério que enfrentara tão arrogantemente; não conseguira conquistar seu amor ou resgatá-la; ele não...

— Sim, eu vou sair dessa e caminhar de volta para a costa — Henry estava dizendo. — Não faz mais sentido eu ficar rondando Glen Donald. Não consigo a garota que quero.

Então Henry tinha seus próprios problemas amorosos.

— Sinto muito — disse Curtis automaticamente.

— Sente muito! É um caso para se arrepender. Pregador, não me importo de falar com você a respeito. Você parece um ser humano e é um grande amigo para Alice.

— Alice! — Curtis ficou surpreso. — Você quer dizer... é a srta. Harper?

— Sim. Nunca foi outra pessoa. Pregador, sempre venerei o chão que aquela moça pisou. Anos atrás, quando eu trabalhava para o velho Winthrop, eu era louco por ela. Ela nunca soube disso. Não acho que eu poderia conquistá-la, é claro. Ela era uma Field aristocrata e eu era um garoto contratado. Mas nunca a esqueci, nunca consegui me interessar por outra pessoa. Quando dei sorte no Yukon, pensei: "Agora vou voltar direto para Glen Donald e se Alice Harper ainda não se casou, verei se ela me aceita". Veja bem, fazia anos desde que eu ouvira falar do lugar, não sabia do acidente de Alice. Pregador, foi um choque terrível quando cheguei na casa e a encontrei como ela está. E o pior de tudo é que eu gosto dela como sempre – gosto demais dela para ficar com qualquer outra pessoa. Já que não posso ter Alice, não quero ninguém. E eu querendo me casar, com muito dinheiro para dar à minha mulher a casa mais elegante do litoral! Que azar, não é?

Curtis concordou. Particularmente, ele achava que não importava muito, no que dizia respeito a Henry Kildare, se Alice podia ou não se casar. Com certeza, ela nunca poderia gostar daquele homem brusco e arrogante. Mas havia um sentimento real na voz de Kildare, e Curtis sentia-se muito solidário naquele momento com qualquer um que amasse em vão.

— O que é aquilo no pomar Field? — exigiu Henry em um tom assustado.

Curtis viu no mesmo momento. A lua havia surgido e o pomar estava límpido em seu esplendor. Uma figura esbelta vestida de luz estava entre as árvores.

— Meu Deus, é a assombração — disse Henry.

Enquanto ele falava, a figura começou a correr. Curtis saltou a cerca, perseguindo-a. Após um segundo de hesitação, Henry o seguiu.

— Nenhum pregador vai aonde eu não o siga — ele murmurou.

Ele alcançou Curtis assim que o outro dobrou a esquina da casa e o objeto de sua perseguição disparou pela porta da frente. Curtis teve um lampejo doentio de convicção de que a solução do mistério que parecia estar ao seu alcance novamente lhe escapara. Então uma forte rajada de vento varreu o salão da casa; a pesada porta se fechou com um estrondo; e presa nela com força e rapidez estava a saia da roupa da figura em fuga.

Curtis subiu os degraus, agarrou o vestido, escancarou a porta e confrontou a mulher lá dentro.

— Você! Você! — ele gritou com uma voz terrível. — Você!

CAPÍTULO 4

Alice Harper olhou para ele, seu rosto branco distorcido com raiva e ódio.

— Seu cachorro — ela sussurrou venenosamente.

— Foi você... você? — arfou Curtis. — Você... Diabo!

— Calma, pregador. — Henry Kildare fechou a porta suavemente. — Lembre-se de que você está falando com uma senhora. Não vamos fazer muito barulho. Pode acordar os outros. Vamos entrar na sala e conversar.

Curtis fez o que lhe foi dito. No torpor do momento, ele provavelmente teria feito qualquer coisa que lhe mandassem. Henry o seguiu e fechou a porta. Alice confrontou-os desafiadoramente. Em meio a toda a perplexidade de Curtis, uma ideia surgiu em sua confusão de pensamento. Como ela se parecia com Lucia! À luz do dia, a diferença de coloração escondia a semelhança; na sala iluminada pela lua, era claramente vista.

Curtis estava abalado com a doença da alma de uma desilusão horrível. Ele tentou dizer alguma coisa, mas Henry Kildare o interrompeu.

— Pregador, é melhor você me deixar lidar com isso. Você está em choque. Sente-se aí.

Curtis sentou-se. Kildare parecia subitamente transformado em um sujeito quieto e poderoso a quem seria bom obedecer.

— Agora, Alice, sente-se também. — Ele puxou uma poltrona da parede e colocou a mulher suavemente nela. Ela se sentou olhando para os dois, uma linda mulher ao luar, o roupão de seda azul-claro que usava caindo sobre sua forma esbelta em dobras graciosas. Curtis desejou poder acordar. Aquele era o pior pesadelo que já tivera.

Henry se inclinou para a frente do sofá.

— Agora, Alice, conte-nos tudo. Você tem que contar, você sabe. Depois veremos o que pode ser feito. O jogo acabou.

— Sim, eu sei. — Alice riu histericamente. — Mas tive cinco anos gloriosos. Ah, eu os governei... do meu leito de doente eu os governei. Eu puxei as cordas e eles dançaram – minhas marionetes. Lucia *negra* e Alec condescendente... e esse garoto apaixonado aí.

— Sim, deve ter sido divertido — concordou Henry. — Mas por quê, Alice?

— Eu estava cansada de ser tratada com condescendência, de ser esnobada — disse Alice amargamente. — Isso é o que minha juventude foi. Eu era apenas a parente pobre. Ora, quando eles tinham visita eu tinha que esperar e comer depois. Eu não era boa o suficiente para falar com a companhia deles. Não, eu só era boa o suficiente para colocar a mesa e cozinhar sua comida. Eu odiava cada um deles... Principalmente Lucia. Ela era a queridinha deles. Seu pai não deixaria que os ventos do céu a visitassem com muita força. Eu dormia em um quarto escuro e abafado nos fundos. Ela tinha a vigia ensolarada. Ela era quatro anos mais nova que eu, mas achava que era minha superior em tudo. Mandaram ela para a escola. Ninguém jamais pensou em me educar, embora eu fosse muito mais inteligente que ela.

— Inteligente, sim — concordou Henry com uma ênfase curiosa.

Curtis sentiu que não deveria deixar Alice Harper dizer tais coisas de Lucia, mas uma paralisia temporária parecia ter caído sobre ele. Era um sonho... um pesadelo... não podia... Alice continuou.

— Tio Winthrop estava sempre dizendo coisas sarcásticas para mim. Lembro-me de todas elas. Você se lembra delas, Henry?

— Sim. O velho tinha esse hábito. Não significava muito. Achei que ele não era tão legal quanto poderia ter sido. Mas sua tia era boa com você.

— Ela me deu um tapa um dia. Eu a odiei depois disso. Não falei uma palavra com ela por dez semanas. E ela nunca percebeu. Um dia, quando eu tinha dezenove anos, ela disse: "Eu me casei na sua idade". De quem era a culpa de eu não ter casado? Eu odiava andar com os jovens. Eu sabia que eles me desprezavam.

— Bobagem — disse Henry. — Você imaginou isso.

— Laura Gregor me provocou uma vez por viver de caridade — retrucou Alice, com a voz trêmula. — Se eu estivesse vestida como Lucia, Roy Major teria me notado. Mas eu era pobre... deselegante. Eu... Eu o amava... Eu teria feito qualquer coisa para conquistá-lo.

— Lembro-me de como eu tinha ciúmes dele — disse Henry, pensativo.

Alice continuou como se não o tivesse ouvido.

— Quando Marian Lister me disse que ela e Roy iam se casar e me pediu para ser sua dama de honra, tive vontade de matá-la. Mas consenti. Ela não devia suspeitar e triunfar sobre mim. Pensei que meu coração fosse partir no dia do casamento. Orei para que Deus me desse o poder de vingar meu sofrimento em alguém.

— Pobrezinha — disse Henry.

— Essa foi minha vida por vinte anos. Então sofri a queda. Fiquei paralisada no começo. Durante meses não consegui me mexer. Então descobri que podia. Mas não faria. Tive uma ideia. Eu tinha encontrado uma maneira de puni-los... governá-los. Ah, ri quando pensei nisso.

Alice riu. Curtis lembrou que nunca a ouvira rir antes. Havia algo desagradável na risada que o lembrava das noites assombradas.

— Minha ideia funcionou bem. Eu tinha medo de não poder enganar os médicos. Mas foi fácil... tão fácil. Eu nunca poderia acreditar que seria tão fácil enganar pessoas supostamente inteligentes. Como eu ri comigo mesma enquanto eles me consultavam com rostos solenes! Eu nunca reclamei. Tinha que ser paciente, santa, heroica. Tio Winthrop tinha vários especialistas. Enfim, ele tinha que gastar algum dinheiro com sua sobrinha desprezada. Todos eram fáceis de enganar, exceto o dr. Clifford. Senti que ele estava vagamente desconfiado. Então eu não teria mais médicos. A casa esperou, apreensiva. Ah, como eu me vangloriava em sentir tanto poder sobre eles... Eu, a quem eles desprezaram. Eu nunca tinha sido importante para eles. Eu era a pessoa mais importante da casa agora. Lucia veio para casa para cuidar de mim. Ela achava que era seu "dever". Lucia sempre se levou muito a sério.

Alice lançou um olhar malicioso para Curtis.

— As pessoas diziam que minha paciência era angelical. O sr. Sheldon disse que eu era uma santa. Eles começaram a me chamar de anjo de Glen Donald. Uma vez, eu não disse uma palavra por quatro dias. A casa estava terrivelmente alarmada. E fiz Lucia esfregar minhas costas e ombros todas as noites por meia hora. Foi um excelente exercício para ela e me divertiu. Alguns dias eu fingia sofrer horrivelmente. Tinha o quarto escurecido, gemia ocasionalmente por horas. Eu tinha esses ataques sempre que achava que Lucia precisava de um pouco de disciplina. Então descobri que Alec queria se casar com Edna Pollock. Isso não combinava comigo. Lucia estaria livre para ir e Edna não cuidaria de mim direito. Além disso, uma Pollock não era boa o suficiente para um Field. Então me veio a ideia de brincar de assombração.

— Agora estamos chegando à parte interessante — disse Henry. — Como você conseguiu fazer tudo isso... trancada em seu quarto?

— Há um armário em meu quarto, e sua parede traseira não é real. É apenas uma divisória de tábuas entre o armário e a alcova onde estão as escadas do sótão. Quando eu era criança, descobri que duas dessas tábuas podiam ser fácil e silenciosamente deslizadas para trás. Mantive isso em segredo, gostando de saber algo que ninguém mais sabia. Era muito fácil sair e entrar por aquele espaço. Ninguém nunca suspeitou de mim com minha porta trancada.

— Mas como você pôde sair do sótão? Só há um caminho para cima e para baixo.

— Eu não disse que as pessoas eram fáceis de enganar? Há um grande baú lá em cima, supostamente cheio de colchas... minhas colchas. A velha vovó Field as deixou para mim... então ninguém nunca as perturbou. O baú não está cheio. Há bastante espaço entre as colchas. Eu costumava passar por lá. Ninguém jamais poderia subir as escadas do sótão sem que eu o ouvisse. Dois dos degraus rangem. Eu nunca pisei neles. Quando ouvia alguém se aproximando, fechava a tampa e puxava uma daquelas grossas colchas dobradas sobre minha cabeça. Dezenas de pessoas levantaram a tampa daquele baú – o via aparentemente cheio de colchas de lã - e abaixaram a tampa novamente. O sr. Burns fez isso duas vezes. Eu estava rindo dele. Ah, eles eram todos tão tolos. Mas eu era inteligente... você não pode negar que eu era uma boa atriz. Quando eu era menina, queria subir ao palco e o tio Winthrop desprezou a ideia. "Você acha que sabe atuar, garota?", ele zombou. Eu me pergunto o que ele pensaria agora. Era divertido aterrorizar as pessoas com sua risada. Eu poderia imitar sua voz para sempre... a dele e a de Anna Marsh.

— Você sempre foi uma boa mímica — concordou Henry. — Mas como balançou o berço depois que foi retirado?

— Nunca toquei no berço. Eu fazia um barulho de balanço contorcendo uma tábua solta no chão. Eu poderia facilmente manipulá-la sem sair do baú. Claro que arrisquei. Dezenas de vezes quase fui pega... mas nunca completamente. Eu não costumava pregar peças nas noites de luar. Certa vez, por diversão, subi uma escada e caminhei ao longo do telhado plano do celeiro. Mas isso era muito perigoso. Fui vista por algum transeunte. Às vezes, quando as pessoas viam, eu não fazia nada. Outras vezes, me divertia em enganá-los. Geralmente eu deslizava pelo corrimão. Era mais tranquilo e rápido. Eu nunca fazia nenhum barulho embaixo das escadas até terminar a noite. Nunca fiz nada sem planejar uma maneira de escapar de antemão. Havia muitos esconderijos se eu não conseguisse voltar ao armário a tempo. Era em seu velho violino que eu tocava, Henry. Eu o escondi atrás das tábuas do armário quando você foi embora. Quando as pessoas começaram a suspeitar de Lucia, delirei com tanta veemência que pensaram que protestei demais.

— E aquelas pegadas sangrentas e as maldições? — perguntou Henrique.

— Ah, os Fields mantinham tantas galinhas que nunca as contavam. As maldições me custaram um pouco de habilidade de composição. Encontrei algumas muito eficazes na Bíblia. "Não haverá um homem velho em tua casa." Isso fez Alec pensar que ia morrer jovem.

— Foi você que cortou o cabelo de Maggie Elsen?

— É claro. Um dia, ela se esqueceu de trancar a porta. Eu queria Julia de volta. Uma noite, pensei que enfim tinha sido pega. Achei que você tivesse visto o reflexo do meu rosto na janela do quarto de hóspedes.

Ela gesticulou em direção a Curtis, mas ele não olhou para cima. Uma faísca de malícia surgiu em seu rosto.

— Minha maior diversão era preocupar Lucia. Certa manhã, fingi estar febril e Lucia colocou um termômetro debaixo da minha língua. Quando ela saiu, enfiei-o em uma xícara de chá na bandeja e o coloquei de volta quando a ouvi chegar. Minha temperatura mediu quarenta graus. Lucia correu muito alarmada para telefonar para o médico. Quando ele veio, declarou que minha temperatura estava normal. Lucia acreditou que havia cometido um erro tolo e seu rosto queimou. Ah, o orgulho Field ficou um pouco humilhado. Quando cortei a bétula que ela amava, cada golpe foi uma delícia para mim.

Mesmo assim, Curtis não fez nenhum sinal. Alice continuou a se dirigir a ele.

— Fiquei feliz quando você chegou. Eu queria um jovem ministro. Estava tão cansada do velho sr. Sheldon. Enquanto a esposa dele estava viva, havia alguma diversão em fazê-lo adorar meu santuário; por mais velhos que fossem, ela tinha ciúmes da devoção dele por mim. Quando ninguém mais se importava com o quanto ele reverenciava minha santidade, eu não queria sua reverência. E eu não tinha medo de você. Eu sabia que você seria tão facilmente enganado quanto o resto. Mas decidi que ficaria quieta por um tempo para que você não ficasse chocado e nos deixasse. Foi muito divertido falar seriamente com você sobre nossos fantasmas. E então você se apaixonou por minha prima e eu decidi que você deveria ir. Eu sabia que Lucia era secretamente louca por você, mas, como todos os Fields, ela consegue esconder seus sentimentos muito bem. E, no entanto, quando você me disse que iria, minhas lágrimas de arrependimento foram muito reais. Você não tem ideia do quanto eu gostava de você.

Alice riu novamente. Seus olhos brilhavam ao luar.

— Como você fazia as ligações? — perguntou Henry. — Eu estava no corredor quando estava tocando. Não havia ninguém por perto.

— Ah, eu não tive nada a ver com isso. Alguns garotos devem estar pregando uma peça. Eles costumam fazer isso... mas nunca é notado em uma casa que não deveria ser assombrada. Ajudou as coisas. E eu não peguei o dinheiro de Alec. Algum Marsh fez isso, sem dúvida. Não Julia talvez, mas alguém deles. Tampouco ateei fogo à casa do maquinário. Provavelmente era algum vagabundo rondando... de qualquer forma, não sei nada a esse respeito.

— Estou feliz em ouvir isso — disse Henry em tom de alívio. — Agora entendo. E é verdade que você pode andar tão bem quanto qualquer um?

— Claro que posso. Fiz bastante exercício à noite e caminho bem. O que vocês vão fazer, senhores, meus juízes? Contar ao tolo do Alec e à negrinha Lucia, suponho, e me expulsar. Eu não viveria aqui agora mesmo se eles me deixassem. Eu morreria de fome primeiro.

— Ora, não, você não vai morrer de fome — disse Henry calmamente. — O pregador aqui pode contar a Alec e Lucia... Não estou ansiando por essa tarefa. É com você que estou preocupado. Vou me casar com você e levá-la embora. Foi isso que vim fazer aqui. Eu supus que não podia quando soube que você estava acamada. Mas já que não está, o que há para atrapalhar?

— Você me quer? — disse Alice lentamente.

— Pelos deuses, sim — afirmou Henry enfaticamente. — Eu não me importo com o que você fez... você é a garota que eu quis toda a minha vida. Terei você. Vou levá-la para a costa... você nunca mais precisa ver nenhuma das pessoas aqui.

— Você vai me tirar daqui esta noite... agora? — exigiu Alice.

— Claro — disse Henry. — Nós iremos direto para a estação. Será hora do trem quando chegarmos lá. Nós iremos para Rexbridge e nos casaremos. Tudo bem, pregador, não é?

— Eu... creio que sim — disse o pobre Curtis.

Henry se inclinou para a frente e deu um tapinha gentil no braço de Alice.

— Está acordado. Venha comigo. Eu vou alojar e vestir você como uma rainha, mas ouça, minha garota, ouça. Não deve haver mais truques... chega de truques com Henry Kildare. Entendeu?

— Eu... entendi — disse Alice.

— Suba e prepare-se. Tem alguma coisa para vestir?

— Eu tenho meu velho terno azul-marinho e um chapéu — disse Alice humildemente.

— Bem, pregador, o que você tem a dizer? — exigiu Henry quando ela se foi.

— Nada — disse Curtis. Henry assentiu.

— É o melhor a se fazer, eu acho. Não tenho nada a dizer.

A porta se fechou atrás de Henry Kildare e Alice Harper. Curtis não havia falado uma palavra mesmo quando Alice parou por um momento ao passar por ele no corredor.

— Me odeie... me odeie — disse ela apaixonadamente. — Não me importo com seu ódio, mas não terei sua tolerância.

O sr. Sheldon apareceu na noite seguinte, depois de ouvir o incrível boato que se espalhou como chamas por Glen Donald. Ele ouviu a história de Curtis e balançou a cabeça.

— Bem, suponho que depois de um tempo vou aceitar. No momento não consigo acreditar, só isso. Foi um sonho.

— Acho que todos nos sentimos assim — disse Curtis. — Alec e Lucia passaram o dia todo em um torpor indefeso.

— O que mais me magoa — disse o sr. Sheldon, trêmulo — é ela... sua hipocrisia. Ela fingiu estar tão interessada em nosso trabalho.

— Essa parte pode não ter sido hipocrisia, sr. Sheldon. Pode ter sido um lado real da natureza dela.

— Incrível.

— Quanto à anormalidade, nada é incrível. Lembre-se de que você não pode julgá-la como faria com uma pessoa normal. Ela nunca foi normal... sua história prova isso. Ela foi prejudicada pela hereditariedade. Seu pai e seu avô eram bêbados. Não se pode consertar os ancestrais. O choque do sentimento reprimido no casamento do homem que ela amava evidentemente estragou sua alma.

— Pobre Henry Kildare.

Curtis sorriu infantilmente.

— Não tão pobre. Ele tem a mulher que sempre quis e, acredite, sr. Sheldon, ele vai domá-la. Além disso, casamento, um lar e riqueza - tudo o que ela desejava - pode ter um efeito muito bom em sua mente. Mas ela nunca mais voltará para exibir seus diamantes em Glen Donald.

Quando Curtis voltou do portão ao crepúsculo, encontrou Lucia na varanda. Ela quase escapou, mas ele a pegou, exultante.

— Querida, você vai me ouvir agora... você vai... você vai.

Jack estava atravessando o gramado. Lucia se contorceu do aperto de Curtis e correu. Mas antes de correr, Curtis ouviu o som mais encantador do mundo — a gargalhada dócil de uma mulher pega pelo homem que ama.

L. M. MONTGOMERY

O ENCONTRO AMOROSO DA DAMA BRANCA

1922

Apesar dos poucos dotes do rapaz, Catherine Ames quer que seu sobrinho se case. Mas, para isso, terá que aconselhá-lo a se manter longe do fantasma de Isabel Temple — conhecido por arruinar os homens da família.

— Eu gostaria que você se casasse, Roger — disse Catherine Ames. — Estou ficando velha demais para trabalhar, fiz setenta anos em abril passado, e quem vai cuidar de você quando eu me for? Case-se, meu amor, case-se.

Roger Temple estremeceu. A voz áspera e desagradável de sua tia sempre abalava horrivelmente seus nervos sensíveis. Ele gostava dela de certa forma, mas aquela voz sempre o fazia se perguntar se poderia haver algo mais difícil de suportar.

Então ele deu uma risadinha amarga.

— Quem se casaria comigo, tia Catherine?

Catherine Ames olhou para ele criticamente do outro lado da mesa de jantar. Ela o amava à sua maneira, de todo o coração, mas não era nem um pouco cega para seus defeitos. Ela não amenizava as questões consigo mesma nem com outras pessoas. Roger era um sujeito pálido, de feições simples, de aparência pequena e insignificante. E, como se isso não fosse ruim o suficiente, ele andava mancando um pouco e tinha um ombro fino um pouco mais alto que o outro — "Costas de Jarro" Temple, ele tinha sido chamado na escola, e o nome ainda se agarrava a ele. Sem dúvida, ele tinha belos olhos cinzentos, mas o brilho sonhador dava ao seu rosto sem graça uma expressão estranha que as moças não gostavam, e assim tornava as coisas piores que melhores. Claro que a aparência não importava tanto no caso de um homem; Steve Millar era bastante caseiro e todo marcado com varíola, mas tinha como esposa a moça mais bonita e inteligente de South Bay. Mas Steve era rico. Roger era pobre e sempre seria. Ele trabalhava em sua fazendinha pedregosa, da qual seu pai e seu avô haviam tirado uma vida justa, de certa forma, mas a natureza não o havia escolhido para ser um fazendeiro bem-sucedido. Ele não tinha forças para isso e seu coração não estava nisso. Ele preferia se debruçar sobre um livro. Catherine secretamente achava que as chances matrimoniais de Roger eram muito baixas, mas isso não serviria para desencorajá-la. O que ele precisava era de estímulo.

— Você terá alguém se não for muito exigente — ela anunciou em voz alta e alegremente. — Há sempre uma ou duas moças aqui que ficariam felizes em se casar por um lar. Não adianta *você* ficar pensando em uma moça jovem e bonita. Você não a conseguiria e seria pior se conseguisse. Seu avô se casou por causa da aparência, e uma bela esposa inútil ele conseguiu - ela estava doente metade do tempo. Consiga uma boa moça forte que não tenha medo de trabalho, que vai manter as coisas direitas quando você estiver lendo poesia... é o máximo que você pode esperar. E quanto mais cedo melhor. Estou acabada... o reumatismo do inverno passado quase acabou comigo. E não podemos pagar uma funcionária.

Roger sentiu como se sua alma crua e trêmula estivesse sendo queimada. Ele olhou para a tia com curiosidade — para o rosto largo e achatado com a verruga na ponta do nariz atarracado, os pelos eriçados no queixo, o pescoço amarelo enrugado, os olhos pálidos e salientes, a boca grosseira e bem-humorada. Ela era muito feia — e ele a tinha visto do outro lado da mesa por toda a vida. Por vinte e cinco anos, ele a olhou assim. Ele deveria continuar olhando para a feiura na forma de uma esposa pelo resto da vida — ele, que adorava a beleza em tudo?

— Minha mãe se parecia com você, tia Catherine? — ele perguntou abruptamente.

A tia o encarou e bufou. Seu bufo era para expressar uma diversão gentil, mas soava como escárnio e desprezo.

— Sua mãe não era tão humilde quanto eu — disse ela alegremente —, mas também não era bonita. Nenhum dos Temples era mais bonito que o necessário. Éramos *trabalhadores*. Seu pai não era feio. Você é mais humilde do que qualquer um deles. De certa forma, você se parece com sua avó - embora *ela* tenha sido considerada bonita um dia. Ela era mais alta e esguia como você, e você tem os olhos dela. Por que de repente você está tão interessado na aparência de sua mãe?

— Eu estava me perguntando — disse Roger despreocupadamente — se meu pai alguma vez a olhou do outro lado da mesa e desejou que ela fosse mais bonita.

Catherine deu uma risadinha. A risada era feia e desagradável como tudo nela — tudo, exceto um certo velho coração estranho, amoroso e leal enterrado no fundo do peito, pelo qual Roger suportava a risada e todo o resto.

— Com certeza, com certeza. Homens sempre desejam boa aparência. Mas não se deve dar um passo maior que a perna. Quanto à sua pobre mãe, ela não viveu o suficiente para ficar tão feia quanto eu. Quando eu vim aqui para cuidar da casa do seu pai, as pessoas disseram que não demoraria muito para ele se casar comigo. *Eu* não me importaria. Mas seu pai nunca deu a entender. Acho que ele já tivera sua cota de mulheres feias.

Catherine bufou amigavelmente outra vez. Roger se levantou — não aguentou mais. Ele precisava escapar.

— Agora, pense no que eu falei — a tia disse. — Você vai arrumar uma esposa logo, não importa como. Não será tão difícil se você for razoável. Não fique fora até tarde como fez ontem à noite. Você tossiu a noite toda. Onde você estava, na praia?

— Não — respondeu Roger, que sempre respondia às perguntas dela, mesmo quando as odiava. — Eu estava no túmulo da tia Isabel.

— Até as onze horas! Você não é sábio! Eu não sei por que você gosta daquele lugar estranho. *Eu* não estive perto dele por vinte anos. Me pergunto se você não tem medo. O que você acha que faria se visse o fantasma dela?

Catherine olhou curiosa para Roger. Ela era muito supersticiosa e acreditava firmemente em fantasmas, e não via nenhum absurdo em sua pergunta.

— Eu gostaria de *poder* vê-la — disse Roger, seus grandes olhos brilhando. Ele também acreditava em fantasmas, pelo menos no fantasma de Isabel Temple. Seu tio a havia visto; seu avô a havia visto; ele acreditava que a veria – o belo, fascinante, zombeteiro e sedutor fantasma da adorável Isabel Temple.

— Não deseje essas coisas — repreendeu Catherine. — Ninguém nunca é o mesmo depois de vê-la.

— O tio ficou diferente? — Roger tinha voltado para a cozinha e olhava com curiosidade para a tia.

— Diferente? Ele era outro homem. Ele nem *parecia* o mesmo. Os olhos! Sempre olhando além de você. Eles dariam arrepios em qualquer um. Ele nunca se importou com mulheres de carne e osso depois disso – disse que um homem não se importaria depois de ver Isabel. A vida dele estava completamente arruinada. Sorte que ele morreu jovem. Eu odiava estar na mesma sala com ele - ele não era astuto, só posso dizer isso. Fique longe daquele túmulo – *você não quer parecer mais estranho do que já é por natureza*. E quando se casar, você terá que desistir de vagar cerca de metade da noite em cemitérios. Uma esposa não aturaria isso como eu aturo.

— Nunca terei uma esposa tão boa quanto você, tia Catherine — disse Roger com um sorrisinho caprichoso que lhe deu a aparência de um gnomo divertido.

— Decerto você não vai. Mas alguém você tem que ter. Por que você não tenta a 'Liza Adams? Ela *pode* te aceitar.

— 'Liza... Adams!

— Foi o que eu disse. Você não precisa repetir "'Liza... Adams" como se eu tivesse mencionado um hipopótamo. Eu perco a paciência com você. Acredito em meu coração que você acha que deveria arranjar uma esposa que se pareça com uma pintura.

— Eu quero, tia Catherine. Esse é exatamente o tipo de esposa que eu quero – graça, beleza e charme. Não me contentarei com nada menos.

Roger riu amargamente de novo e saiu. Era fim de tarde. Não havia trabalho a fazer naquela noite, exceto ordenhar as vacas, e o garotinho que trabalhava na fazenda podia fazer isso. Ele sentiu uma liberdade feliz. Colocou a mão no bolso para conferir se seu amado Wordsworth[1] estava lá e então atravessou os campos, sob um céu roxo e âmbar, andando rapidamente apesar de mancar. Queria chegar a algum lugar solitário onde pudesse esquecer a tia Catherine e suas abomináveis sugestões e fugir para o mundo dos sonhos onde vivia habitualmente e onde encontrava a beleza que não havia encontrado nem esperava encontrar no mundo real.

---

1 William Wordsworth (1770-1850), proeminente poeta romântico inglês. [N. da T.]

A mãe de Roger morreu quando ele tinha três anos e o pai quando ele tinha oito. Sua pequena, velha e acamada avó viveu até ele ter doze anos. Ele a tinha amado apaixonadamente. Ela não era bonita em sua lembrança — uma coisinha encolhida, enrugada —, mas tinha lindos olhos cinza que nunca envelheceram e uma voz suave e gentil — a única voz feminina que ele já tinha ouvido com prazer. Roger era muito crítico em relação às vozes das mulheres e muito sensível a elas. Nada o magoava tanto quanto uma voz desagradável — nem mesmo um rosto desagradável. A morte dela o deixou desolado. Ela era o único ser humano que já o tinha entendido. Ele nunca poderia, pensou, passar por seus dias tortuosos de escola sem ela. Depois que ela morreu, ele não foi à escola. Ele não recebeu nenhum tipo de educação. Seu pai e seu avô eram homens analfabetos e Roger herdou suas células cerebrais subdesenvolvidas. Mas adorava poesia e lia tudo o que podia. Revestia sua natureza primitiva com uma curiosa iridescência de fantasia e dela recebia ideais e fomes que seu ambiente nunca poderia satisfazer. Roger amava a beleza em tudo. O nascer da lua o feria com sua beleza e ele podia ficar sentado por horas olhando para um narciso branco — para a grande exasperação de sua tia. Ele era solitário por natureza. Ele se sentia terrivelmente sozinho em um prédio lotado, mas nunca na floresta ou nos lugares selvagens ao longo da costa. Era por isso que a tia não conseguia levá-lo à igreja — o que era um horror para sua alma ortodoxa. Ele disse a ela que gostaria de ir à igreja se estivesse vazia, mas não a suportava quando cheia — cheia de pessoas presunçosas e feias. A maioria das pessoas, pensou Roger, era feia — embora não tão feia quanto ele —, e a feiura o deixava doente de repulsa. De vez em quando, via uma moça bonita para quem gostava de olhar, mas nunca via uma que o agradasse totalmente. Para ele, o simples, aleijado e pobre Roger Temple, a quem todos teriam desprezado, sempre havia algo sutil faltando, e a falta dele o mantinha severo. Ele sabia que isso provavelmente o salvara de muito sofrimento, mas se arrependia. Roger queria amar, mesmo em vão; queria experimentar essa paixão que os poetas tanto cantavam. Sem ela, ele sentia que não tinha a chave para um mundo de maravilhas. Ele até tentou se apaixonar; ia à igreja vários domingos e sentava-se onde podia ver a bela Elsa Carey. Ela era adorável — lhe dava prazer olhar para ela; o dourado de seu cabelo era tão brilhante e vivo; o rosa de sua bochecha tão puro, a curva de seu pescoço tão impecável, os cílios de seus olhos tão escuros e sedosos. Mas Roger a olhava como para uma foto. Quando tentava pensar e sonhar com ela, ficava entediado. Além disso, ele sabia que ela tinha uma voz um tanto anasalada. Ele costumava rir sarcasticamente consigo mesmo sobre os sentimentos de Elsa se ela soubesse como ele estava desesperadamente tentando se apaixonar por ela e falhando. Roger enfim desistiu de tentar, mas ainda ansiava por amar. Ele sabia que nunca se casaria; não poderia casar-se com a simplicidade, e a beleza não o aceitaria; mas não queria perder tudo e teve momentos em que ficou muito amargo e rebelde porque sentiu que sempre perderia.

  Ele foi direto para o túmulo de Isabel Temple no remoto campo de sua fazenda. Isabel Temple vivera e morrera oitenta anos antes. Ela tinha sido muito amável, muito voluntariosa, gostava muito de brincar com os corações dos homens. Ela se casara com William Temple, irmão do bisavô de Roger, e enquanto estava em seu vestido branco ao lado do noivo, na conclusão da cerimônia de casamento, um amante abandonado, enlouquecido pelo desespero, entrou na casa e a matou a tiros. Ela havia sido enterrada no campo da costa, onde um espaço quadrado fora separado no centro para um cemitério, porque a igreja estava muito longe. Com o passar dos anos, o terreno crescera tanto com abetos, bétulas e cerejeiras selvagens que parecia um pequeno bosque. Um caminho sinuoso o conduziu até o centro, onde ficava o túmulo de Isabel Temple, coberto de grama verde-clara, longa e sedosa. Roger se apressou pelo caminho e sentou-se na grande pedra cinza ao lado do túmulo, olhando em volta com um longo suspiro de prazer. Como era adorável — e mágico — e sobrenatural ali. Pequenas samambaias cresciam nas cavidades e rachaduras da grande pedra onde a argila se alojara. Sobre a lápide torta e coberta de líquens de Isabel Temple pendia uma jovem cerejeira silvestre em sua delicada floração. Acima dela, em um pedacinho de céu deixado pelas copas esguias das árvores, havia uma lua jovem. Estava escuro demais para ler Wordsworth, mas isso não importava. O lugar, com seu ar úmido, seu cheiro de bálsamo de abeto, era como um quarto perfumado onde um homem pode sonhar e ter visões. Ouviu-se um suave murmúrio de vento nos galhos sobre ele, e o longínquo gemido do mar na barra se insinuou. Roger entregou-se totalmente ao encanto do lugar. Quando entrou naquele bosque, ele deixou para trás o reino da luz do dia e as coisas conhecidas e entrou no reino das sombras, mistério e encantamento. Qualquer coisa podia acontecer — qualquer coisa podia ser verdade.

Oitenta longos anos se passaram, mas Isabel Temple, tão cruelmente arrancada da vida no momento mais promissor, nem sequer descansava calmamente em seu túmulo; pelo menos era essa a história, e Roger acreditou nela. Estava em seu sangue acreditar. Os Temples eram uma família supersticiosa, e não havia nada na educação de Roger para corrigir essa tendência. Sua mente não era cética ou científica. Era ignorante, poética e crédula. Ele sempre aceitara inquestionavelmente a história de que Isabel Temple tinha sido vista na Terra muito tempo depois que o barro vermelho foi empilhado sobre seu corpo assassinado. O noivo dela a tinha visto, quando foi visitá-la na véspera de seu segundo e infeliz casamento; o avô de Roger a tinha visto. A avó dele, que lhe contara a história de Isabel, também lhe contara isso e acreditava. Ela acrescentou, com uma amargura estranha à ideia que ele tinha dela, que o marido nunca mais foi o mesmo; o tio dele a vira — e vivera e morrera como um homem assombrado. Era apenas para os homens que o adorável e inquieto fantasma aparecia, e sua aparência não era um bom presságio para aquele que a via. Roger sabia disso, mas tinha um desejo curioso de vê-la. Ele nunca evitou o túmulo dela como outros de sua família fizeram. Ele adorava o local e acreditava que algum dia veria Isabel

Temple ali. Ela vinha, assim dizia a história, para uma pessoa em cada geração da família.

Ele olhou para a sepultura afundada dela; uma leve brisa, que vinha sorrateiramente pelo chão do bosque, levantava e balançava a grama comprida e peluda, dando a curiosa sugestão de algo preso embaixo dela tentando respirar fundo e flutuar.

Então, quando ergueu os olhos novamente, ele a viu!

Ela estava atrás da lápide, sob a cerejeira, cujos longos galhos brancos tocavam sua cabeça; parada ali, com a cabeça um pouco inclinada, mas olhando fixamente para ele. Era o momento entre o crepúsculo e a escuridão agora, mas ele a viu com muita clareza. Ela estava vestida de branco, com um lenço transparente na cabeça, e seu cabelo estava em uma trança escura e pesada pendurada sobre o ombro. Seu rosto era pequeno e branco como marfim, e seus olhos eram muito grandes e escuros. Roger olhou diretamente para eles e eles fizeram algo com ele — tiraram algo que nunca mais seria dele — o coração? A alma dele? Roger não sabia. Ele só sabia que a adorável Isabel Temple havia chegado e que ele lhe pertencia para sempre.

Por alguns momentos que pareceram anos, Roger olhou para ela — olhou até que o encanto dos olhos dela o atraiu a seus pés como um homem se levanta em sonambulismo. Enquanto ele se levantava lentamente, o galho baixo de um abeto empurrou seu chapéu sobre o rosto e bloqueou sua visão.

Quando ele o arrancou, Isabel havia partido.

Roger Temple não voltou para casa até o amanhecer da primavera no céu. Catherine estava insone de ansiedade por ele. Quando o ouviu subir as escadas, ela abriu a porta e espiou. Roger seguiu pelo corredor sem vê-la. Os olhos brilhantes dela olhavam diretamente para ele, e havia algo no rosto do rapaz que fez Catherine voltar para a cama com um arrepio de medo. Ele se parecia com o tio. Ela não perguntou, quando se encontraram no café da manhã, onde ou como ele havia passado a noite. Roger estivera temendo a pergunta e ficou muito aliviado quando não foi feita. Porém, além disso, ele mal estava consciente da presença da tia. Ele comia e bebia mecanicamente e em silêncio. Quando o sobrinho saiu, Catherine balançou a cabeça grisalha.

— Ele está enfeitiçado — murmurou. — Conheço os sinais. Ele a viu - maldita! Ela devia desistir desse feitiço. Bem, não sei o que fazer, acho que não há nada que eu possa fazer. Ele nunca vai se casar agora. Estou tão certa disso. Ele está apaixonado por um fantasma.

Ainda não havia ocorrido a Roger que ele estava apaixonado. Ele não pensava em nada além de Isabel Temple — o rosto adorável dela, tão adorável, mais doce do que qualquer imagem que ele já vira ou qualquer ideal que tivesse sonhado, seus longos cabelos escuros, seu corpo esbelto e, mais que tudo, seus olhos atraentes. Ele os via onde quer que olhasse; eles o atraíam; Roger os teria seguido até o fim do mundo, sem se importar com nada.

Ele ansiava pela noite para que pudesse outra vez ir ao túmulo no bosque assombrado. Ela poderia aparecer de novo, quem sabe? Ele não sentia medo, nada além de uma fome terrível de vê-la novamente. Mas Isabel não veio naquela noite, nem na seguinte, nem na próxima. Duas semanas se passaram e ele não a tinha visto. Talvez nunca mais a visse — o pensamento o encheu de uma angústia insuportável. Ele sabia agora que a amava — Isabel Temple, morta havia oitenta anos. Era amor — aquela coisa lancinante, torturante, intoleravelmente doce —, aquela posse de corpo, alma e espírito. Os poetas cantaram a respeito, mas fracamente. Se encontrasse as palavras certas, Roger poderia explicar melhor. Poderiam outros homens terem amado — algum homem poderia amar aquelas garotas coradas e comuns da terra? Parecia impossível, absurdo. Só havia uma coisa que podia ser amada: aquele espírito pálido. Não era de se espantar que o tio dele tivesse morrido. Ele, Roger Temple, logo morreria também. Seria bom. Só os mortos podiam cortejar Isabel. Enquanto isso, ele se deleitava com seu tormento e sua felicidade — tão loucamente misturados que

Roger nunca sabia se estava no céu ou no inferno. Era lindo e terrível e maravilhoso e requintado — ah, tão requintado. O amor mortal nunca poderia ser tão requintado. Roger nunca vivera antes. Agora, vivia com cada fibra de seu ser.

Ele ficou satisfeito por tia Catherine não fazer perguntas. Tinha temido que fizesse. Mas ela não mais fazia perguntas e tinha medo de Roger, assim como tivera medo do tio dele. Ela não se atrevia a fazer perguntas. Era uma coisa a deixar para lá. Quem sabia o que ela poderia ouvir se lhe fizesse perguntas? Ela estava muito infeliz. Algo terrível acontecera com o pobre menino dela — ele havia sido enfeitiçado por aquela assanhada. Ele morreria como o tio havia morrido.

— Talvez seja melhor — ela murmurou. — Ele é o último dos Temples, então talvez ela descanse no túmulo quando matar todos eles. Não sei por que ela é tão rancorosa com *eles*. Teria mais sentido se ela assombrasse os Mortons, já que um Morton a matou. Bem, estou muito velha, cansada e exaurida. Não parece que serviu para muita coisa a forma como me esforcei para criar o garoto e manter as coisas direitas para ele - e agora o fantasma o pegou. Era melhor eu ter deixado ele morrer quando era um bebê doente.

Se isso tivesse sido dito a Roger, ele teria respondido que valia a pena ter vivido o suficiente para sentir o que estava sentindo agora. Não teria perdido isso nem pelas vidas de outros homens. Ele bebera um pouco de vinho imortal e era agora como um deus. Mesmo que Isabel nunca mais voltasse, ele a vira uma vez, e ela lhe ensinara o grande segredo da vida naquela inesquecível troca de olhares. Ela pertencia a ele, era dele apesar da feiura e do ombro torto de Roger. Nenhum homem poderia tirá-la dele.

Mas Isabel veio outra vez. Uma noite, quando o bosque escuro estava cheio de magia à luz da lua amarela que brilhava no campo, Roger sentou-se na grande pedra ao lado do túmulo. A noite estava muito calma; não havia nenhum som a não ser os ecos de risadas barulhentas que pareciam vir da margem da baía — pescadores bêbados, provavelmente. Roger se ressentiu da intrusão do som em tal lugar — era um sacrilégio. Quando ele ia até ali para sonhar com ela, apenas o mais adorável dos sons abafados deveria ser ouvido: o sussurro mais fraco das árvores, o gemido meio ouvido, meio sentido da rebentação, o suspiro mais arejado do vento. Agora, ele não mais lia Wordsworth ou qualquer outro livro. Ele apenas se sentava lá e pensava nela, seus grandes olhos iluminados, seu rosto pálido corado com a maravilha do amor.

Isabel deslizou pelos galhos escuros como um raio de luar e parou ao lado da pedra. Mais uma vez, Roger a viu com clareza — a viu e a bebeu com os olhos. Não ficou surpreso; algo nele sabia que ela viria novamente. Ele não moveria um músculo para não a perder como a havia perdido antes. Eles se entreolharam... por quanto tempo? Roger não sabia; e então... uma coisa horrível aconteceu. Naquele lugar de maravilha e revelação e mistério cambaleou uma criatura soluçando e rindo, um marinheiro bêbado de um navio do porto, com um rosto malicioso e respiração profanadora.

— Ah, você está aqui, minha querida. Eu achei que ia alcançá-la — disse ele.

Ele a segurou. Isabel gritou. Roger correu à frente e atingiu o estranho no rosto. Em sua fúria repentina, a força de dez homens pareceu tomar conta de seu corpo esbelto e ser transmitida em seu golpe. O marinheiro recuou e levantou as mãos. Ele era um covarde — e mesmo um homem corajoso poderia ter se assustado com aquele terrível rosto branco e aqueles olhos ardentes. Ele recuou no caminho.

— *Disculpa, disculpa* — ele murmurou. — Não sabia que ela era sua garota... que pena eu me intrometer. Cavaleiros nunca se intrometem... *disculpa... disculpa... disculpa.*

Ele continuou repetindo seu ridículo *disculpa* até estar fora do bosque. Então se virou e correu aos tropeções pelo campo. Roger não o seguiu; voltou ao túmulo de Isabel Temple. A garota estava deitada na pedra; Roger pensou que ela estava inconsciente. Ele se abaixou e a tomou nos braços — ela era leve e pequena, mas era carne e sangue quentes; a moça se agarrou a ele, incerta por um momento, e Roger sentiu a respiração dela no rosto. Ele nada disse — estava muito doente no coração. Ela também não falou. Ele não achou isso estranho até depois. Era incapaz de pensar naquele momento; estava atordoado, miserável, perdido. Logo percebeu que a moça puxava seu braço com timidez. Parecia querer que ele a acompanhasse — ela estivera evidentemente com medo daquele bruto —; Roger deveria levá-la para um lugar seguro. E depois...

Ela desceu o caminho e ele a seguiu. No campo iluminado pela lua, Roger a viu claramente. Com a cabeça tombada, o cabelo escuro esvoaçante, os grandes olhos castanhos, ela parecia a ninfa de um riacho, uma assombradora de sombras, uma criatura nascida da selva. Mas era uma donzela mortal, e ele... que tolo tinha sido! Logo ele riria de si mesmo, quando a agonia atordoada se dissipasse de seu cérebro. Ele a seguiu pelo longo campo até a costa da baía. De vez em quando, ela parava e olhava para trás para ver se ele estava vindo, mas nunca dizia nada. Quando chegou à estrada da costa, a moça virou e seguiu por ela até chegarem a uma velha casa cinzenta de frente para o calmo porto cinzento. Parou no portão. Roger sabia agora quem ela era. Catherine tinha falado a respeito dela um mês antes.

Era Lilith Barr, uma garota de dezoito anos que viera morar com os tios. Seu pai havia morrido alguns meses antes. Como resultado de algum acidente na infância, ela era totalmente surda, e era, como os olhos de Roger lhe diziam, primorosamente adorável em seu estilo branco e assombroso. Mas ela não era Isabel Temple; ele havia se enganado — tinha vivido num paraíso de tolos. Ah, ele devia fugir e rir de si mesmo. Roger a deixou no portão, ignorando a mãozinha que ela estendeu timidamente, mas não riu de si mesmo. Voltou para o túmulo de Isabel Temple e se jogou sobre ele e chorou como um menino. Chorou sua alma tempestuosa e angustiada; e quando se levantou e foi embora, acreditou que era para sempre. Pensou que jamais poderia voltar lá.

Na manhã seguinte, Catherine o olhou com curiosidade. Ele parecia infeliz — abatido e com olhos vazios. Ela sabia que Roger não tinha voltado antes do amanhecer. Mas ele havia perdido o olhar arrebatado e misterioso que ela odiava; de repente ela não sentia mais medo dele. Com isso, a tia recomeçou a fazer perguntas.

— O que te fez ficar fora até tão tarde de novo, querido? — disse ela, reprovadora.

Roger olhou para a feiura matinal dela. Fazia semanas que não a via. Agora, como um ataque físico, a tia golpeava seus sentidos torturados, havia tanto tempo drogados com beleza. De repente, ele explodiu em uma risada que a assustou.

— Você enlouqueceu, querido? Ou — ela acrescentou — viu o fantasma de Isabel Temple?

— Não — disse Roger em voz alta e explosiva. — Não fale mais sobre aquele maldito fantasma. Ninguém nunca o viu. A história toda é bobagem.

Ele se levantou e saiu bruscamente, deixando Catherine horrorizada. Seria possível que Roger tivesse se comprometido? O que diabos acontecera? Mas fosse o que fosse, ele não parecia mais *feérico* — havia muito pelo que agradecer. Mesmo uma blasfêmia ocasional era melhor que isso. Catherine continuou a lavar a louça, decidida a convidar 'Liza Adams para jantar alguma noite.

Durante uma semana, Roger viveu em agonia — uma agonia de vergonha, humilhação e autodesprezo. Então, quando sua amarga decepção passou, ele fez outra descoberta terrível. Ainda a amava e a desejava tão intensamente quanto antes. Ele queria loucamente vê-la — seu rosto como uma flor, seus olhos grandes e questionadores, o fluxo liso e trançado de seu cabelo. Fantasma ou mulher, espírito ou carne — não importava. Ele não poderia viver sem ela. Por fim, sua fome por ela o atraiu para a velha casa cinzenta na margem da baía. Roger sabia que era um tolo — ela nunca olharia para ele; ele estava apenas alimentando a chama que o consumiria. Mas devia ir e foi, buscando seu paraíso perdido.

Roger não a viu quando entrou, mas a sra. Barr o recebeu gentilmente e falou dela de uma maneira agradável e loquaz que desagradou a Roger, mas ele ouviu com avidez. Lilith, a tia dela contou, ficou surda pela explosão acidental de uma arma quando tinha oito anos. Ela não podia ouvir nenhum som, mas falava.

— Um pouco, não muito, mas o suficiente para se sair bem. Mas ela não gosta de falar de jeito nenhum – não sei por quê. Ela é tímida, e achamos que talvez não goste de falar muito porque não pode ouvir a própria voz. Ela nunca fala, exceto quando precisa. Mas foi muito bem treinada para ler lábios; ela entende qualquer coisa que é dita quando consegue ver a pessoa que está falando. Ainda assim, é uma desvantagem terrível para a pobre criança. Ela nunca teve uma vida de menina de verdade e é terrivelmente sensível e retraída. Não podemos levá-la para sair em qualquer lugar, apenas para passeios solitários ao longo da praia, sozinha. Estamos muito agradecidos pelo que você fez aquela noite. Não é seguro para ela vagar sozinha, mas não é sempre que alguém do porto vem trazê-la tão longe. Ela estava terrivelmente chateada – ainda não superou o susto que levou.

Quando Lilith entrou, seu rosto branco como marfim ficou todo escarlate ao ver Roger. Ela se sentou em um canto mal iluminado. A sra. Barr se levantou e saiu. Roger estava mudo; ele não conseguia encontrar nada para dizer. Poderia ter falado com bastante desenvoltura com o fantasma de Isabel Temple em algum encontro sobrenatural perto do túmulo, mas não conseguiu encontrar uma palavra para dizer àquele pedaço de carne e sangue. Ele se sentiu muito tolo e absurdo, e muito consciente de seu ombro torto. Que tolo ele tinha sido por vir!

Então Lilith olhou para ele e sorriu. Um sorriso um pouco tímido e amigável. De repente, Roger a viu não como a coisa tentadora, irreal e mística do bosque crepuscular, mas como uma criaturinha humana, primorosamente bonita em sua beleza de lua jovem, ansiando por companhia. Ele se levantou, esquecendo a própria feiura, e atravessou a sala até ela.

— Vamos caminhar? — disse ele ansiosamente.

Ele estendeu a mão como uma criança; como uma criança, ela se levantou e a pegou; como duas crianças, eles saíram e desceram a costa ao pôr do sol. Roger estava novamente muito feliz. Não era a mesma felicidade que tinha antes; era uma felicidade mais caseira, com os pés na terra. O incrível foi que ele sentiu que Lilith estava feliz também — feliz por estar caminhando com *ele*, "Costas de Jarro" Temple, em quem nenhuma garota havia pensado. Uma certa fonte secreta de fantasia que parecia seca brotou nele outra vez.

Durante as semanas de verão, o namoro estranho continuou. Roger conversou com Lilith como nunca havia falado com ninguém. Ele não achava nem um pouco difícil falar com ela, embora a necessidade dela de observar seu rosto tão de perto enquanto ele falava o incomodasse vez ou outra. Ele sentiu que o olhar atento dela lia sua alma, assim como seus lábios. Ela mesma nunca falava muito; o que ela dizia era tão baixo que quase não passava de um sussurro, mas ela tinha uma voz tão adorável quanto o rosto — doce, cadenciada, assombrosa. Roger estava louco por ela, e tinha um medo terrível de nunca ter coragem suficiente para pedi-la em casamento. E temia que, se o fizesse, ela jamais consentiria. Apesar das boas-vindas tímidas e ansiosas da moça, ele não podia acreditar que ela pudesse se importar com ele... com *ele*. Lilith gostava dele, sentia pena dele, mas era impensável que ela, a branca e requintada Lilith, pudesse se casar com ele e sentar-se à sua mesa e à sua lareira. Ele tinha sido um tolo em sonhar com isso.

À existência de romance e beleza em que vivia, nenhuma fofoca do campo chegou aos seus ouvidos. No entanto, houve muita fofoca, e por fim chegou a Roger para destruir seu mundo de contos de fadas pela segunda vez. Uma noite, ele desceu o caminho sob o crepúsculo, pronto para ir ver Lilith. Sua tia e uma velha amiga dela conversavam na cozinha; a amiga era velha, e Catherine, supondo que Roger estivesse fora de casa, falava alto naquela sua voz horrível com um gosto e satisfação ainda mais horríveis.

— Sim, suponho que será um par como você diz. Ah, ele está indo bem. Ele não é para todas, como sou obrigada a admitir. Se não fosse surda, ela não olharia para ele, sem dúvida. Mas ela tem muito dinheiro; eles não precisarão trabalhar a menos que gostem, e ela também é uma boa dona de casa, sua tia me diz. Ela é bonita o suficiente para se adequar a ele; e ela não era surda e ele não era torto quando nasceram, então é provável que seus filhos fiquem bem. Fico orgulhosa quando penso neles.

Roger fugiu de casa, com o rosto branco e doente do coração. Ele foi não para a margem da baía, mas para o túmulo de Isabel Temple. Nunca estivera lá desde a noite em que resgatou Lilith, mas agora correu para lá em sua nova agonia. Os pragmatismos horríveis de sua tia o encheram de desgosto — arrastaram seu amor no pó das coisas sórdidas. E Lilith era rica; ele nunca soubera disso — nunca suspeitara. Agora, Roger nunca poderia pedir que ela se casasse com ele; jamais deveria vê-la outra vez. Pela segunda vez ele a perdera, e essa segunda perda não podia ser suportada.

Sentou-se na grande pedra ao lado da sepultura e deixou cair o pobre rosto pálido nas mãos, gemendo de angústia. Nada lhe restou, nem mesmo sonhos. Ele esperava que pudesse morrer em breve.

Roger não sabia quanto tempo ficou ali sentado — não sabia quando ela veio. Mas quando ergueu seus olhos infelizes, ele a viu, sentada um pouco longe dele na grande pedra e o olhando com uma expressão que fez o coração dele bater loucamente. Esqueceu o sacrilégio da tia Catherine — esqueceu que era um tolo presunçoso. Ele se inclinou e beijou os lábios dela pela primeira vez. A maravilha do beijo soltou sua língua presa.

— Lilith — ele arfou —, eu te amo.

Ela deu-lhe a mão e se aninhou mais perto dele.

— Pensei que você já tinha me dito isso há muito tempo — disse ela.

L . M . MONTGOMERY

A PORTA FECHADA

1934

Rachel, uma garotinha curiosa, não vai sossegar enquanto não descobrir o mistério que ronda Briarwold — mas abrir essa porta fechada pode trazer severas consequências.

Antes de Rachel ficar em Briarwold por um mês, havia um ditado que dizia que, sempre que dobrava uma esquina, ela entrava em alguma coisa. Hazel era uma coisa doce com olhos de pombinha que todo mundo adorava, mas Rachel era uma criança de olhos verdes que tinha sido tocada por fadas desde o nascimento. Ela tinha um rosto de elfo e mãos magras e marrons que falavam tão eloquentemente quanto seus lábios, em especial quando contava a Cecil e Chris histórias de tigres devoradores de homens e superstições hindus que ela não tinha que saber. Seus devotados pais missionários teriam morrido de horror se suspeitassem que ela as conhecia. Eles achavam que a haviam protegido com muito cuidado, mas Rachel era uma daquelas criaturas predestinadas a quem um conhecimento estranho vem e coisas estranhas acontecem. Pouco depois de chegar a Briarwold, ela estava contando às outras crianças antigas histórias de seus ancestrais — mulheres branco-marfim e homens galantes dos quais eles nunca tinham ouvido antes —, espectros místicos de contos que ganhavam vida quando Rachel os tocava. Tudo parecia ganhar vida com o toque Rachel. Quando ela contava o mais simples incidente, ele assumia um colorido de romance e mistério. Ela era de alguma forma como uma janela através da qual eles espiavam um mundo desconhecido.

As coisas que ela sabia! Por exemplo, ela sabia que se pudesse abrir uma porta — qualquer porta — rápido o suficiente, veria coisas estranhas... talvez as pessoas que um dia viveram além dela. Mas nunca conseguia abri-la com rapidez suficiente. Depois que contou isso a eles, todos os cômodos com as portas fechadas ficaram cheios de magia para Cecil e Chris. O que acontecia lá dentro? Até Jane Alicut passava pelas portas nas pontas dos pés, e Jane era imune à maioria das sutilezas. Ela era filha da nova governanta em Briarwold — uma moça gorducha e de fala direta de doze anos, a mesma idade de Rachel. Cecil Latham também tinha doze anos e morava com a mãe na casa ao lado, na desbotada e surrada Pinecroft. Chris, que assim como Hazel tinha dez anos de vida, morava em Briarwold com o sr. Digby, a quem ela chamava de tio Egerton, embora ele fosse apenas primo em segundo grau de sua falecida mãe. Mas, embora se dissesse que moravam nesses lugares, isso significava que dormiam e comiam lá. A verdade era que viviam nos jardins, nos pinhais e nos campos. Principalmente quando Rachel e Hazel visitavam. Depois dos sóis ardentes da Índia, Rachel não se cansava do ar cristalino de sua pátria e dos campos longos, verdes e ondulados, das florestas sombrias e do luar entre as faias. E, claro, no minuto em que Rachel olhou para a paisagem, viu coisas que nenhum dos outros podia ver.

Cecil e Chris tinham sido bons amigos e tinham brincado juntos antes de Rachel chegar, mas Chris era quietinho e tímido e Cecil era quietinha e tímida e eles não se deram bem. Rachel parecia fundir todo mundo em uma atmosfera de riso alegre e companheirismo, e Hazel era como uma suave melodia de fundo. Então Cecil estava tendo o verão mais feliz que já tivera, e até mesmo a sombra rastejante deixou de assombrá-lo.

Não fazia nem duas semanas que Rachel estava em Briarwold quando descobriu o que era a sombra em Pinecroft. Ela estava enrolada na poltrona em um canto da varanda enquanto Egerton Digby conversava com sua cunhada no outro. O encosto da cadeira estava voltado para eles e não ocorreu a Rachel que eles não sabiam que ela estava ali. Certamente ela teria ido embora se tivesse percebido.

Ela ouviu apenas fragmentos. Mas o suficiente para saber que a sra. Latham era muito pobre e recentemente se tornara ainda mais pobre por causa do fracasso de alguma empresa... que estava ficando duvidoso se ela poderia ficar com Cecil... certamente ela não poderia educá-lo.

— Chegará a isso — disse Enid Latham com uma voz terrível —, eu terei que entregá-lo à família de seu pai. Eles sempre quiseram tê-lo.

Rachel sabia muito bem, com aquela sua estranha presciência, que a mãe de Cecil não gostava da família do pai. Dar Cecil a eles significava desistir dele para sempre.

— Gostaria de poder ajudá-la — disse Egerton Digby. — Se eu mesmo não fosse tão miseravelmente pobre... e Chris deve ter assistência...

— Você já fez muito mais do que deveria — disse a sra. Latham. — Não temos o direito de pedir a você.

— Se você tivesse a Pérola do Pavão, como deveria, não teria tais problemas — disse Digby.

Ele falou com tanta amargura que mesmo uma criança menos esperta que Rachel poderia ter sabido que ele estava tocando em algo indescritivelmente doloroso.

— Tenho certeza de que Nora nunca deu a pérola a Arthur Nesbitt — disse a sra. Latham com uma firmeza gentil. — Ela era alegre e descuidada, minha pobre e bela Nora, mas não era má. Não acredito que ele fosse amante dela, Egerton. Eu nunca acreditei nisso e jamais poderei.

— Eu também nunca acreditei — disse Egerton asperamente. — Mas não posso ter certeza... e minha dúvida devorou minha alma todos esses anos como uma ferrugem corrosiva. Acho que eu a amava demais. E aquela briga que tivemos na última noite da vida dela... a última vez que a vi. Se eu pudesse voltar atrás, Enid! Mas nada pode ser desfeito. A vida acabou comigo.

Eu gostaria de ver a vida tentar acabar comigo, pensou Rachel.

— Se ela não deu a pérola a Arthur Nesbitt, o que aconteceu com ela? — Egerton Digby continuou.

— Acho que se Ralph estivesse vivo, ele poderia ter nos contado algo a esse respeito — disse a sra. Latham. — Ele ficou furioso porque o tio Michael deixou a pérola para mim.

Por que ela odeia mencionar o nome de Ralph?, perguntou-se Rachel. *É como se machucasse seus lábios.*

— A pérola era uma coisa requintada — disse Egerton de modo sonhador. — Há algum encanto e mistério especial nas joias do mar. E a cor... uma mistura de luar de azul e verde... Nunca vi nada tão lindo. Seu tio Michael pagou cinquenta mil por ela... e a amou mais do que deveria. Talvez tenha sido por isso que trouxe azar.

— Morrerei se tiver que desistir de Cecil — disse a sra. Latham.

— Eu daria boas-vindas à morte — comentou Egerton Digby. — Talvez do outro lado da sepultura eu possa encontrar Nora... e sabe... encerrar nossa briga.

Eles conversaram mais, mas baixaram a voz, e Rachel não ouviu mais nada. Ela pensou muito a respeito do que tinha ouvido. Havia um mistério. Ela sentiu que estava diante de uma porta fechada e que se pudesse abri-la com rapidez suficiente veria coisas... Nora e a Pérola do Pavão entre elas. O nome e a ideia da pérola cativaram Rachel. Ela tinha ouvido histórias de tais coisas na Índia — raras e misteriosas joias antigas de beleza e desejo.

Preciso descobrir tudo, decidiu Rachel.

Ela não disse uma palavra a ninguém do que tinha ouvido. Rachel adorava segredos. Além disso, ela não ia preocupar Cecil mais do que ele já estava preocupado. Mas quando, certa noite, Jane Alicut começou a lhe contar coisas, quando estavam a sós no crepúsculo, Rachel a deixou falar. Rachel já havia descoberto muito apenas deixando as pessoas falarem. Todo mundo estava fora de Briarwold, e Cecil estava ficando em casa porque a mãe dele estava com dor de cabeça, então era uma excelente oportunidade para Jane falar e ela aproveitou. Jane, em um nível inferior, era tão boa quanto Rachel em descobrir coisas. A crueza de seu relato machucou Rachel, que adorava suavizar e embelezar enquanto ouvia. Jane nunca sugeriu mistério. Para ela, uma pá era uma pá, nunca uma espátula de ouro.

— Ouvi mamãe conversando com a sra. Agar na aldeia. A sra. Agar contou tudo a mamãe. A esposa do sr. Digby era irmã da sra. Latham e elas gostavam muito uma da outra... Sra. Latham e sra. Digby, quero dizer. Não sei se a sra. Digby gostava tanto do marido. A sra. Agar disse que havia histórias esquisitas. Ela era linda, com um cabelo preto que caía até seus pés. Mas ela era muito alegre e o sr. Digby era ciumento.

"Ela tinha um irmão chamado Ralph, que todos diziam ser ruim, mas a sra. Digby sempre o defendia e ficava do lado dele. Ela parecia amá-lo mais do que amava qualquer outra pessoa. Então o velho Michael Foster — ele era o tio deles — morreu. Ele não tinha muito dinheiro, mas tinha uma grande pérola que valia o resgate de um rei, disse a sra. Agar. Ele se arruinou para comprá-la. E ele a deixou para a sra. Latham. Ralph ficou furioso porque achou que deveria ser dele. Ele disse que seu tio a prometera a ele. Ele parecia ser um dos favoritos do velho, apesar do que aprontava. Eles tiveram uma briga terrível por causa disso, diz a sra. Agar. E então uma noite a sra. Digby foi para casa — sua antiga casa onde Ralph e seu pai moravam — para ficar a noite toda, e a casa foi queimada e todos foram queimados até a morte nela... todos os três... sim, foi horrível! E o sr. Digby quase enlouqueceu. Ele nunca mais foi o mesmo homem desde então, diz a sra. Agar. Seu cabelo ficou branco em um mês. E havia um grande problema porque a pérola havia desaparecido. Também nunca foi encontrada.

"A sra. Agar diz que todos pensaram que a sra. Digby ia fugir com Arthur Nesbitt e deu a ele a pérola. Ele estava endividado até o pescoço. Ele foi embora depois disso e veio a notícia de que ele tinha muito dinheiro. Uma história e tanto, não é? A sra. Agar diz que as pessoas da alta sociedade são todas assim."

— Mas o sr. Digby não é rico — disse Rachel.

— Não... ele ficou pobre desde que sua esposa foi queimada até a morte. Ele simplesmente gastou tudo. E é claro que a sra. Latham é tão pobre quanto um rato de igreja... todo mundo sabe disso. A sra. Agar diz que a família de seu pai quer Cecil. Eles sempre a odiaram... eles não queriam que o pai de Cecil se casasse com ela.

— Você não deve dizer isso a Cecil — disse Rachel.

— Claro que não vou. Eu gosto do garoto e sinto muito por ele. Mamãe também. Eu não quero ferir seus sentimentos — Jane protestou.

— E acho melhor você não falar sobre essa história com ninguém — continuou Rachel austeramente. — Você já falou demais disso.

Jane a encarou. Ela com certeza sentiu que Rachel queria ouvi-la falar. Não era justo que fosse esnobada assim.

— Eu posso segurar minha língua muito bem — ela disse mal-humorada. — Você é boa em ouvir, senhorita Rachel.

Raquel sorriu — remota e misteriosamente.

— Você ficaria surpresa, Jane, se soubesse o que eu posso ouvir às vezes — ela disse sonhadora.

Rachel sentiu agora que sabia tudo sobre o mistério... exceto a única coisa que valia a pena saber. A porta ainda estava fechada. E não sabia como abri-la. Ela não tinha a chave. Nesse impasse, Rachel se dedicou à oração. Para a filha de um missionário, Raquel não orava muito. Hazel orava doce e inocentemente todas as noites e manhãs, mas Rachel fazia um rito de oração especial, místico e atraente. Ela não o tornava simples. Nem se ajoelhava. Ela ficava no jardim junto ao relógio de sol e erguia o rosto para o céu com as mãos levantadas, encarando Deus sem medo.

— Por favor, abra a porta — disse ela, menos como um pedido do que como uma declaração de direito. — Porque você sabe que as coisas não podem estar certas até que a porta seja aberta.

Talvez o que se seguiu em certa tarde, que nenhuma das crianças jamais esqueceu, tenha sido uma resposta a essa oração. Você não vai conseguir que nenhuma das crianças fale do assunto. Ninguém vai falar, nem mesmo Jane Alicut, que agora é uma matrona robusta com um bando de seus próprios filhos ao seu redor. Ela conta a eles muitas histórias de seus antigos companheiros de Briarwold, mas jamais conta a história daquela tarde assombrada. Ela gostaria de pensar que sonhou tudo. Quando não consegue acreditar nisso, ela culpa Rachel. Muito provavelmente com razão. Acho que se Rachel não estivesse com as outras crianças naquele dia, elas nunca teriam entrado pela porta fechada.

Elas estavam indo tomar chá com a velha tia-avó Lucy em Mount Joy. E deveriam seguir por um atalho através de campos e bosques que nenhuma delas jamais havia atravessado antes, mas que tio Egerton descreveu tão claramente que elas tinham certeza de que poderiam segui-lo. A princípio, seguiram pelo caminho atrás de Briarwold. Eles nunca tinham ido tão longe naquela floresta antes. Mas se sentiram em casa e muito felizes. A floresta tinha um clima amigável naquele dia. Mas nem sempre estava assim. Às vezes, franzia a testa. Às vezes, estava envolvida em suas próprias preocupações. Mas nesse dia, ela acolheu as crianças. Havia belas sombras em todos os lugares. Os musgos ao longo do caminho eram esmeralda e dourado. Elas passaram por um pequeno vale cheio de cogumelos cor de creme. Encontraram um lindo lago verde com samambaias ao redor que ninguém parecia ter encontrado antes. Rachel tinha certeza de que, se esperassem em silêncio, um fauno passaria por entre as árvores para se espiar nele. Mas não tinham tempo a perder, pois a tia-avó Lucy era exigente com a pontualidade.

Jane estava com eles. A tia-avó Lucy fez questão de convidar Jane porque gostava dela. E o cachorro de Jane, que não tinha nome porque Jane não conseguia encontrar um que agradasse a todos, estava junto também — um vira-lata alegre e despreocupado que corria pelos bosques e as ultrapassou, depois sentou-se sobre as pernas esperando que elas o acompanhassem, rindo delas com a língua vermelha pendendo da boca.

Depois da mata havia um caminho de prado que as seduzia com margaridas e estava adornado com o vermelho das folhas de morango silvestre. Então veio outro trecho de floresta — um lugar mais sombrio. O caminho passava por um misterioso riacho escurecido por abetos. As crianças nunca souberam explicar exatamente quando foi que a sensação de algo estranho tomou conta delas. De repente, elas se viram se aproximando umas das outras. A conversa ficou esparsa. Até Jane ficou muito quieta. Rachel estivera quieta durante todo aquele dia, agora que pensavam nisso. Ela caminhava um pouco distante... ouvindo. Ela nunca falaria disso depois, então ninguém sabe o que ela estava ouvindo ou o que ela esperava. O cachorro de Jane era o único do grupo que mantinha o ânimo.

— Tem certeza de que este é o caminho certo? — sussurrou Jane. Ela não sabia por que estava sussurrando.

— É a única estrada que existe — disse Rachel.

Um pouco mais adiante, Cecil disse de repente:

— Se este é o caminho certo, há algo de errado com ele.

As crianças se encararam, começando a empalidecer. Cecil havia colocado em palavras o sentimento secreto de todos.

— Há algo errado — disse Rachel. — Sei disso há algum tempo. E vou descobrir o que é.

Elas continuaram. Era melhor continuar do que voltar, pois o frio e o medo as rodeavam agora. Não ousaram ficar paradas. Não podiam nem sussurrar. O cachorro de Jane havia desistido de perseguir coelhos imaginários, mas trotava com firmeza, o rabo enrolado atrevidamente.

De repente, as crianças atravessaram a floresta e ficaram a céu aberto. Uma linda paisagem de colinas, prados e casas se estendia abaixo da colina em que estavam. Passaram por cima da cerca apodrecida e se encontraram em um caminho antigo, esburacado e cheio de grama, que descia para se juntar a uma estrada que seguia até chegar ao lago. Mas bem ao lado havia um jardim na forma estranha de um triângulo, aquecendo-se ao sol, cheio de flores, abelhas e sombras sonolentas. E na ponta desse triângulo de jardim havia uma casa.

Nenhuma das crianças conseguia se lembrar de tê-la visto antes. Era uma casa grande e antiquada, coberta de trepadeiras, e a porta estava aberta. No degrau de arenito quente pelo sol, um gato estava se aquecendo — um enorme gato preto com olhos verde-claros.

Um estranho silêncio pairava sobre o lugar sem vento. Cecil lembrou-se de um velho poema que ouvira o tio Egerton ler... um poema que falava de uma terra "onde o vento nunca soprava". Tinham chegado lá? O que era aquele jardim perdido, tão cheio de mistério inescapável? O que havia de errado nele?

Ele lançou um olhar de súplica para Rachel.

— Onde estamos? Não vejo a tia Lucy em lugar nenhum.

— Vou até a casa perguntar — disse Rachel resolutamente.

Cecil não sabia por que sentia tanto horror de fazer isso. Ele tinha vergonha de mostrar sua covardia diante de uma garota, então foi junto. Eles caminharam pelo caminho central do jardim, passando por tulipas e narcisos e corações-sangrentos. Cecil sabia o que havia de errado com o jardim agora. Tulipas e narcisos e corações-sangrentos não tinham o direito de estar ali... já passara da época deles. Ele sentiu a mãozinha fria de Chris agarrar a sua. No mesmo instante, o cachorro de Jane de repente deu um ganido baixo, virou-se e fugiu.

— Acho que ele não gosta daquele gato — disse Jane, como se estivesse na obrigação de explicar o comportamento do cachorro.

— Silêncio — disse Cecil. Ele não sabia por quê.

Rachel bateu... mas ninguém veio. O gato olhou para eles sem piscar. O cheiro de lilases entrou no ar, embora fosse o final do verão e os lilases pertencessem à primavera. Nunca mais, enquanto vivesse, Cecil suportaria o cheiro de lilases. Mais além, eles viram um grande salão quadrado e de um lado havia uma porta fechada.

Rachel entrou e atravessou o corredor até a porta. Os outros seguiram porque seguir era um pouco menos terrível que ficar para trás. Estavam todos muito frios agora. Os ombros finos de Rachel estavam tremendo. Mas ela fez uma coisa estranha. Ela não bateu na porta... ela simplesmente cerrou os dentes, girou a maçaneta e entrou.

Pela primeira vez, ela havia aberto a porta rápido e silenciosamente o suficiente.

Estavam em uma sala bonita e antiquada. Duas outras pessoas também estavam nela. Uma senhora estava sentada ao lado de uma mesa de chá onde havia velas em altos castiçais de prata e uma tigela de violetas. Ela era muito bonita. Seu cabelo preto estava preso com uma faixa dourada. Ela tinha uma pele muito fina, pálida e macia, e usava um vestido de veludo preto com mangas compridas e esvoaçantes de renda preta. Uma grande rosa de veludo dourado-escuro estava presa em seu ombro, e os olhos derretidos em tons de amor-perfeito estavam cheios de fascínio e fogo suave sob os pesados cílios abundantes.

Um jovem estava de pé junto à janela, brincando com a borla da persiana. Ele era bonito também, de um jeito sombrio e esplêndido, mas as mãos brancas que puxavam a borla tinham dedos terrivelmente longos e finos.

Cecil sabia que estava na presença de algo muito maligno.

O jovem saiu da janela, pegou uma xícara da mesa e foi até as crianças. Cecil sentiu como se uma noite escura e fria estivesse vindo em sua direção. Mas foi a Raquel a quem o jovem estendeu a taça. Todas as crianças viram o anel em sua mão... ou melhor, os três anéis, presos um ao outro por minúsculas correntes de ouro, de modo que todos os três deviam ser retirados ou colocados juntos. Um diamante em um anel, um rubi em outro, uma esmeralda no terceiro; cada pedra na boca de um dragão.

Rachel balançou a cabeça e se virou. Então a senhora sorriu.

— Você está certa em não aceitar — disse ela. — Não teria machucado, mas você nunca mais teria sido a mesma. E você já é muito diferente para o seu próprio bem. Além disso, teria nos esquecido assim que saísse.

Ela se levantou e foi em direção a eles também. Cecil temia que ela o tocasse e sabia que, se acontecesse, não poderia suportar. Mas foi ao lado de Rachel que ela parou. Por um momento, um pequeno rubi trêmulo de luz caiu em seu pescoço branco, vindo do vitral do outro lado da sala. O jovem se afastou com a janela como pano de fundo. Havia escárnio em seu rosto. Ele parecia um lindo anjo caído... sombrio, impotente e rebelde.

A senhora abaixou a cabeça e disse algo para Rachel em um tom muito baixo. Mas todos ouviram.

— Diga a Egerton que eu amava apenas a ele... Arthur Nesbitt não era nada para mim. Quanto a essa nossa briga tola... a gente esquece essas coisas aqui... só o amor é lembrado. Mas eu peguei a pérola... para Ralph. Ele me convenceu de que o tio Michael queria que ficasse com ele... que ele foi infantil quando fez o testamento dando a Enid. Mas eu não tinha dado a ele. Diga a Egerton que ele encontrará a pérola entre as dobras do meu vestido de noiva no baú trancado no sótão. Estou feliz que você veio e abriu a porta. Tão poucas pessoas teriam a coragem de abri-la. Haverá descanso agora. Mas vá... vá rápido.

Eles foram rapidamente. Uma vez fora daquela casa terrível, eles correram às cegas pelo jardim e desceram o caminho. Na entrada do caminho de floresta, eles pararam e olharam para trás.

Não havia casa. Havia apenas um cercado emaranhado com árvores jovens no centro, entre as quais estavam as ruínas de paredes queimadas.

— Vamos para casa — disse Jane. — Eu não me importo com o que tia Lucy pensa. Eu... Eu me sinto doente.

Eles chegaram em casa de alguma forma, correndo, tropeçando, agarrando-se uns aos outros. Quando chegaram ninguém disse nada — ninguém *poderia* dizer nada —, exceto Raquel. Ela tinha algo a dizer ao tio Egerton e disse, trancada com ele na biblioteca. Então ela saiu e se jogou na grama perto do relógio de sol, sacudida por soluços terríveis.

— O que ele disse? — sussurrou Cecil.

— Ele não acreditou em mim no início, até que eu mencionei os três anéis que o homem usava. Então ele disse: "Os anéis do rajá... Ralph sempre os usava". E foi para o sótão.

— Estava... estava lá?

— Sim. E ele estava... como um homem que saiu do inferno — disse Rachel.

Ninguém ficou chocado. Eles aprenderam naquela tarde, olhando nos olhos de Ralph Kilbourne, mais sobre o inferno do que jamais souberam antes. Eles eram muito jovens para terem aprendido tanto... talvez por isso nunca conseguissem contar nada a respeito. Essas coisas não são boas para ninguém saber.

— Eu nunca mais abrirei uma porta fechada. — Rachel estremeceu.

L. M. MONTGOMERY

A SALA VERMELHA

1898

A pequena Beatrice fica fascinada com a esposa estrangeira de seu tio Hugh, apesar de as mulheres da família Montressor odiarem a recém-chegada. Logo, Beatrice descobrirá que os boatos acerca de sua nova tia não são tão cruéis assim...

Quer que eu lhe conte a história, neto? É triste e é melhor esquecer — poucos se lembram dela agora. Há sempre histórias tristes e sombrias em famílias antigas como a nossa. No entanto, prometi e devo manter minha palavra. Então sente-se aqui aos meus pés e descanse sua cabeça em meu colo, para que eu não veja em seus olhos jovens e azuis as sombras que minha história trará.

Eu era apenas uma criança quando tudo aconteceu, mas me lembro muito bem. Me lembro como fiquei feliz quando a madrasta de meu pai, a sra. Montressor — ela não gostava de ser chamada de avó, pois tinha acabado de fazer cinquenta anos e ainda era uma bela mulher —, escreveu para minha mãe dizendo que ela devia mandar a pequena Beatrice para Montressor Place nas férias do Natal. Fui alegremente, embora minha mãe tenha sofrido por se separar de mim; ela tinha pouco a amar a não ser a mim, pois meu pai, Conrad Montressor, se perdeu no mar com apenas três meses de casamento.

Minhas tias costumavam me dizer o quanto eu me parecia com ele, sendo, assim diziam, uma Montressor até o osso; e isso eu entendia como elogio, pois os Montressors eram uma família de boa descendência e bem-conceituada, e as mulheres eram conhecidas por sua beleza. Isso eu bem podia acreditar, pois de todas as minhas tias não havia uma que não fosse considerada uma mulher bonita. Por isso, fiquei feliz quando pensei em meu rosto e corpo esguio, esperando que, quando crescesse, não fosse considerada indigna de minha linhagem.

O Place era uma casa antiquada e misteriosa, do estilo que eu gostava, e a sra. Montressor sempre foi gentil comigo, embora um pouco severa, pois era uma mulher orgulhosa e pouco se importava com crianças, já que não tinha nenhuma.

Mas havia livros ali para me debruçar sem impedimentos — pois ninguém questionava meu paradeiro se eu não os incomodasse — e retratos de família estranhos e sombrios nas paredes para contemplar, até que eu conhecesse bem cada rosto orgulhoso e velho, e tinha imaginado uma história, pois eu era dada a sonhar e era mais velha e mais sábia do que minha idade, já que não tinha companhias infantis para me manter ainda criança.

Sempre havia algumas de minhas tias no Place para me beijar e fazer muito por mim por causa de meu pai, que era o irmão favorito delas. Minhas tias — eram oito — casaram-se bem, assim diziam as pessoas que conheciam, e moravam não muito longe, voltando muitas vezes para casa para tomar chá com a sra. Montressor, que sempre se dera bem com suas enteadas, ou para ajudar a preparar uma ou outra festividade — pois todas eram donas de casa notáveis.

Estavam todas em Montressor Place para o Natal, e eu recebi mais carícias do que merecia, embora elas cuidassem de mim um pouco mais rigorosamente que a sra. Montressor, e garantiam que eu não lesse contos de fadas demais nem ficasse acordada até tarde da noite.

Mas não era pelos contos de fadas e ameixas nem pelas carícias que eu me alegrava de estar naquele lugar naquela época. Embora não falasse a esse respeito com ninguém, eu tinha um grande desejo de ver a esposa de meu tio Hugh, sobre quem eu tinha ouvido muito, tanto bem quanto mal.

Meu tio Hugh, embora o mais velho da família, havia se casado recentemente, e todo o campo fervilhava de conversas sobre sua jovem esposa. Não ouvi tanto quanto gostaria, pois os mexeriqueiros percebiam minha aproximação e mudavam de assunto. No entanto, tendo um pouco mais de compreensão do que eles sabiam, ouvi e compreendi muito de sua conversa.

E então eu soube que nem a orgulhosa sra. Montressor nem minhas boas tias, nem mesmo minha gentil mãe, julgavam bem o que meu tio Hugh havia feito. E ouvi dizer que a sra. Montressor tinha escolhido uma esposa para seu enteado, de boa família e alguma beleza, mas que meu tio Hugh não queria nada com ela — uma coisa que a sra. Montressor achou difícil perdoar, mas poderia ter feito isso se meu tio, em sua última viagem às Índias, pois ele ia muitas vezes em seus próprios navios, não tivesse se casado e trazido para casa uma noiva estrangeira, de quem ninguém sabia nada, exceto que sua beleza era deslumbrante e que ela era de algum estranho sangue alienígena como aquele que não corria nas veias azuis dos Montressors.

Alguns tinham muito a dizer sobre seu orgulho e insolência, e se perguntavam se a sra. Montressor cederia mansamente sua autoridade à estranha. Mas outros, tomados por sua beleza e graça, diziam que as histórias contadas nasciam de inveja e malícia, e que Alicia Montressor era muito digna de seu nome e posição.

Assim, pensei em julgar sozinha, mas quando fui para o Place meu tio Hugh e sua esposa haviam partido por um tempo, e tive de engolir minha decepção e esperar o retorno com toda minha pouca paciência.

Mas minhas tias e sua madrasta falavam muito de Alicia, e falavam dela com desprezo, dizendo que ela era apenas uma prostituta e que de nada adiantaria meu tio Hugh ter se casado com ela, e outras coisas semelhantes. Também falavam da companhia que ela reunia ao seu redor, pensando que ela tinha companheiros estranhos e impróprios para um Montressor. Tudo isso ouvi e ponderei muito, embora minhas boas tias suponham que uma garota como eu não daria atenção aos seus sussurros.

Quando não estava com elas, ajudando a bater ovos e passas, e sendo vigiada para que não comesse mais do que uma a cada cinco, eu certamente era encontrada no corredor da ala, debruçada sobre meu livro e lamentando não ter mais permissão para entrar na Sala Vermelha.

O corredor da ala era estreito e escuro, ligando as salas principais do Place a uma ala mais antiga, construída de forma curiosa. O corredor era iluminado por janelinhas de vidro quadrado e, no final, um pequeno lance de escada levava à Sala Vermelha.

Sempre que eu estivera no Place antes — e isso acontecia com frequência —, passava grande parte do meu tempo nessa Sala Vermelha. Naquela época, era a sala de estar da sra. Montressor, onde ela escrevia suas cartas e examinava as contas da casa, e às vezes fofocava durante o chá. A sala era de teto baixo e escuro, decorada com seda vermelha e com estranhas janelas quadradas no alto do beiral e lambris escuros ao redor. E lá eu adorava sentar tranquilamente no sofá vermelho e ler meus contos de fadas, ou conversar sonhadoramente com as andorinhas que esvoaçavam loucamente contra as vidraças minúsculas.

Quando fui ao Place naquele Natal, logo me lembrei da Sala Vermelha — pois tinha um grande amor por ela. Mas eu nem tinha passado dos degraus quando a sra. Montressor veio correndo pelo corredor e, me agarrando pelo braço, me puxou para trás com muita força, como se fosse o próprio quarto do Barba Azul em que eu estava me aventurando.

Então, vendo meu rosto, que eu duvido que não tenha ficado bastante assustado, ela pareceu se arrepender de sua brusquidão e me deu um tapinha gentil na cabeça.

— Ah, pequena Beatrice! Eu assustei você, criança? Perdoe a imprudência de uma velha. Mas não entre onde não foi chamada, e nunca arrisque os pés na Sala Vermelha, pois ela pertence à esposa de seu tio Hugh, e deixe-me dizer-lhe que ela não gosta muito de intrusos.

Senti muito por ouvir isso, e não entendi por que minha nova tia se importaria se eu entrasse de vez em quando, como era meu hábito, para conversar com as andorinhas e não mexer em nada. A sra. Montressor cuidou para que eu lhe obedecesse, e não fui mais à Sala Vermelha, mas me ocupei com outros assuntos.

Havia grandes eventos no Place e muitas idas e vindas. Minhas tias nunca ficavam ociosas; havia muitas festividades na semana de Natal e um baile na véspera. E minhas tias prometeram — embora não antes de eu as exaurir de tanto pedir — que eu ficaria acordada naquela noite e veria o quanto da festa eu quisesse. Então fiz as tarefas e fui para a cama cedo todas as noites sem reclamar, embora fizesse isso com mais facilidade porque, quando elas achavam que eu estava dormindo, entravam e conversavam em volta da lareira do meu quarto, dizendo de Alicia aquilo que eu não deveria ouvir.

Finalmente chegou o dia em que meu tio Hugh e sua esposa eram esperados em casa — embora não até que minha escassa paciência estivesse quase esgotada — e estávamos todos reunidos para encontrá-los no grande salão, onde a luz avermelhada da lareira brilhava.

Minha tia Frances me vestiu com meu melhor vestido branco e minha faixa carmesim, lamentando muito sobre meu pescoço e braços magrinhos, e me fez comportar-me com elegância, como convinha à minha criação. Então fiquei em um canto, minhas mãos e pés frios de excitação, pois acho que cada gota de sangue em meu corpo tinha subido à cabeça, e meu coração batia tão pouco que até me doía.

A porta se abriu e Alicia — pois eu estava tão acostumada a ouvi-la ser chamada assim que nunca pensei nela como minha tia — entrou, e um pouco atrás meu tio alto.

Ela se aproximou do fogo de maneira orgulhosa e ficou lá soberbamente enquanto afrouxava sua capa. A princípio nem me viu, mas acenou, um pouco desdenhosamente, ao que parecia, para a sra. Montressor e minhas tias, que estavam agrupadas ao redor da porta da sala de visitas, muito elegantes e silenciosas.

Mas não vi nem ouvi nada, exceto apenas ela, pois sua beleza, quando ela saiu de seu manto e capuz carmesim, era algo tão maravilhoso que esqueci minha educação e a olhei com fascínio, pois nunca tinha visto tamanha beleza e nem sonhara com ela.

Eu havia visto muitas mulheres bonitas, pois minhas tias e minha mãe eram consideradas belas, mas a esposa de meu tio era tão pouco parecida com elas como o brilho do pôr do sol ao luar pálido ou uma rosa carmesim aos lírios brancos.

Nem posso pintá-la em palavras como a vi então, com as longas línguas de luz do fogo lambendo seu pescoço branco e oscilando sobre as ricas massas de seu cabelo vermelho-dourado.

Ela era alta — tão alta que minhas tias pareciam insignificantes ao lado dela, e elas não eram de estatura mediana; no entanto, nenhuma rainha poderia ter se comportado mais majestosamente, e toda a paixão e o fogo de sua natureza estrangeira queimavam em seus esplêndidos olhos que, pelo que vi, poderiam ser escuros ou claros, mas que sempre pareciam poças de chamas quentes, ora tenros, ora ferozes.

A pele era como uma delicada pétala de rosa branca, e quando ela falou eu disse ao meu eu tolo que nunca tinha ouvido música antes; nem nunca mais penso em ouvir uma voz tão doce, tão líquida, como aquela que ondulou para fora de seus lábios cheios.

Várias vezes imaginei isso, meu primeiro encontro com Alicia, ora de uma maneira, ora de outra, mas nunca tinha sonhado que ela falasse comigo, de modo que foi para mim uma grande surpresa quando ela virou-se e, estendendo suas lindas mãos, disse muito graciosamente:

— E esta é a pequena Beatrice? Eu ouvi falar muito de você. Venha, me dê um beijo, criança.

E eu fui, apesar do cenho franzido de minha tia Elizabeth, pois o glamour da beleza dela estava sobre mim, e eu não mais me admirava que meu tio Hugh a amasse.

Ele também estava muito orgulhoso dela; no entanto, senti, mais do que vi — pois eu era sensível e de rápida percepção, como crianças com almas velhas sempre são —, que havia algo além de orgulho e amor em seu rosto quando ele a olhava, e mais em seus modos do que o amante apaixonado: por assim dizer, uma espécie de desconfiança à espreita.

Nem eu poderia imaginar, embora me parecesse traição, que ela amava demais o marido, pois parecia meio condescendente e meio desdenhosa com ele; no entanto, não se pensava nisso em sua presença, apenas quando ela partia.

Quando ela saiu, achei que não havia sobrado nada, então me arrastei sozinha para o corredor da ala e me sentei perto de uma janela para sonhar com ela; e Alicia encheu meus pensamentos tão completamente que não foi surpresa quando eu ergui meu olhar e a vi descendo o corredor sozinha, sua cabeça brilhante cintilando contra as velhas paredes escuras.

Quando ela parou perto de mim e me perguntou com o que eu estava sonhando, já que eu tinha um rosto tão sério, respondi com sinceridade que era com ela — ao que Alicia riu, como quem não se comprazia, e disse meio zombeteira:

— Não desperdice seus pensamentos assim, pequena Beatrice. Mas venha comigo, criança, se quiser, pois tenho uma estranha fantasia com seus olhos solenes. Talvez o calor de sua jovem vida possa derreter o gelo que congelou ao redor de meu coração desde que cheguei a esta fria família.

E, embora não entendesse o que ela queria dizer, fui, feliz por ver a Sala Vermelha mais uma vez. Alicia me fez sentar e conversar com ela, o que fiz, pois eu não era tímida; e ela me fez muitas perguntas, algumas que pensei que ela não deveria ter feito, mas não pude respondê-las, então não houve mal.

Depois disso, passei uma parte de cada dia com ela na Sala Vermelha. Meu tio Hugh estava lá muitas vezes, e ele a beijava e elogiava sua beleza, sem dar atenção à minha presença — pois eu era apenas uma criança.

No entanto, sempre me pareceu que ela mais suportava do que acolhia suas carícias; às vezes a chama sempre ardente em seus olhos brilhava tão lúgubre que um medo frio se apoderava de mim, e eu me lembrava do que minha tia Elizabeth havia dito, sendo uma mulher de língua amarga, embora bondosa de coração: que aquela estranha criatura ainda traria sobre todos nós alguma má sorte.

Então eu me esforçava para banir tais pensamentos e me repreendia por duvidar de alguém tão gentil comigo.

Enquanto a véspera de Natal se aproximava, minha cabeça tola estava dia e noite tomada de pensamentos do baile. Mas uma grande decepção se abateu sobre mim, pois acordei naquele dia muito doente com um resfriado muito forte; e embora eu me aguentasse bravamente, minhas tias logo descobriram. Apesar de minhas súplicas comoventes, fui colocada na cama, onde chorei amargamente e não quis ser consolada, pois pensei que não conseguiria ver a boa gente e, mais do que tudo, Alicia.

Mas essa decepção, pelo menos, foi poupada, pois à noite ela entrou em meu quarto, sabendo da minha saudade — ela sempre foi indulgente com meus pequenos desejos. E quando a vi, esqueci meus membros doloridos e minha testa febril, e nem mesmo o baile eu queria ver, pois nunca uma criatura mortal foi tão adorável quanto ela, parada ali ao lado da minha cama.

Seu vestido era branco, e não havia nada que eu pudesse comparar com o material, exceto o luar caindo através de uma vidraça fosca, e dele saíam seus seios e braços cintilantes, tão nus que me envergonhava olhar para eles. No entanto, não se podia negar que eles eram de uma beleza maravilhosa, brancos como mármore polido.

E ao redor de sua garganta nevada e braços arredondados, e nas massas de seus esplêndidos cabelos, havia pedras cintilantes, reluzentes, com corações de pura luz, que agora sei que eram diamantes, mas não sabia então, pois nunca tinha visto qualquer coisa assim.

E eu olhei para Alicia, bebendo de sua beleza até que minha alma estivesse cheia, enquanto ela estava como uma deusa diante de seu adorador. Acho que ela leu o pensamento em meu rosto e gostou — era uma mulher vaidosa, e para tal até a admiração de uma criança é doce.

Então ela se inclinou para mim até que seus olhos esplêndidos olharam diretamente para os meus, deslumbrados.

— Diga-me, pequena Beatrice, pois dizem que a palavra de uma criança deve ser acreditada: você me acha bonita?

Encontrei minha voz e disse a ela verdadeiramente que a achava linda além dos meus sonhos angelicais — como de fato ela era. Alicia sorriu, satisfeita.

Então meu tio Hugh entrou e, embora eu achasse que seu rosto ficou sério ao olhar para o esplendor nu dos seios e braços dela, como se não gostasse que os olhos de outros homens se regozijassem, ele a beijou com toda a força do orgulho afetuoso de um amante, enquanto ela o olhava meio zombeteira.

Então ele disse:

— Querida, você me concederia um favor?

E ela respondeu:

— Pode ser que sim.

E ele disse:

— Não dance com aquele homem esta noite, Alicia. Eu desconfio muito dele.

Sua voz tinha mais um comando de marido do que uma súplica de amante. Ela o olhou com algum desprezo, mas, quando viu o rosto dele ficar severo — pois os Montressors toleravam pouco desrespeito à sua autoridade, como eu tinha boas razões para saber —, ela pareceu mudar e um sorriso surgiu em seus lábios, embora seus olhos tenham brilhado maliciosamente.

Então Alicia colocou os braços em volta do pescoço dele e — embora me parecesse que ela o estrangulou enquanto o abraçava — a voz dela era maravilhosamente doce e acariciante enquanto murmurava em seu ouvido.

Ele riu e seu semblante suavizou, embora ainda tenha dito:

— Não me tente demais, Alicia.

Então eles saíram, ela um pouco à frente e muito majestosa.

Depois disso também entraram minhas tias, muito bem-vestidas e modestamente, mas, depois de Alicia, não me impressionaram. Fui apanhada na armadilha de sua beleza, e o desejo de vê-la novamente cresceu tanto em mim que depois de um tempo fiz uma coisa indevida e desobediente.

Eu tinha sido obrigada a ficar na cama, mas me levantei e vesti um roupão. Estava decidida a descer silenciosamente, caso pudesse ver Alicia, sem ser notada.

Mas quando cheguei ao grande salão, ouvi passos se aproximando e, com a consciência pesada, deslizei para o lado na sala azul e me escondi atrás das cortinas para que minhas tias não me vissem.

Alicia entrou, e com ela um homem que eu nunca tinha visto. No entanto, imediatamente me lembrei de uma serpente preta e fina, com um olho brilhante e maligno, que eu tinha visto no jardim da sra. Montressor dois verões antes, e que provavelmente teria me picado.

John, o jardineiro, a matara, e eu realmente pensei que, se ela tivesse alma, devia ter entrado naquele homem.

Alicia se sentou e ele ao lado dela, e quando a abraçou, ele beijou seu rosto e lábios. Ela também não recuou de seu abraço, mas até sorriu e se inclinou para mais perto dele com um movimento suave, enquanto eles conversavam em alguma língua estranha e estrangeira.

Eu era apenas uma criança inocente, não sabia nada de honra e desonra. No entanto, me parecia que nenhum homem deveria beijá-la, exceto meu tio Hugh, e desde aquela hora eu desconfiei de Alicia, embora não entendesse então o que fiz depois.

E enquanto eu os observava — sem pensar em bancar a espiã —, vi o rosto dela ficar subitamente frio, e Alicia se endireitou e afastou os braços de seu amante.

Segui os olhos culpados dela até a porta, onde estava meu tio Hugh, e todo o orgulho e paixão dos Montressors estavam em suas sobrancelhas baixas. Ele avançou quando Alicia e a serpente se separaram e se levantaram.

A princípio, ele não olhou para a esposa culpada, mas para o amante dela, e deu-lhe um tapa forte no rosto. Ao que ele, sendo um covarde de coração, como todos os vilões, empalideceu e se esgueirou da sala com uma ameaça murmurada.

Meu tio virou-se para Alicia e, com muita calma e terror, disse:

— A partir desta hora, você não é mais minha esposa!

E havia no tom algo que dizia que seu perdão e amor nunca mais deveriam ser dela.

Então ele gesticulou para que ela saísse e Alicia foi, como uma rainha orgulhosa, com sua gloriosa cabeça erguida e nenhuma vergonha na expressão.

Quanto a mim, quando eles se foram, fui embora, atordoada, e voltei para minha cama, tendo visto e ouvido mais do que eu imaginara, como pessoas desobedientes e bisbilhoteiras sempre fazem.

Mas meu tio Hugh manteve sua palavra, e Alicia não era mais sua esposa, salvo no nome. No entanto, fofocas ou escândalos não houve, pois o orgulho da família manteve em segredo sua desonra, e ele nunca pareceu outro que um marido cortês e respeitoso.

Nem a sra. Montressor e minhas tias, embora se questionassem muito, ficaram sabendo, pois não ousavam questionar nem seu irmão nem Alicia, que se comportava tão altiva como sempre, e parecia não ansiar nem por amante nem por marido. Quanto a mim, ninguém imaginou que eu soubesse de nada, e guardei segredo sobre o que tinha visto na sala azul na noite do baile de Natal.

Depois do Ano-Novo, fui para casa, mas logo a sra. Montressor me chamou outra vez, dizendo que a casa estava solitária sem a pequena Beatrice. Então voltei e encontrei tudo inalterado, embora o Place estivesse muito quieto, e Alicia saísse pouco da Sala Vermelha.

Vi pouco meu tio, exceto quando ele ia e vinha para os negócios de sua propriedade, um pouco mais sério e silenciosamente que antes, ou me trazia livros e doces da cidade.

Mas todos os dias eu ficava com Alicia na Sala Vermelha, onde ela falava comigo, muitas vezes de forma selvagem e estranha, mas sempre gentil. E embora eu ache que a sra. Montressor não gostasse muito de nossa intimidade, ela não disse uma palavra, e eu ia e voltava conforme conversava com Alicia, embora não gostasse muito de seus modos estranhos e do fogo inquieto em seus olhos.

Nem jamais a beijava, depois de ter visto seus lábios pressionados pelos da cobra, embora ela às vezes me persuadisse e ficasse mesquinha e irritada quando eu não a beijava; mas ela não adivinhou meus motivos.

Março chegou naquele ano como um leão, extremamente faminto e feroz, e meu tio Hugh havia cavalgado por uma tempestade e não pensava em voltar por alguns dias.

À tarde, eu estava sentada no corredor da ala, sonhando devaneios maravilhosos, quando Alicia me chamou para a Sala Vermelha.

E enquanto ia, me maravilhei com a beleza da mulher, pois suas bochechas estavam coradas e suas joias, opacas diante do brilho de seus olhos. A mão dela, quando pegou a minha, estava muito quente, e sua voz tinha um toque estranho.

— Venha, pequena Beatrice — disse ela —, venha falar comigo, pois não sei o que fazer com o meu eu solitário hoje. O tempo paira pesadamente nesta casa sombria. Acho que esta Sala Vermelha tem uma influência maligna sobre mim. Veja se sua tagarelice infantil pode afastar os fantasmas que se revoltam nestes cantos escuros e velhos - fantasmas de uma vida arruinada e envergonhada! Não, não se encolha - falo descontroladamente? Não me leve tão a sério; meu cérebro parece em chamas, pequena Beatrice. Venha; pode ser que você conheça alguma velha lenda sombria desta sala - certamente deve haver uma. Nunca um lugar foi mais adequado para um ato sombrio! Não fique tão assustada, criança - esqueça meus caprichos. Conte-me agora e ouvirei.

Ao que ela se sentou com agilidade no sofá de cetim e virou seu lindo rosto para mim. Então juntei minha perspicácia e contei a ela o que eu não deveria saber: como, gerações antes, um Montressor havia desonrado a si mesmo e seu nome, e que, quando ele voltou para casa para sua mãe, ela o encontrou naquela mesma Sala Vermelha e o insultou e recriminou por ter esquecido o seio que o havia nutrido; e que ele, frenético de vergonha e desespero, voltou sua espada contra o próprio coração e assim morreu. Mas a mãe dele enlouqueceu de remorso e foi mantida prisioneira na Sala Vermelha até a morte.

Assim contei a história, como eu ouvira minha tia Elizabeth contar. Alicia me ouviu e não disse nada, exceto que era uma história digna dos Montressors. Retruquei, pois eu também era uma Montressor e tinha orgulho disso.

Mas ela segurou minha mão suavemente e disse:

— Pequena Beatrice, se amanhã ou depois elas, essas mulheres frias e orgulhosas, disserem que Alicia não era digna de seu amor, diga-me, você acreditaria?

E eu, lembrando do que tinha visto na sala azul, fiquei em silêncio, pois não podia mentir. Então Alicia jogou minha mão para longe com uma risada amarga, e pegou da mesa uma pequena adaga com um cabo incrustrado de joias.

Parecia um brinquedo de aparência cruel e falei isso — ao que ela sorriu e deslizou seus dedos brancos pela lâmina fina e brilhante de uma maneira que me deu calafrios.

— Um golpezinho com isto — disse ela —, um golpezinho e o coração não bate mais, o cérebro cansado descansa, os lábios e os olhos nunca mais sorriem!

E eu, sem compreendê-la, mas tremendo, implorei-lhe que a deixasse de lado, o que ela fez descuidadamente e, colocando a mão sob meu queixo, virou meu rosto para o dela.

— Pequena Beatrice de olhos sérios, seja sincera, ficaria triste se nunca mais se sentasse aqui com Alicia nesta mesma Sala Vermelha?

E respondi com seriedade que sim, feliz por poder dizer tanta verdade. Então o rosto dela ficou tenro e Alicia suspirou profundamente.

Ela abriu uma caixa exótica e incrustada e tirou dela uma corrente de ouro brilhante de raro acabamento e *design* requintado, e a pendurou em meu pescoço. Não me permitiu agradecer, mas colocou a mão suavemente em meus lábios.

— Agora vá — disse ela. — Mas antes que você me deixe, pequena Beatrice, conceda-me apenas um favor – pode ser que eu nunca lhe peça outro. Seu povo, eu sei, aqueles frios Montressors, pouco se importam comigo, mas mesmo com todos os meus defeitos, sempre fui gentil com você. Então, quando o amanhã chegar, e eles lhe disserem que Alicia está morta, não pense em mim apenas com desprezo, mas tenha um pouco de piedade, pois nem sempre fui o que sou agora, e poderia nunca ter me tornado assim se uma criancinha como você estivesse sempre perto de mim, para me manter pura e inocente. E eu adoraria que você me abraçasse e me desse um beijo.

E assim fiz, admirando-me muito com seus modos — pois havia neles uma estranha ternura e uma espécie de desejo desesperado. Em seguida, ela gentilmente me tirou do quarto, e eu me sentei meditando junto à janela do corredor até a noite cair — foi uma noite terrível, de tempestade e escuridão. E pensei em como era bom que meu tio Hugh não voltasse numa tempestade assim. No entanto, antes que o pensamento esfriasse, a porta se abriu e ele caminhou pelo corredor, sua capa encharcada e torcida pelo vento. Em uma mão, um chicote, como se ele tivesse saltado de seu cavalo; na outra, o que parecia ser uma carta amassada.

O rosto dele estava tão sombrio quanto a noite, e ele não prestou atenção em mim enquanto eu corria atrás dele, pensando egoisticamente nos doces que ele havia prometido me trazer — mas não pensei mais neles quando cheguei à porta da Sala Vermelha.

Alicia estava ao lado da mesa, de capa como se vestida para uma viagem, mas seu capuz havia deslizado para trás e seu rosto aparecia nele branco como mármore, exceto onde seus olhos coléricos queimavam, com medo, culpa e ódio em suas profundezas; e ela tinha um braço levantado como se fosse empurrá-lo para trás.

Quanto ao meu tio, ele estava diante dela e não vi seu rosto, mas sua voz era baixa e terrível, falando palavras que eu não entendia naquela época, embora muito tempo depois viesse a saber o significado delas.

Ele a desprezou por ela ter pensado em fugir com o amante, jurou que nada mais impediria sua vingança e fez outras ameaças, selvagens e terríveis.

No entanto, Alicia não disse palavra até que ele terminou, e então ela falou, mas o que disse não sei, exceto que estava cheio de ódio e provocação e acusações selvagens, tal qual uma mulher louca poderia ter proferido.

E ela até o desafiou a impedir sua fuga, embora meu tio lhe dissesse que cruzar aquele limiar significaria sua morte; pois ele era um homem injustiçado e desesperado e não pensava em nada além de sua própria desonra.

Então Alicia fez menção de passar por ele, mas meu tio a pegou pelo pulso branco; ela se virou para ele com fúria, e vi sua mão direita estender-se furtivamente na mesa atrás dela, onde estava a adaga.

— Me solte! — sibilou ela.

E ele disse:

— Não solto.

Então Alicia se virou e o golpeou com a adaga — e nunca vi uma expressão como a dela naquele momento.

Meu tio caiu pesadamente, mas a segurou mesmo enquanto morria, de modo que Alicia teve que se libertar, com um grito que ainda ecoa em meus ouvidos à noite quando o vento uiva sobre os pântanos chuvosos. Ela passou correndo por mim e fugiu pelo corredor como uma criatura caçada, e ouvi a pesada porta bater atrás dela.

Quanto a mim, fiquei ali olhando para o morto, pois não conseguia me mexer nem falar e parecia ter morrido de horror. E logo eu não sabia nada, nem me lembrei de nada por muitos dias, enquanto fiquei de cama, doente de febre e mais propensa a morrer do que viver.

Assim, quando enfim saí da sombra da morte, meu tio Hugh estava frio em seu túmulo havia muito tempo, e a caçada por sua esposa culpada acabara, já que nada tinha sido visto ou ouvido falar dela desde que fugira do país com seu amante estrangeiro.

Quando me recordei, eles me questionaram a respeito do que eu tinha visto e ouvido na Sala Vermelha. E contei-lhes o melhor que pude, embora muito magoada por eles não responderem minhas perguntas e por não fazerem nada além de me pedir que ficasse quieta e não pensasse no assunto.

Então minha mãe, muito aborrecida com minhas aventuras — que, é verdade, eram apenas lamentáveis para uma criança —, me levou para casa. Ela também não me deixou ficar com a corrente de Alicia, mas se livrou dela, de que forma eu não sabia e pouco me importava, pois a visão dela era repugnante para mim.

 Passaram-se muitos anos até que voltei a Montressor Place, e nunca mais vi a Sala Vermelha, pois a sra. Montressor mandou demolir a velha ala, considerando suas lembranças dolorosas como uma herança sombria o suficiente para o próximo Montressor.

 Então, neto, a triste história acabou, e você não verá a Sala Vermelha quando for no mês que vem a Montressor Place. No entanto, as andorinhas ainda cantam sob os beirais — não sei se você entenderá a fala delas como eu entendi.

L. M. MONTGOMERY

O ANALGÉSICO DO DIÁCONO

1902

O diácono está decidido que Amy não pode se casar com o dr. Boyd, graças a um incidente do passado. Mas um engano logo o ensinará a não julgar tanto os outros.

Andrew era um homem terrível. Quando ele colocava o pé no chão, algo sempre era esmagado — e *permanecia* esmagado. Nesta situação em particular, foi o caso de amor da pobre Amy.

— Não, minha filha — ele disse solenemente (o diácono sempre falava solenemente e chamava Amy de "minha filha" quando ia ser do contra) —, eu... ah, nunca consentirei que você se case com o dr. Boyd. Ele não é digno de você.

— Tenho certeza de que um Boyd é tão bom quanto um Poultney — soluçou Amy. — E ninguém pode dizer uma palavra contra Frank.

— Ele bebia, minha filha — disse o diácono, mais solene do que nunca.

— Ele não toca mais em uma gota — disse Amy, alto. Amy tinha uma pitada do temperamento de Barry. Mas o diácono não se irritou. Haveria mais esperança se ele tivesse se irritado. Em geral se pode fazer algo com um homem que perde a paciência, especialmente quando se trata de se arrepender. Mas Andrew nunca perdia a paciência; ele apenas permanecia plácido e agravante.

— Você não sabe, minha pobre criança — ele disse tristemente —, que um homem que já foi viciado em bebida está suscetível a cair em tentação novamente a qualquer momento? Eu... ah, não tenho fé na reforma do dr. Boyd. Veja o pai dele.

Amy não conseguia olhar muito bem para o pai do dr. Boyd, visto que ele havia bebido até a morte e estava enterrado no cemitério de Brunswick havia mais de quinze anos. Mas ela sabia que a referência encerrava o assunto, na opinião do diácono. Amy não vivera com o pai por vinte anos sem descobrir que, quando ele começava a arrastar os ancestrais das pessoas de seus túmulos e jogá-los na conversa, era melhor parar de discutir.

Em vez disso, Amy veio até mim e chorou. Eu não podia fazer muito para confortá-la, conhecendo Andrew como eu conhecia. Eu cuidava da casa para ele desde que sua esposa, que era minha irmã, falecera; em muitos aspectos, ele era o melhor homem que já viveu — muito generoso, nunca dado a resmungos; mas quando ele se decidia sobre qualquer ponto, era melhor não retrucar.

Por um lado, não havia nada que se pudesse usar como vantagem, porque o diácono era um homem muito moral. Se tivesse alguns viciozinhos ou fraquezas, ele poderia ter sido vulnerável em algum ponto. Mas era tão piedoso que era quase doloroso. É uma bênção que não tivesse filhos ou eles certamente teriam ido para o mal para manter a família em um equilíbrio normal.

Antes de prosseguir com esta história, devo esclarecer as questões em relação ao dr. Boyd. A partir da declaração de Andrew, você pode supor que ele já foi um beberrão confirmado. O fato era que o jovem Frank, apesar do pai, era um rapaz tão sóbrio e firme quanto se poderia desejar; mas um verão, pouco antes de ir para a faculdade, ele se deparou com um grupo selvagem de sujeitos da cidade que estavam no hotel da praia; eles foram a algum lugar para uma reunião política uma noite e todos ficaram bêbados, incluindo o jovem Frank, e se fizeram de tolos; o diácono estava lá, representando o interesse da temperança, e os viu. Depois disso, ele nunca mais precisou de Frank Boyd. Não fazia a menor diferença que Frank estivesse terrivelmente envergonhado e arrependido e nunca mais tivesse saído com aqueles caras, nem nunca mais tivesse provado bebidas alcoólicas. Ele terminou a faculdade esplendidamente, voltou para casa, se estabeleceu em Brunswick e trabalhou bem. Era inútil, no que dizia respeito ao diácono. Ele persistiu em considerar o dr. Frank como um libertino reformado que poderia recair em seus maus caminhos a qualquer momento. E Andrew teria desculpado um homem por assassinato antes de desculpar Frank por ficar bêbado.

 O diácono era o que seus inimigos — pois ele tinha muitos inimigos apesar de, ou talvez por causa de sua bondade — chamavam de fanático pela temperança. Agora, eu não vou condenar a temperança. É a coisa certa, e eu mesma sou ponderada e nunca toco nem em vinho de groselha caseiro; e um pouco de fanatismo sempre lubrifica as rodas de qualquer movimento. Mas devo dizer que Andrew levou as coisas longe demais. Ele era bastante apaixonado pela causa da temperança; e o único homem no mundo com quem ele não falava era o diácono Millar, porque o diácono Millar se opunha à introdução de vinho não fermentado para a comunhão e usava uísque para acabar com um resfriado.

 Então, considerando todas essas coisas, achei que as perspectivas da pobre Amy de se casar com seu homem eram mesmo muito fracas, e me senti quase tão mal quanto ela. Eu sabia que Frank Boyd era a escolha dela, de uma vez por todas. Amy é uma Barry por natureza, mesmo sendo uma Poultney de nascimento, e os Barry nunca mudam, como pude testemunhar; mas esta não é a minha história. Se não podem se casar com aquele que colocam em seus corações, eles nunca se casam. E Frank Boyd era um jovem muito bom, e todos gostavam dele e o respeitavam. Qualquer homem no mundo, exceto Andrew, ficaria encantado com a ideia de tê-lo como genro.

No entanto, consolei Amy o melhor que pude e até concordei em ir discutir com o pai dela, embora soubesse que não deveria ter nada para mostrar a favor deles. E eu não tinha, apesar de ter feito tudo o que uma mulher mortal podia fazer. Preparei um jantar magnífico com todos os pratos favoritos do diácono; e depois que ele comeu tudo o que podia e o dobro do que era bom para ele, eu dei o bote — e falhei. E quando uma mulher falha *nessas* circunstâncias, é melhor cruzar as mãos e segurar a língua.

Andrew ouviu tudo o que eu tinha a dizer educadamente, como sempre fazia, pois se orgulhava de suas boas maneiras; mas vi logo que não estava se convencendo.

— Não, Juliana — ele disse pacientemente —, eu... ah, nunca poderei dar minha filha a um bêbado reformado. Eu... ah, devo zelar pela felicidade dela. Além disso, pense como seria se eu permitisse que minha filha se casasse com um homem viciado em bebida, eu, que sou conhecido por meus princípios de temperança. Ora, seria uma desculpa para o pessoal da bebida usar contra mim. Eu... ah, imploro, querida Juliana, que não volte a se referir a este doloroso assunto e que *não* encoraje minha filha em sua conduta tola e desfiliada. Isso só causará um aborrecimento em nosso pacífico lar – um aborrecimento que não pode de forma alguma promover quaisquer desejos que ela ou você possa ter formado imprudentemente sobre esse assunto. Eu... ah, tenho certeza de que uma mulher de sua prudência e bom senso deve ver isso claramente.

Eu estava ficando vermelha naquele momento, pois os "eu... ah" de Andrew me deixaram com um temperamento normal de Barry. Mas tive o bom senso de segurar minha língua, embora pudesse ter gritado de muita raiva. Eu me vinguei alimentando o diácono com bacalhau e sobras por uma semana. Ele nunca soube por quê, mas sofreu. No entanto, sou obrigada a dizer que ele sofreu docilmente, com o ar de um homem que sabia que as mulheres têm feitiços estranhos e precisam ser agradadas.

Durante o mês seguinte, o "pacífico lar" do diácono ficou com uma atmosfera bastante desconfortável. Amy chorou e se aborreceu e se afligiu, e o dr. Boyd não ousou chegar perto do lugar. O que teria finalmente acontecido, se não fosse a interposição da Providência, ninguém sabe. Suponho que Amy teria se afligido até a morte e tido tuberculose como sua mãe, ou teria fugido com Frank e nunca teria sido perdoada pelo pai até o dia da morte dele. E isso quase a teria matado também, pois Amy amava o pai — e com razão, pois ele sempre foi um excelente pai e nunca lhe recusou nada sem motivo.

Enquanto isso, o diácono estava tendo seus próprios problemas. Seu partido queria trazê-lo como candidato na próxima eleição local, e o diácono queria se destacar. Mas é claro que o interesse pelas bebidas estava contra ele, e ele tinha alguns inimigos pessoais, mesmo no lado da temperança; e de modo geral era duvidoso que conseguisse a indicação. Mas ele estava trabalhando duro para isso, e suas chances eram pelo menos tão boas quanto as de qualquer outro homem até o primeiro domingo de agosto.

O diácono sentiu-se um pouco confuso naquela manhã quando se levantou; eu sabia disso por causa de sua oração, mesmo que não soubesse que ele estava com um resfriado forte. As orações do diácono são um medidor infalível do seu estado de saúde. Quando ele está se sentindo bem, elas ficam alegres, e você pode dizer que ele tem suas próprias dúvidas sobre a doutrina da reprovação; mas quando ele está um pouco indisposto, suas orações são exatamente como a velha senhora que disse: "Os universalistas pensam que todo o mundo será salvo, mas nós, presbiterianos, esperamos coisas melhores".

Havia um forte tom disso na oração do diácono naquela manhã de domingo, mas isso não o impediu de comer um grande desjejum de presunto, ovos e muffins quentes, finalizando com geleia e queijo. O diácono *comerá* queijo, embora saiba que nunca lhe faz bem; e pouco antes da hora da igreja, isso começou a causar problemas para o pobre homem.

Quando desci as escadas — Amy não foi à igreja naquele dia, o que, à luz do que veio depois, foi sorte —, encontrei o diácono em seu melhor terno preto, sentado no sofá da cozinha com as mãos cruzadas sobre a barriga e uma expressão muito triste.

— Eu... ah, estou tendo um forte ataque de cólicas, Juliana — ele disse com um gemido. — Elas aparecem de repente. Eu... ah, gostaria que você me preparasse uma dose de chá de gengibre.

— Não há uma gota de água quente na casa — eu disse —, mas vou ver o que consigo para você.

O diácono, com diversos gemidos, me seguiu até a despensa. Enquanto eu estava cortando o gengibre, ele avistou uma grande garrafa preta na prateleira de cima.

— Ora, existe mesmo! — exclamou alegremente. — Senhor. O analgésico de Johnson! Por que não pensei nisso antes?

Fiquei em dúvida sobre o analgésico, pois não acredito em mexer com remédios que você não conhece, embora Deus saiba que o sr. Johnson tomou bastante dele e pareceu lhe fazer bem. Ele era um jovem artista que havia se alojado conosco no verão anterior, e era um jovem muito calmo, alegre e despreocupado. Todos gostávamos dele, e ele se dava muito bem com o diácono, concordando com ele em tudo, especialmente no que diz respeito à temperança. Mas ele não era forte, pobre rapaz, e logo depois que veio nos disse que estava sujeito a problemas de estômago e tinha que tomar uma dose de analgésico depois de cada refeição e às vezes entre as refeições. Ele guardava o frasco na despensa, e eu o achava uma boa pessoa para tomar remédio, pois nunca fazia caretas ao engolir aquele analgésico. Ele disse que era uma mistura especial, tônico e analgésico combinados, que seu médico havia prescrito para ele, e não era difícil de tomar. Ele foi embora às pressas um dia por causa de um telegrama dizendo que sua mãe estava doente, e esqueceu sua garrafa de tônico — um novo que ele tinha acabado de abrir. Estava ali na prateleira da despensa desde então.

O diácono subiu em uma cadeira, pegou o frasco, abriu e cheirou.

— Eu meio que gosto do cheiro — disse ele enquanto servia um copo cheio, da mesma forma que vira o sr. Johnson fazer.

— Eu não tomaria muito disso — eu disse em advertência. — Você não sabe o que pode acontecer.

Mas o diácono pensou que sabia, e bebeu tudo e estalou os lábios.

— Esse é o melhor tipo de analgésico que eu... ah, já provei, Juliana — disse ele. — Tem um sabor apetitoso mesmo. Eu... ah, creio que vou tomar outro copo; eu... ah, vi o sr. Johnson tomar dois. Talvez tenha perdido a força, ficando ali tanto tempo, e eu... ah, não quero arriscar outro ataque de cólica na igreja. É melhor ter certeza. Eu... ah, já me sinto melhor.

Assim foi o segundo copo e, quando voltei com meu gorro, aquele homem equivocado estava bebendo um terceiro.

— A cólica acabou, Juliana — disse com alegria. — Esse analgésico é o tipo certo de remédio e não há erro. Eu... ah, me sinto bem. Venha, vamos à igreja.

Ele disse isso em um tom leve e hilário, como se estivesse dizendo: "Vamos a um piquenique". Caminhamos até a igreja — não ficava a mais de 800 metros — e Andrew caminhou alegremente e conversou sobre vários assuntos mundanos. Ele foi em especial eloquente sobre a eleição e discursou como se tivesse certeza da nomeação. Parecia tão animado que eu me senti desconfortável, pensando que ele deveria estar com febre.

Estávamos atrasados como de costume, pois nosso relógio está sempre para trás; Andrew nunca vai consertá-lo porque pertencia ao seu avô. O ministro estava apenas distribuindo seu texto quando chegamos lá. Nosso banco fica bem na frente da igreja. O banco Boyd fica logo atrás e o dr. Frank estava sentado sozinho. Eu vi sua expressão desabar quando entrei em nosso banco, e eu sabia que ele estava se sentindo decepcionado porque Amy não tinha vindo. Mas quase todo mundo em Brunswick estava lá, e a igreja estava cheia. Andrew sentou-se em seu lugar com um pigarrear alto e alegre e olhou radiante para a congregação, sorrindo. Eu nunca tinha visto Andrew sorrir na igreja antes — ele geralmente ficava tão sério e solene como se estivesse em um funeral — e parecia haver algo estranho nisso. Eu me senti muito aliviada quando ele parou de olhar ao redor e concentrou sua atenção no ministro, que estava apenas começando o assunto.

O sr. Stanley é um ótimo pregador. Temos ele há três anos e todo mundo gosta dele. Em dois minutos eu estava concentrada, ouvindo sua eloquência. Mas de repente — muito de repente — meus pensamentos foram trazidos de volta a terra.

Ouvi o diácono fazer um barulho estranho, algo entre um rosnado e uma fungada, e olhei em volta bem a tempo de vê-lo pular de pé. Ele estava carrancudo e seu rosto estava roxo. Eu nunca tinha visto Andrew em um acesso antes, mas agora ele estava completamente louco.

— Eu lhe digo, pregador, isso não é verdade — ele gritou. — É heresia - heresia rancorosa, isso é o que é - e como diácono desta igreja eu não deixarei passar sem contestação. Pregador, você tem que retirar isso. Não é verdade e, além disso, não é doutrina.

E aqui o diácono deu ao banco à sua frente uma pancada tão retumbante que a velha surda sra. Prott, que estava sentada diante dele e não ouvira uma palavra de seu chilique, sentiu a sacudidela e deu um pulo como se tivesse levado um golpe. Mas a sra. Prott era a única pessoa na igreja que não o tinha ouvido, e a sensação foi algo que não consigo descrever. O sr. Stanley parou de repente, com a mão estendida, como se estivesse transformado em pedra, e seus olhos estavam quase saltando da cabeça. Geralmente, são muito arregalados, pois o sr. Stanley, inteligente como é, não é belo. Jamais esquecerei o olhar dele naquele momento.

Suponho que deveria ter tentado acalmar o diácono ou fazer alguma coisa, mas estava simplesmente atordoada demais para me mexer ou falar. A verdade é que pensei que Andrew tivesse enlouquecido de repente e o horror me paralisou.

Enquanto isso, o diácono, recuperando o fôlego, continuou, pontuando suas observações com pancadas no banco de trás.

— Nunca, desde que eu era diácono, ouvi tal doutrina pregada deste púlpito. Dizer que talvez todos os pagãos não estejam perdidos! Você sabe que estarão, pois se não estiverem, todo o dinheiro que temos dado às missões estrangeiras será completamente desperdiçado. Você é louco, isso é o que você é! Nós pedimos pão e você nos dá uma pedra. — Um tremendo golpe!

Nesse momento, o dr. Boyd se levantou atrás de nós. Ele se inclinou para a frente e deu um tapinha no ombro do diácono.

— Vamos sair e conversar lá fora, sr. Poultney — disse ele calmamente, como se tudo fosse uma parte regular da performance.

Eu esperava ver o diácono avançar sobre ele, mas, em vez disso, Andrew apenas jogou os braços em volta do pescoço de Frank e começou a chorar.

— Sim, vamos sair, meu querido rapaz — ele soluçou. — Vamos deixar este lugar ímpio. Abençoado seja, meu rapaz! Sempre te amei como um filho, sim. Amy também.

O dr. Boyd o conduziu pelo corredor. O diácono insistiu em andar com os braços em volta do pescoço de Frank e soluçou o tempo todo. Ao lado da porta, ele parou e olhou para Selena Cotton, que estava sentada no primeiro banco. Como eu, Selena não é tão jovem

O ANALGÉSICO DO DIÁCONO | 121

quanto costumava ser; mas, ao contrário de mim, ela ainda não desistiu de pensar em casamento, e todos em Brunswick sabiam que ela estava de olho no diácono desde que a esposa dele morrera. O próprio diácono sabia disso.

O dr. Boyd tentou convencê-lo a seguir em frente, mas Andrew não cedeu até que tivesse dado sua opinião.

— Já vamos, meu querido rapaz. Não tenha tanta pressa, nunca tenha pressa de sair da igreja – seja vagaroso e digno sempre. Olhe para aquela senhora. Ela é uma boa mulher, uma boa mulher de Brunswick. Mas eu nunca a encorajei, Frank, dou minha palavra. Jamais brincaria com os afetos de uma dama. Sim, sim, estou indo, meu querido rapaz.

Com isso, o diácono deu um beijo na indignada Selena e saiu.

Claro que eu os tinha seguido, e agora Frank me dizia em voz baixa:

— Vou levá-lo para casa, mas minha carroça é muito estreita. Você se importaria de caminhar, srta. Barry?

— Andarei, claro, mas me diga — eu sussurrei ansiosamente —, você acha que esse ataque é sério?

— De jeito nenhum. Acho que logo ele vai se recuperar e ficar bem — disse o médico. Seu rosto estava tão sério quanto o de um juiz, mas eu tinha certeza de ter visto seus olhos brilharem e me ressenti disso. Ali estava Andrew enlouquecido ou doente de alguma doença terrível e o dr. Boyd estava rindo consigo. Voltei para casa num estado de alarme e indignação misturados. Quando cheguei lá, a carroça do médico estava amarrada no portão, o médico e Amy estavam sentados juntos no sofá da cozinha, e o diácono não estava em lugar nenhum.

— Onde está Andrew?

— Ali, dormindo profundamente — disse Frank, apontando para a porta do quarto do diácono.

— Qual é o problema com ele? — insisti. Eu tinha certeza de que Amy estava rindo, e me perguntei se eu estava sonhando ou se todo mundo tinha enlouquecido.

— Bem — disse o médico —, para simplificar, ele está... bêbado!

Sentei-me; felizmente havia uma cadeira atrás de mim. Não sei se me senti mais aliviada ou indignada.

— É impossível! — eu disse. — Im-possível! O diácono nunca... não há uma gota... ele não provou nada porque... porque...

Num piscar de olhos, me lembrei do analgésico. Voei para a despensa, peguei a garrafa e corri para Frank.

— É o analgésico, o analgésico de Johnson... ele tomou demais e talvez esteja envenenado. Ah, faça algo por ele rápido! Ele pode estar morrendo neste minuto.

O dr. Frank não se alarmou. Ele abriu a garrafa, cheirou-a e depois tomou um gole de seu conteúdo.

— Não se assuste, srta. Barry — ele disse, sorrindo. — Isso é vinho; não sei qual tipo específico, mas é bem forte.

— Bêbado! — eu disse. E então comecei a rir, embora tenha me envergonhado disso desde então.

— O diácono vai dormir — disse o médico — e não estará pior quando acordar, exceto que provavelmente terá uma forte dor de cabeça. Precisamos decidir como esse incidente pode ser aproveitado da melhor maneira.

O diácono dormiu até depois do jantar. Então ouvimos um gemido fraco vindo do quarto. Entrei e Frank me seguiu, seu rosto solene ao extremo. O diácono estava sentado ao lado da cama, parecendo abatido e confuso.

— Como você está se sentindo agora, Andrew? — perguntei.

— Não me sinto bem — respondeu o diácono. — Minha cabeça está doendo. Eu estive doente? Achei que estava na igreja. Não me lembro de voltar para casa. Qual é o problema comigo, doutor?

— A pura verdade, sr. Poultney — disse o jovem Frank deliberadamente —, é que você estava bêbado. Não, fique quieto! — disse ele, pois o diácono havia se levantado de forma alarmante. — Não estou tentando insultá-lo. Você tomou três doses do que deveria ser analgésico, mas que era na verdade um vinho muito forte. Então foi à igreja e fez uma cena; isso é tudo.

— Tudo! Graciosa Providência! — gemeu o pobre diácono, sentando-se atordoado novamente. — Você não pode querer dizer isso – sim, você quer. Juliana, pelo amor de Deus, me diga o que eu disse e fiz. Tenho lembranças vagas; pensei que eram apenas pesadelos.

Contei a verdade. Quando cheguei ao ponto em que ele deu um beijo em Selena Cotton, Andrew ergueu as mãos em desespero.

— Sou um homem arruinado, totalmente arruinado! Minha posição na comunidade se foi para sempre e eu perdi todas as chances da indicação, e Selena Cotton vai usar isso para se casar comigo. Ah, se eu tivesse aquele Johnson aqui!

— Não se preocupe — disse Frank baixinho. — Acho que você pode silenciar o assunto com minha ajuda. Por exemplo, eu poderia declarar a todos que você teve um resfriado febril e um forte ataque de cólicas; que para aliviá-lo você imprudentemente tomou uma dose de analgésico muito forte, deixado aqui por um pensionista, e que o analgésico, não sendo adequado para sua doença, foi direto para sua cabeça e o deixou delirando e totalmente descontrolado em suas palavras e ações. Isso é tudo verdade, e acho que as pessoas vão acreditar em mim.

— Vão mesmo — disse o diácono ansiosamente. — Você vai fazer isso, não vai, Frank?

— Eu não sei — respondeu Frank com seriedade. — Eu poderia fazer... para o meu futuro sogro.

O diácono não piscou.

— Claro, claro — declarou. — Você pode ficar com Amy. Fui um velho idiota. Mas se você puder me tirar dessa enrascada, vou concordar com qualquer coisa que você pedir.

O dr. Frank o livrou. Houve muita fofoca e barulho no início, mas Frank deu a mesma história a todos e eles por fim acreditaram nele, em especial porque o diácono ficou humildemente de cama e recebeu qualquer quantidade de medicamentos sob a prescrição de Frank da farmácia. Ninguém tinha permissão para vê-lo. Quando as pessoas perguntavam por ele, dizíamos que as ordens do médico eram que ele ficasse quieto, pois qualquer emoção podia desencadear o distúrbio cerebral novamente.

— É *muito* estranho — disse Selena Cotton. — Se fosse qualquer um, menos o diácono Poultney, as pessoas teriam mesmo suposto que ele estava embriagado.

— Sim — concordei calmamente —, o médico diz que havia uma droga no analgésico que pode ter o mesmo efeito que a bebida. Mas acho que ensinou uma lição a Andrew. Ele não voltará a tomar remédios estranhos sem saber o que há neles. Ele está agradecido por ter escapado. Poderia ter sido veneno.

Depois, o diácono conseguiu sua indicação e ganhou a eleição, e Frank conseguiu Amy. Mas hoje em dia, quando o diácono está com cólicas, preparo para ele um bom chá de gengibre quente. Eu nunca mais mencionei a palavra "analgésico" para ele.

L. M. MONTGOMERY

O VELHO BAÚ EM WYTHER GRANGE

1903

Um antigo baú escondido no sótão desperta a curiosidade da pequena Amy. O que ela não imagina é que seu conteúdo escondesse um triste passado.

Q uando criança, sempre pensei que uma visita a Wyther Grange era um grande prazer. Era uma casa grande, silenciosa e antiquada onde moravam a vovó Laurance e a sra. Winnifred DeLisle, minha tia. Eu era a favorita delas, mas nunca consegui superar ter uma certa admiração pelas duas. A vovó era uma senhora alta e digna, com olhos pretos aguçados que pareciam mesmo entrar na alma. Ela sempre usava vestidos rígidos e farfalhantes de seda rica, feitos à moda de sua juventude. Suponho que ela trocasse de vestido de vez em quando, mas a impressão em minha mente era sempre a mesma, enquanto ela andava pela casa com um grande molho de chaves em seu cinto — chaves que abriam uma série de maravilhosos baús e caixas antigas e gavetas. Um dos meus maiores prazeres era assistir à vovó em suas peregrinações e observar o desdobramento e o exame de todos aqueles antigos tesouros e heranças de Laurances passados.

Com a tia Winnifred eu ficava menos admirada, possivelmente porque ela se vestia de uma maneira moderna e, portanto, parecia mais humana e natural aos meus olhinhos. Como Winnifred Laurance, ela tinha sido a beleza da família e ainda era uma bela mulher, com olhos escuros brilhantes e feições de camafeu. Ela sempre parecia muito triste, falava em voz baixa e doce, e era meu ideal infantil de tudo o que era nobre e gracioso.

Eu tinha muitos lugares queridos em Grange, mas gostava mais do sótão. Era um lugar antigo e espaçoso, grande o suficiente para abrigar confortavelmente uma família, e estava cheio de móveis descartados e baús velhos e caixas de enfeites descartados. Eu nunca me cansava de brincar lá, vestindo vestidos e chapéus antiquados e praticando passos de dança dos velhos tempos diante do espelho alto e rachado pendurado em uma das extremidades. Aquele velho sótão era uma verdadeira terra das fadas para mim.

Havia um velho baú que eu não podia explorar e, como todas as coisas proibidas, possuía uma grande atração para mim. Ficava em um canto empoeirado e cheio de teias de aranha, uma caixa de madeira alta e forte, pintada de azul. Por uma conversa ou outra que eu tinha ouvido de vovó, sabia que havia uma história; era a única coisa que ela nunca explorava em suas revisões periódicas. Quando me cansava de brincar, eu gostava de subir nele e sentar-me ali, imaginando minhas próprias fantasias a respeito dele — sendo a minha favorita a de que algum dia eu deveria resolver o enigma e abrir o baú para encontrá-lo cheio de ouro e joias com as quais eu poderia restaurar a fortuna dos Laurances e todos os esplendores tradicionais de Wyther Grange.

Eu estava sentada lá um dia quando tia Winnifred e vovó Laurance subiram a escada estreita e escura, esta última tilintando suas chaves e espiando os cantos empoeirados enquanto caminhava pela sala. Quando chegaram ao velho baú, a vovó bateu no topo com as chaves.

— Eu me pergunto o que há neste velho baú — disse ela. — Acho que deveria ser aberto. As mariposas podem ter entrado nele por aquela rachadura na tampa.

— Por que você não abre, mãe? — disse a sra. DeLisle. — Tenho certeza de que a chave de Robert caberia na fechadura.

— Não — recusou-se a vovó no tom que ninguém, nem mesmo tia Winnifred, jamais sonhou em contestar. — Não abrirei sem a permissão de Eliza. Ela o confiou aos meus cuidados quando foi embora, e prometi que nunca deveria ser aberto até que ela viesse buscá-lo.

— Pobre Eliza — disse a sra. DeLisle, pensativa. — Imagino como ela está agora. Muito mudada, como todos nós, suponho. Faz quase trinta anos desde que ela esteve aqui. Como era bonita!

— Eu nunca a aprovei — disse a vovó bruscamente. — Ela era uma criatura sentimental e fantasiosa. Ela poderia ter se casado bem, mas preferiu desperdiçar sua vida definhando pela memória de um homem que não era digno de desamarrar o cadarço de um Laurance.

A sra. DeLisle suspirou e não respondeu. As pessoas diziam que ela tivera seu próprio romance na juventude e que sua mãe o reprimira severamente. Eu tinha ouvido falar que seu casamento com o sr. DeLisle foi sem amor da parte dela e provou ser muito infeliz. Mas ele estava morto havia muitos anos, e tia Winnifred nunca falava dele.

— Já decidi o que fazer — disse vovó. — Escreverei para Eliza para perguntar se posso abrir o baú para ver se as mariposas entraram nele. Se ela recusar, muito bem. Não tenho dúvidas de que recusará. Ela se agarrará às suas velhas ideias sentimentais enquanto viver.

Preferi evitar o velho baú depois disso. Adquiriu um novo significado aos meus olhos e me pareceu a tumba de algo — possivelmente algum romance morto e enterrado do passado.

Dias depois, chegou uma carta à vovó; ela a entregou sobre a mesa para a sra. DeLisle.

— É de Eliza — informou ela. — Eu reconheceria a escrita em qualquer lugar – não é como a sua caligrafia moderna de traços espalhados e desarrumados, mas uma bela caligrafia feminina, tão regular quanto chapa de cobre. Leia a carta, Winnifred; não estou com meus óculos e ouso dizer que as rapsódias de Eliza cansariam. Você não precisa lê-las em voz alta, posso imaginá-las todas. Deixe-me saber o que ela diz a respeito do baú.

Tia Winnifred leu a carta e a pousou com um breve suspiro.

— Isto é tudo o que ela diz sobre o baú. "Se não fosse por uma coisa que está nele, eu pediria para você abri-lo e queimar todo o conteúdo. Mas eu não poderia suportar que outra pessoa, senão eu, visse ou tocasse essa certa coisa. Então, por favor, deixe o baú como está, querida tia. Não importa se as mariposas entrarem." Isso é tudo — continuou a sra. DeLisle —, e devo confessar que estou decepcionada. Sempre tive uma curiosidade quase infantil sobre aquele velho baú, mas pareço destinada a não a ter satisfeita. A "coisa" deve ser o vestido de noiva dela. Sempre achei que ela o trancou lá.

— A resposta é exatamente o que eu esperava dela — disse a vovó, impaciente. — Evidentemente, os anos não a tornaram mais sensata. Bem, então deixo quietos os pertences dela, com ou sem traças.

Foi só dez anos depois que ouvi mais alguma coisa sobre o velho baú. A vovó Laurance havia falecido, mas tia Winnifred ainda vivia em Grange. Ela estava muito solitária, e, no inverno após a morte da vovó, me enviou um convite para fazer uma longa visita a ela.

Quando revisitei o sótão e vi o velho baú azul no mesmo canto empoeirado, minha curiosidade infantil reviveu e implorei a tia Winnifred que me contasse sua história.

— Estou feliz que você tenha me lembrado disso — disse a sra. DeLisle. — Desde a morte de minha mãe, tenho a intenção de abrir o baú, mas continuei adiando. Sabe, Amy, a pobre Eliza Laurance morreu há cinco anos, mas mesmo assim mamãe não quis abrir o baú. Não há razão para não ser examinado agora. Se você quiser, vamos abri-lo imediatamente e depois lhe contarei a história.

Subimos ansiosamente as escadas do sótão. Minha tia se ajoelhou diante do velho baú e pegou uma chave do molho em seu cinto.

— Não seria muito frustrante, Amy, se esta chave não servisse? Bem, não acredito que você ficaria mais decepcionada do que eu.

Ela girou a chave e ergueu a pesada tampa. Inclinei-me para a frente ansiosamente. Uma camada de papel de seda se revelou, com um fino traço de poeira peneirada em suas dobras.

— Erga-o, criança — disse minha tia gentilmente. — Não há fantasmas para você, pelo menos, neste velho baú.

Ergui o papel e vi que o baú estava dividido em dois compartimentos. Em cima de um deles havia uma caixinha quadrada embutida. A dra. DeLisle a pegou e carregou até a janela. Erguendo a tampa, ela a colocou no meu colo.

— Pronto, Amy, dê uma olhada e vamos ver que tesouros antigos ficaram escondidos lá nesses quarenta anos.

A primeira coisa que tirei foi uma caixinha quadrada coberta por veludo roxo-escuro. O pequeno fecho estava quase enferrujado e cedeu facilmente. Dei um gritinho de admiração. Tia Winnifred se inclinou sobre meu ombro.

— Este é o retrato de Eliza aos vinte anos, e este é o de Willis Starr. Ela não era adorável, Amy?

De fato era adorável o rosto que olhava para mim da moldura dourada manchada. Era o rosto de uma jovem, em forma oval perfeita, com traços delicados e grandes olhos azul-escuros. Seu cabelo, preso no alto da cabeça e caindo em seu pescoço em longos cachos à moda antiga, era de um castanho-avermelhado quente, e as curvas de seu pescoço e ombros nus eram requintadas.

— A outra foto é a do homem a quem ela estava prometida. Diga-me, Amy, você o acha bonito?

Olhei para o outro retrato criticamente. Era de um jovem de cerca de vinte e cinco anos; ele era inegavelmente bonito, mas havia algo que eu não gostava em seu rosto e expressei isso.

Tia Winnifred não respondeu — ela estava tirando o conteúdo restante da caixa. Havia um leque de seda branca com varetas de marfim delicadamente esculpidas, um maço de cartas velhas e um papel dobrado contendo algumas flores secas e amassadas. Minha tia colocou a caixa de lado e mexeu no baú em silêncio. Primeiro veio um vestido de baile de brocado de cetim amarelo-claro, feito com a saia longa, cintura marcada e mangas bufantes de uma geração anterior. Sob ele havia um estojo contendo um colar de pequenas mas perfeitas pérolas e um par de chinelos de cetim minúsculos. O resto do compartimento estava cheio de lençóis, finos e caros, mas amarelados pelo tempo — toalhas de mesa de damasco e teias de tecido não cortado.

No segundo compartimento havia um vestido. Tia Winnifred ergueu-o com reverência. Era um vestido de seda rica que uma vez tinha sido branco, mas agora, como o linho, estava amarelado com a idade. Era feito e enfeitado de maneira simples, com renda antiga estilo teia de aranha. Envolto em torno dele estava um longo véu de noiva branco, cheirando a algum perfume estranho e antigo que manteve sua doçura ao longo dos anos.

— Bem, Amy, isso é tudo — disse tia Winnifred com um tremor na voz. — E agora a história. Por onde devo começar?

— Pelo começo, tia. Não sei nada, exceto o nome dela. Diga-me quem ela era e por que ela guardou o vestido de noiva aqui.

— Pobre Eliza! — disse minha tia, sonhadora. — É uma história triste, Amy, e parece que faz tanto tempo agora. Devo ser uma velha. Faz quarenta anos - e eu tinha apenas vinte. Eliza Laurance era minha prima, a única filha do tio Henry Laurance. Meu pai - seu avô, Amy, você não se lembra dele - tinha dois irmãos, cada um com uma filha única. Ambas as meninas se chamavam Eliza em homenagem à sua bisavó. Eu nunca vi a Eliza do tio George, exceto uma vez. Ele era um homem rico e sua filha era muito procurada, mas não era bonita, isso eu garanto a você, e orgulhosa e vaidosa demais. Sua casa ficava em uma cidade distante e ela nunca veio a Wyther Grange.

"A outra Eliza Laurance era filha de um homem pobre. Ela e eu tínhamos a mesma idade e não éramos diferentes uma da outra, embora eu não fosse tão bonita. Você pode ver pelo retrato como ela era bonita, e não lhe faz jus, pois metade de seu charme estava em sua expressão altiva e seus modos vivazes. Ela tinha seus defeitos, é claro, e era muito dada ao romance e ao sentimento. Isso não me parecia um defeito na época, Amy, porque eu era jovem e romântica também. Minha mãe nunca se importou muito com Eliza, acho, mas todo mundo gostava dela. Um inverno, Eliza veio para Wyther Grange para uma longa visita. Grange era um lugar muito animado na época. Eliza mantinha a velha casa ressoando de alegria, saíamos muito e ela era sempre a bela de todas as festas que íamos, mas vestia suas honras com facilidade, todas as lisonjas e homenagens que recebia não lhe subiam à cabeça.

"Naquele inverno, conhecemos Willis Starr. Ele era um recém--chegado, e ninguém sabia muito a respeito dele, mas uma ou duas das melhores famílias o acolheram, e os fascínios dele fizeram o resto. Ele se tornou o que você chamaria de potência. Ele era considerado muito bonito, seu jeito era educado e tranquilo, e as pessoas diziam que ele era rico.

"Eu não acho, Amy, que eu tenha confiado em Willis Starr. Mas como os outros, eu estava cega por seus charmes. Minha mãe era a única que não o adorava, e com frequência fazia comentários a respeito de aventureiros sem dinheiro, que deixavam Eliza muito indignada.

"Desde o início, ele tinha se fixado em Eliza e parecia totalmente enfeitiçado por ela. Bem, ele ganhou fácil. Eliza o amava com todo seu coração impulsivo e feminino e não fez nenhuma tentativa de esconder esse fato.

"Nunca esquecerei a noite em que ficaram noivos. Era o aniversário de Eliza e fomos convidados para um baile. Este vestido amarelo é exatamente o que ela usava. Suponho que foi por isso que o guardou aqui – o vestido que ela usou na noite mais feliz de sua vida. Eu nunca a tinha visto mais bonita, seu pescoço e braços estavam nus, ela usava este colar de pérolas e carregava um buquê de suas rosas brancas favoritas.

"Quando chegamos em casa depois do baile, Eliza tinha seu feliz segredo para nos contar. Estava noiva de Willis Starr, e eles se casariam no início da primavera.

"Willis Starr decerto parecia ser um amante ideal, e Eliza estava tão perfeitamente feliz que parecia ficar mais bonita e radiante a cada dia.

"Bem, Amy, o dia do casamento estava marcado. Eliza se casaria em Grange, já que sua mãe falecera, e eu seria a dama de honra. Fizemos o vestido dela juntas, nós duas. Na época, moças podiam fazer os próprios vestidos, e nenhum ponto foi colocado no de Eliza, exceto aqueles feitos por dedos amorosos e abençoados por desejos amorosos. Fui eu quem colocou o véu sobre seus cachos dourados – veja como está amarelo e enrugado agora, mas era branco como a neve naquele dia.

"Uma semana antes do casamento, Willis Starr estava passando a noite em Grange. Estávamos todos conversando alegremente sobre o evento, e, ao falar dos convidados, Eliza disse algo a respeito da outra Eliza Laurance, a grande herdeira, olhando maliciosamente para Willis por cima do ombro enquanto falava. Foi uma brincadeira alegre sobre a prima de quem ela era homônima, mas com quem ela tão pouco se parecia.

"Todos rimos, mas nunca esquecerei o olhar que surgiu no rosto de Willis Starr. Passou rápido, mas o medo frio que me deu permaneceu. Alguns minutos depois, saí da sala para uma tarefa insignificante e, quando voltei, através do corredor escuro, fui recebida por Willis Starr. Ele colocou a mão no meu braço e inclinou seu rosto maligno – pois *era* maligno, Amy – perto do meu.

"— Diga-me — ele disse em um tom baixo, mas rude —, há outra Eliza Laurance que é herdeira?

"— Certamente — respondi. — Ela é nossa prima e filha do tio George. Nossa Eliza não é herdeira. Você certamente não imaginava que ela fosse!

"Willis deu um passo para o lado com um sorriso zombeteiro.

"— Imaginei... que coisa! Eu tinha ouvido falar muito sobre a grande herdeira Eliza Laurance e a grande beldade Eliza Laurance. Achei que eram a mesma pessoa. Todos vocês tiveram o cuidado de não me desiludir.

"— Você esquece quem é, sr. Starr, quando fala assim comigo — retorqui friamente. — Você se enganou. Nunca sonhamos em permitir que alguém pensasse que Eliza era herdeira. Ela é doce e amável o suficiente para ser amada por si mesma.

"Voltei para a sala cheio de desânimo. Willis Starr permaneceu sombrio e taciturno durante todo o resto da noite, mas ninguém parecia notar, a não ser eu.

"No dia seguinte, estávamos todas tão ocupadas que quase esqueci o incidente da noite anterior. Nós, moças, estávamos na sala de costura dando os últimos retoques no vestido de noiva. Eliza o experimentara e o véu se destacava, em todo o seu esplendor sedoso, quando uma carta foi trazida. Adivinhei pelo rubor dela quem era o remetente... Eu ri e desci correndo as escadas, deixando-a sozinha para ler.

"Quando voltei, ela ainda estava de pé exatamente onde eu a havia deixado no meio da sala, segurando a carta. Seu rosto estava tão branco quanto o véu, e seus olhos arregalados tinham uma expressão atordoada e agonizante como de alguém que havia sido atingido por um golpe mortal. Toda a suave felicidade e doçura haviam desaparecido. Eram os olhos de uma velha, Amy.

"— Eliza, o que foi? — perguntei. — Aconteceu alguma coisa com Willis?

"Ela não respondeu, mas caminhou até a lareira, jogou a carta em uma cama de chamas azuis e a viu queimar em cinzas. Então se virou para mim.

"— Ajude-me a tirar este vestido, Winnie — disse ela baixinho. — Nunca mais o usarei. Não haverá casamento. Willis se foi.

"— Se foi! — repeti estupidamente.

"— Sim. Eu não sou a herdeira, Winnie. Era a fortuna, não a garota, que ele amava. Ele diz que é pobre demais para sonharmos em casar quando eu não tenho nada. Ah, que carta cruel e sem coração! Por que ele não me matou? Teria sido muito mais misericordioso! Eu o amava tanto... eu confiava tanto nele! Ah, Winnie, Winnie, o que devo fazer?

"Havia algo terrível no contraste entre suas palavras apaixonadas e seu rosto calmo e sua voz sem vida. Eu queria chamar mamãe, mas ela não me deixou. Eliza foi em direção ao quarto, descendo o corredor escuro em seu vestido e véu, e lá se trancou.

"Bem, eu contei tudo para os outros, de certa forma. Você pode imaginar a raiva e o desânimo deles. O pai dela, Amy – ele era um homem de sangue quente e impetuoso na época – foi imediatamente procurar Willis Starr. Mas ele se fora, ninguém sabia para onde, e a vizinhança inteira fervilhava com as fofocas e escândalos do caso. Eliza não soube de nada disso, pois ficou doente e inconsciente por muitos dias. Em um romance ou história, ela teria morrido, suponho, e isso teria sido o fim de tudo, mas foi na vida real, e Eliza não morreu, embora muitas vezes pensássemos que morreria.

"Quando ela se recuperou, como mudou assustadoramente! Quase partiu meu coração vê-la. Sua própria natureza parecia ter mudado também – toda a sua alegria e leveza estavam mortas. A partir daquele momento, ela era uma criatura desbotada e desanimada, não mais como a Eliza que conhecíamos. E então, depois de um tempo, vieram outras notícias – Willis Starr se casara com a outra Eliza Laurance, a verdadeira herdeira. Ele não se enganou outra vez. Tentamos evitar que Eliza soubesse, mas ela finalmente descobriu. Foi o dia em que ela veio aqui sozinha e arrumou esse baú velho. Ninguém nunca soube exatamente o que ela colocou nele. Mas você e eu vemos agora, Amy – seu vestido de baile, seu vestido de noiva, suas cartas de amor e, mais do que tudo, sua juventude e felicidade –, esse velho baú era o túmulo de tudo. Eliza Laurance foi mesmo enterrada aqui.

"Ela foi para casa logo depois. Antes de ir, exigiu uma promessa de minha mãe de que o velho baú deveria ser deixado fechado até que ela viesse buscá-lo. Mas ela nunca voltou, acho que nunca teve a intenção de voltar, e nunca mais a vi.

"Essa é a história do velho baú. Tudo acabou há muito tempo – o coração partido e a tristeza –, mas parece voltar para mim agora. Pobre Eliza!"

Meus próprios olhos estavam cheios de lágrimas quando tia Winnifred desceu as escadas, deixando-me sentada sonhadoramente à luz do pôr do sol, com o velho véu de noiva amarelado no colo e o retrato de Eliza Laurance na mão. Ao meu redor estavam as relíquias de sua história lamentável — a velha e muitas vezes repetida história de um amor sem fé e o coração partido de uma mulher —: o vestido que ela usara, os sapatos com os quais dançara alegremente em seu baile de noivado, seu leque, suas pérolas, suas luvas... e de alguma forma me parecia como se eu estivesse vivendo naqueles velhos anos, como se o amor e a felicidade, a traição e a dor fossem parte de minha própria vida. Logo a tia Winnifred voltou pelas sombras do crepúsculo.

— Vamos colocar todas essas coisas de volta no túmulo, Amy — disse ela. — Não servem para ninguém agora. O linho pode ser branqueado e usado, ouso dizer, mas parece um sacrilégio. Foi presente de casamento de minha mãe para Eliza. E as pérolas, você gostaria de tê-las, Amy?

— Ah, não, não — eu disse com um breve arrepio. — Eu nunca as usaria, tia Winnifred. Eu me sentiria como um fantasma se usasse. Coloque tudo de volta exatamente como encontramos, exceto o retrato dela. Eu gostaria de ficar com ele.

Reverentemente, colocamos vestidos, cartas e bugigangas de volta no velho baú azul. Tia Winnifred fechou a tampa e girou a chave. Ela inclinou a cabeça sobre ele por um minuto e então descemos juntas em silêncio as escadas sombrias do sótão de Wyther Grange.

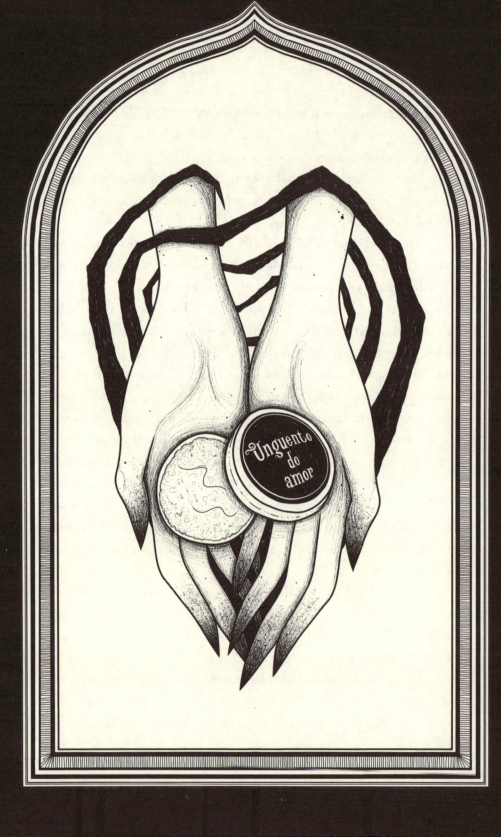

L · M · MONTGOMERY

MAGIA

1921

A jovem Avery não quer se casar com Randall. Não o ama e está convencida de que jamais o amará — mas sua irmã, Janet, está disposta a consertar tudo com uma poção do amor.

Em uma tarde de setembro, no ano da graça de 1840, Avery e Janet Sparhallow estavam colhendo maçãs no grande pomar do tio, Daniel Sparhallow. Era uma suave tarde de sol; ao redor delas, além do pomar, havia antigos campos de colheita, claros e serenos, e além dos campos a curva de safira do golfo de St. Lawrence era visível através dos bosques de abetos e bétulas. Havia um sussurro suave de vento nas árvores, e os ásteres púrpura-pálido que emplumavam a grama do pomar balançavam suavemente um em direção ao outro. Janet Sparhallow, que adorava o mundo ao ar livre e sua beleza, estava, pelo menos por ora, muito feliz, como seu rostinho escuro, com sua pele fina e acetinada, mostrava claramente. Avery Sparhallow não parecia tão feliz. Ela trabalhava de forma bastante abstrata e franzia a testa com mais frequência do que sorria.

Avery Sparhallow era considerada uma beldade e não tinha rival em Burnley Beach. Era muito bonita, com a beleza óbvia e indiscutível de um rico cabelo preto, vívido, e olhos risonhos e brilhantes. Ninguém jamais chamou Janet de beldade, ou sequer a achou bonita. Ela tinha apenas dezessete anos — cinco anos mais nova que Avery — e era bastante magricela, com cabelo castanho-escuro liso, olhos castanhos compridos, estreitos e brilhantes e cílios muito pretos, e uma boquinha torta e inteligente. Quando animada, a beleza a visitava, porque então corava profundamente, e a cor fazia toda a diferença do mundo para ela; mas nunca se olhava no espelho quando animada, de modo que nunca se viu bonita; e quase ninguém a tinha visto assim, porque ela sempre era muito tímida, desajeitada e de língua presa quando na companhia de outros para se sentir animada com qualquer coisa. No entanto, pouco poderia trazer aquele rubor transformador ao seu rosto: um vento vindo do golfo, um súbito vislumbre do planalto azul, uma papoula vermelho-fogo, uma risada de bebê, um certo passo. Quanto a Avery Sparhallow, ela nunca se empolgava com nada — nem mesmo com o vestido de noiva, que tinha vindo de Charlottetown naquele dia e estava incomparavelmente além de qualquer coisa que já tivesse sido vista em Burnley Beach antes. Era feito de seda verde-maçã, salpicado de minúsculos botões de rosa, que haviam sido enviados especialmente da Inglaterra, onde tia Matilda Sparhallow tinha um irmão no comércio de seda. O vestido de noiva de Avery Sparhallow estava repercutindo mais em Burnley Beach do que seu próprio casamento. Pois Randall Burnley estava atrás dela havia três anos, e todos sabiam que não havia ninguém para um Sparhallow se casar exceto um Burnley e ninguém para um Burnley se casar exceto um Sparhallow.

— Apenas um vestido de seda, e eu quero uma dúzia — Avery disse com desdém.

— O que você faria com uma dúzia de vestidos de seda em uma fazenda? — Janet perguntou admirada.

— Ah, realmente, o que faria? — concordou Avery, com uma risada impaciente.

— Randall vai pensar em você tanto em droguete quanto em seda — disse Janet, querendo confortar.

Avery tornou a rir.

— Isso é verdade. Randall nunca repara o que uma mulher está vestindo. Gosto de homens que reparem e comentem. Gosto de homens que gostam mais de mim em seda do que em droguete. Usarei esta seda rosa quando me casar, e deve durar o resto da minha vida e ser usada em todas as ocasiões oficiais, e com o tempo se tornar uma herança como o hediondo cetim azul da tia Matilda. Quero um vestido de seda novo todo mês.

Janet prestava pouca atenção a esse tipo de delírio. Avery sempre fora mais ou menos descontente. Ela ficaria bastante satisfeita depois de casada. Ninguém poderia ficar descontente sendo esposa de Randall Burnley. Janet tinha certeza disso.

Janet gostava de colher maçãs; Avery não gostava. Mas tia Matilda havia decretado que as maçãs vermelhas deveriam ser colhidas naquela tarde, e a palavra de tia Matilda era lei na fazenda Sparhallow, mesmo para a teimosa Avery. Então elas trabalharam e conversaram enquanto trabalhavam — sobre o casamento de Avery, que aconteceria assim que Bruce Gordon chegasse da Escócia.

— Eu me pergunto como Bruce está — disse Avery. — Faz oito anos que ele voltou para a Escócia. Ele tinha dezesseis anos, vai fazer vinte e quatro agora. Ele foi embora um menino, e vai voltar um homem.

— Não me lembro muito dele — disse Janet. — Eu tinha só nove anos quando ele foi embora. Ele costumava me provocar, me lembro disso. — Havia um pouco de ressentimento em sua voz. Janet nunca gostou de ser provocada.

Avery riu.

MAGIA |4|

— Você era tão melindrosa, Janet. Pessoas melindrosas sempre são provocadas. Bruce era muito bonito, e tão legal quanto bonito. Aqueles dois anos em que ele esteve aqui foram os momentos mais legais e alegres que já tive. Eu gostaria que ele tivesse ficado no Canadá. Mas é claro que ele não faria isso. O pai dele era um homem rico e Bruce era ambicioso. Ah, Janet, eu gostaria de poder viver na velha terra. Seria incrível.

Janet já ouvira tudo isso antes e não conseguia entender. Ela não ansiava nem pela Escócia nem pela Inglaterra. Ela amava a nova terra e sua beleza selvagem e virgem. Ela ansiava pelo futuro, nunca pelo passado.

— Estou cansada de Burnley Beach — Avery continuou, sacudindo maçãs de um galho carregado para enfatizar. — Conheço todas as pessoas; o que são, o que podem ser. É como ler um livro pela vigésima vez. Eu sei onde nasci e com quem me casarei - e onde serei enterrada. Isso é saber demais. Todos os meus dias serão iguais quando eu me casar com Randall. Nunca haverá nada inesperado ou surpreendente. Eu lhe digo, Janet — Avery agarrou outro galho e o sacudiu com força —, odeio só de pensar nisso.

— Só de pensar... em quê? — disse Janet, perplexa.

— Em me casar com Randall Burnley - ou casar com alguém aqui - e me estabelecer em uma fazenda para o resto da vida.

Então Avery sentou-se no degrau da escada e riu da cara de Janet.

— Você parece atordoada, Janet. Você achou mesmo que eu queria me casar com Randall?

Janet ficou atordoada, e pensou a respeito. Como uma garota poderia não querer se casar com Randall Burnley se tivesse a chance?

— Você não o ama? — ela perguntou.

Avery mordeu uma maçã.

— Não — respondeu francamente. — Ah, eu não o odeio, é claro. Gosto bastante dele. Gosto muito dele. Mas vamos brigar por toda a vida.

— Então por que você está se casando com ele? — perguntou Janet.

— Ora, estou chegando aos vinte e dois anos, todas as garotas da minha idade já estão casadas. Não serei uma solteirona, e não há ninguém além de Randall. Ninguém bom o suficiente para uma Sparhallow, quero dizer. Você não quer que eu case com Ned Adams ou John Buchanan, quer?

— Não — disse Janet, que tinha sua cota de orgulho Sparhallow.

— Bem, então, é claro que eu devo me casar com Randall. Isso está resolvido e não adianta fazer cara feia. Eu não estou fazendo cara feia, mas estou cansada de ouvir você falar como se achasse que eu o adoro e que deve ser o paraíso me casar com ele, sua criança romântica.

— Randall sabe que você se sente assim? — perguntou Janet em tom baixo.

— Não. Randall é como todos os homens - vaidoso e satisfeito consigo - e acredita que sou louca por ele. É melhor deixá-lo pensar assim, até que estejamos casados, pelo menos. Randall tem algumas noções românticas também, e não tenho certeza se ele se casaria comigo se soubesse, apesar de sua devoção nesses três anos. E não tenho intenção de ser abandonada três semanas antes do dia do meu casamento.

Avery riu novamente e jogou fora o miolo de sua maçã.

Janet, que estava muito pálida, ficou carmesim e adorável. Ela não podia suportar ouvir Randall ser criticado. Vaidoso e satisfeito consigo — quando nunca houve um homem menos assim! Ela ficou horrorizada ao sentir que quase odiava Avery — Avery, que não amava Randall.

— Que pena que Randall não gostou de você em vez de mim, Janet — disse Avery, provocando. — Você não gostaria de se casar com ele, Janet? Não gostaria?

— Não — gritou Janet com raiva. — Eu gosto de Randall, gosto dele desde aquele dia em que eu era pequena e ele veio aqui e me salvou de ficar trancada o dia todo naquele armário escuro horrível porque eu quebrei o copo azul da tia Matilda – quando eu não tinha intenção de quebrar! Ele não deixou que ela me calasse! Ele é assim... ele entende! Quero que você se case com ele porque ele te quer, e não é justo que você... que você...

— Nada é justo neste mundo, criança. É justo que eu, que sou tão bonita – você sabe que sou bonita, Janet – e que amo a vida e a emoção, tenha que ser enterrada em uma fazenda da ilha pelo resto dos meus dias? Ou então ser uma solteirona porque uma Sparhallow não deve se casar abaixo dela? Vamos, Janet, não fique tão desanimada. Eu não teria lhe contado se achasse que você levaria isso muito a sério. Vou ser uma boa esposa para Randall, não tenha medo, e vou mantê-lo no nível da prosperidade muito melhor do que se eu o considerasse um pouco inferior aos anjos. Não é bom pensar que um homem é a perfeição, Janet, porque ele também pensa assim, e quando encontra alguém que concorda, ele tende a ficar desleixado.

— De qualquer forma, você não gosta de mais ninguém — disse Janet esperançosa.

— Eu não. Gosto de Randall tanto quanto gosto de qualquer um.

— Randall não ficará satisfeito com isso — murmurou Janet.

Mas Avery não a ouviu, tendo pegado sua cesta de maçãs e ido embora. Janet sentou-se no degrau inferior da escada e se entregou a um devaneio desagradável. Ah, como o mundo mudara em meia hora! Ela nunca esteve tão preocupada na vida. Ela gostava tanto de Randall — ela sempre gostara dele —; ora, ele era como um irmão para ela! Ela não poderia amar mais um irmão. E Avery iria magoá-lo; iria magoá-lo horrivelmente quando descobrisse que ela não o amava. Janet não podia suportar a ideia de Randall ser magoado; isso a deixou muito agitada. Ele não devia ser magoado, Avery devia amá-lo. Janet não conseguia entender por que ela não o amava.

Certamente todos deviam amar Randall. Nunca ocorreu a Janet se perguntar, como Avery havia perguntado, se ela gostaria de se casar com Randall. Randall nunca poderia gostar dela — uma coisinha simples, apenas meio crescida. Ninguém conseguia pensar nela ao lado da bela e rosada Avery. Janet aceitou esse fato sem questionar. Nunca teve ciúmes. Só sentiu que queria que Randall tivesse tudo o que ele queria: que fosse perfeitamente feliz. Ora, seria terrível se ele não se casasse com Avery, se ele se casasse com outra garota. Ela nunca mais o veria, nunca mais teria conversas agradáveis com ele sobre todas as coisas que ambos tanto amavam — ventos e amanheceres delicados, bosques misteriosos ao luar e meia-noite estrelada, velas brancas prateadas saindo do porto na magia da manhã, e o cinza das tempestades do golfo. Não haveria nada na vida; seria apenas um grande e insuportável vazio; pois ela mesma nunca se casaria. Não havia ninguém para Janet se casar — e ela não se importava. Se pudesse ter Randall como um irmão de verdade, ela não se importaria nem um pouco em ser uma solteirona. E havia aquela linda casa de madeira que Randall havia construído para sua noiva, que ela, Janet, o havia ajudado a construir, porque Avery não ajudaria com detalhes de despensa, guarda-roupa e armários. Janet e Randall se divertiram tanto com os armários. Nenhuma estranha devia vir a ser dona daquela casa. Randall devia se casar com Avery, e ela devia amá-lo. Poderia alguma coisa ser feita para fazê-la amá-lo?

— Acho que vou ver a vovó Thomas — disse Janet desesperadamente.

Ela achou que era uma ideia boba, mas ainda a assombrava e não seria descartada. Vovó Thomas era uma mulher muito velha que morava em Burnley Cove e tinha fama de ser uma espécie de bruxa. Ou seja, pessoas que não eram Sparhallows ou Burnleys lhe deram esse nome. Sparhallows ou Burnleys, é claro, não acreditavam em tal absurdo. Janet não acreditava; mas ainda assim, os marinheiros ao longo da costa tiveram o cuidado de falar bem de vovó Thomas, para que ela não soprasse um vento desfavorável para eles, e havia muita conversa sobre poções do amor. Janet sabia que as pessoas diziam que Peggy Buchanan nunca teria conseguido Jack McLeod se a vovó não lhe tivesse dado uma poção do amor. Jack nunca tinha olhado para Peggy, embora ela estivesse atrás dele havia anos; e então, de repente, ele ficou muito louco por ela — e se casou com ela —, e a deixou exausta de ciúmes. E Peggy, a mais feia de todas as garotas Buchanan! Devia haver algo na poção. Janet tomou uma resolução repentina e desesperada. Ela iria até a vovó e pediria uma poção do amor para fazer Avery amar Randall. Mal não faria. Janet tinha um pouco de medo da vovó e nunca tinha estado perto de sua casa, mas o que não faria por Randall?

Janet nunca perdia muito tempo na execução de qualquer resolução que tomasse. Na tarde seguinte, ela escapuliu para visitar a vovó Thomas. Ela colocou seu vestido mais longo e prendeu o cabelo pela primeira vez. Vovó não devia pensar que ela era uma criança. Ela remou pelo longo lago até a fileira de dunas de areia marrom-dourada que o separava do golfo. Era um dia maravilhoso de outono. Havia plantas selvagens, cores e aromas em doce procissão ao redor do lago. Cada curva revelava algum capricho de beleza. Na margem esquerda, em um bosque de bétulas, estava a nova casa de Randall, esperando para ser santificada pelo amor, alegria e nascimento. Janet adorava ficar sozinha assim com o dia delicioso. Ela se arrependeu de ter caminhado sobre o trecho de campos marinhos ventosos e cobertos de ervas daninhas e chegou à casinha em ruínas da vovó na Enseada — arrependida e um pouco assustada também. Mas só um pouco; havia coisas boas em Janet; ela levantou o trinco com ousadia e entrou quando a vovó pediu. A vovó estava encolhida em um banquinho perto da lareira, e se alguma vez alguém se parecia com uma bruxa, era ela. Ela acenou com o cachimbo para outro banco e Janet sentou-se, olhando com um pouco de curiosidade para a vovó, que ela nunca tinha visto de tão perto antes.

Vou ficar assim quando for muito velha?, ela pensou, vendo o rosto enrugado da vovó. *Eu me pergunto se alguém vai ficar triste quando você morrer.*

— Encarar não era boa educação na minha época — disse a vovó. Então, quando Janet corou sob a repreensão, ela acrescentou: — Mantenha o rosto corado assim em vez de pálido e você não precisará de unguento do amor.

Janet sentiu um arrepio frio. Como a vovó sabia para que ela tinha ido até ali? Ela era mesmo uma bruxa de verdade? Por um momento, ela desejou não ter ido. Talvez não fosse certo mexer com os poderes das trevas. Peggy Buchanan era notoriamente infeliz. Se Janet soubesse como ir embora, teria ido sem pedir nada.

Então um som veio do alpendre atrás da casa.

— Shhh. Eu ouço o diabo grunhindo como um porco — murmurou a vovó, parecendo muito travessa.

Mas Janet sorriu com um pouco de desprezo. Ela sabia que era um porco e não demônio. Vovó Thomas era apenas uma velha fraude. O espanto dela passou.

— Você pode — disse ela com sua própria franqueza — fazer com que uma... uma pessoa se importe com outra pessoa... se importe... muito?

A vovó tirou o cachimbo da boca e riu.

— O que você quer é pomada de sapo — disse ela.

Pomada de sapo! Janet estremeceu. Aquilo não parecia bom. Vovó notou o estremecimento.

— Nada melhor que isso — disse ela, acenando com a cabeça grisalha. — Há outras coisas, mas não tenho tanta certeza. Coloque um pouco, ah só um pouquinho, nas pálpebras dele, e ele será seu para a vida. Você precisa de algo poderoso. Você não é tão bonita - somente quando está corada.

Janet estava corando novamente. Então a vovó pensou que ela queria o amuleto para si mesma! Bem, o que importava? Ela devia pensar apenas em Randall.

— É muito caro? — Janet hesitou. Ela não tinha muito dinheiro. O dinheiro não era uma coisa abundante em uma fazenda em 1840.

— Ah não, ah não. — Vovó a olhou maliciosamente. — Eu não vendo. Eu dou. Gosto de ver os jovens felizes. Você não precisa de muito, como eu falei - apenas um pouco e você terá seu homem, e mande para a velha vovó um pedaço do bolo de casamento e figo para dar sorte, e um convite para o primeiro batizado! Não se esqueça disso, querida.

Janet estava fria de novo de raiva. Ela odiava a vovó Thomas. Nunca mais chegaria perto dela.

— Prefiro pagar seu valor — disse ela friamente.

— Você não poderia, querida. Que dinheiro poderia ser suficiente para tal tesouro? Mas isso é o orgulho Sparhallow. Bem, vá, veja se o orgulho Sparhallow e o dinheiro do Sparhallow comprarão para você o amor de seu rapaz.

A avó parecia tão zangada que Janet apressou-se a apaziguá-la.

— Ah, por favor, me perdoe - eu não quis ofender. É só que... deve ter custado muito trabalho para você fazer isso.

Vovó riu outra vez. Ela ficou imensamente satisfeita ao ver uma Sparhallow se desculpando — uma Sparhallow!

— Os sapos são baratos — disse ela. — Está tudo no saber e na hora da lua. Aqui, pegue esta latinha de pílulas, não há nada dentro dela além da pomada, e coloque um pouco nas pálpebras dele quando tiver a chance. Quando ele olhar para você, vai te amar. Mas lembre-se de que ele não deve olhar para nenhuma outra primeiro - é a primeira que ele vai amar. É assim que funciona.

— Obrigada. — Janet pegou a caixinha.

Ela desejou ter coragem de ir imediatamente. Mas talvez isso irritasse a vovó. Vovó olhou para ela com um brilho em seus olhinhos incrivelmente velhos.

— Vá — disse ela. — Você está com pressa de ir - você é tão orgulhosa quanto qualquer um dos orgulhosos Sparhallows. Mas não guardo rancor de você. Gosto de pessoas orgulhosas – quando elas têm que vir até mim para pedir ajuda.

Janet se viu do lado de fora com o coração aliviado no peito e a latinha na mão. Por um momento, sentiu-se tentada a jogá-la fora. Mas não, Randall ficaria tão infeliz se descobrisse que Avery não o amava! Pelo menos ela experimentaria o unguento — tentaria esquecer os sapos e não se permitiria pensar em como era feito —; algo poderia resultar disso.

Janet correu para casa junto à costa, onde uma onda prateada quebrava em uma encantadora curva prateada na areia. Ela estava tão feliz que suas bochechas queimavam, e Randall Burnley, que estava sentado na beirada da orla quando ela chegou ao lago, olhou para ela com admiração. Janet colocou a caixa no bolso furtivamente quando o viu. Com seu segredo, ela mal sabia se estava feliz ou não quando ele disse que ia levá-la até o lago.

— Te vi passar faz uma hora e estive esperando desde então — disse ele. — Onde você esteve?

— Ah, eu só... queria um passeio neste dia adorável — respondeu Janet tristemente.

Ela sentiu que estava contando uma mentira e isso a magoou muito, especialmente quando era para Randall. Isso era o que acontecia com quem lidava com as bruxas — era levado à falsidade e ao engano imediatamente. Mais uma vez, Janet sentiu-se tentada a jogar a caixa de comprimidos da vovó nas profundezas de Burnley Pond — e novamente decidiu não o fazer porque viu os profundos olhos azul-acinzentados de Randall Burnley, que podiam parecer ternos ou tristes ou apaixonados ou caprichosos se ele quisesse, e pensou em como ficariam quando descobrisse que Avery não o amava.

Então Janet abafou a voz da consciência e ficou descaradamente feliz — feliz porque Randall Burnley a levou até o lago, feliz porque ele caminhou com ela até a metade do caminho para casa pelos campos outonais, feliz porque ele falou do dia, do mar e do tempo dourado, como só Randall podia falar. Mas ela achava que estava feliz porque tinha no bolso o que poderia fazer Avery amá-lo.

Randall foi até o degrau no bosque de bétulas entre os Burnley e os Sparhallow — e ele a manteve lá conversando por mais meia hora e, embora falasse apenas de um livro que havia lido e de um novo filhote que estava treinando, Janet escutou com a alma nos ouvidos. Ela também falava — muito livremente; ela nunca era nem um pouco tímida ou desajeitada na companhia de Randall. Lá, ela estava sempre em seu melhor, com uma sensação deliciosa de ser compreendida. Ela se perguntou se ele notou que ela tinha o cabelo preso para cima. Os olhos dela brilhavam e seu rosto estava cheio de tons rosados e beijáveis. Quando ele enfim voltou para casa, a vida ficou sem graça. Janet decidiu que estava muito cansada depois de sua longa caminhada e sua difícil entrevista. Mas não importava, já que ela tinha a poção do amor. Esse era um nome muito mais bonito que unguento de sapo.

Naquela noite, Janet esfregou sebo de carneiro nas mãos. Ela nunca tinha feito isso antes — achava isso vão e tolo —, embora Avery fizesse todas as noites. Mas naquela tarde na lagoa, Randall disse algo sobre a bela forma das bonitas mãos magras dela. Ele nunca tinha feito um elogio a ela. As mãos de Janet eram um pouco ásperas — não macias como as de Avery. Então Janet recorreu ao sebo de carneiro. Se alguém tivesse um pouco de beleza, mesmo que apenas nas mãos, era melhor cuidar dela.

Depois de pegar o unguento, a próxima coisa era fazer uso dele. Isso não era tão fácil — porque, em primeiro lugar, não deveria ser feito quando havia algum perigo de Avery ver alguém além de Randall primeiro — e deveria ser feito sem que Avery soubesse. Os dois problemas combinados eram quase demais para Janet. Ela esperou sua chance como um gato vigilante, em vão. Duas semanas se passaram e não tinha acontecido. Janet estava ficando muito desesperada. Faltava apenas uma semana para o dia do casamento. O bolo da noiva tinha sido feito e os perus engordados. Os convites foram enviados. O vestido de dama de honra de Janet estava pronto. E ainda a latinha de comprimidos de Janet estava fechada. Ela nem sequer a abriu, para que a virtude não escapasse.

Então sua chance enfim chegou, inesperadamente. Certo anoitecer, quando Janet atravessava o pequeno corredor escuro do andar de cima, tia Matilda a chamou.

— Janet, mande Avery descer. Há um jovem esperando para vê-la.

Tia Matilda estava rindo um pouco — como sempre fazia quando Randall vinha. Era um hábito para ela, desde os primeiros dias do namoro de Randall. Janet entrou no quarto delas para contar a Avery. E eis que Avery estava deitada dormindo em sua cama, cansada do dia atarefado. Janet, depois de um olhar, pegou sua caixa de comprimidos e a abriu, um pouco receosa. O unguento de sapo estava lá, escuro e desagradável o suficiente para ser notado. Ela foi na ponta dos pés sem fôlego até a cama e cuidadosamente raspou a ponta do dedo no unguento.

Ela disse que um pouco seria o suficiente — ah, espero não estar errada.

Tremendo de excitação, ela roçou levemente as pálpebras brancas dos olhos de Avery. Avery mexeu e os abriu. Janet, culpada, colocou a caixa de comprimidos atrás de si.

— Randall está lá embaixo esperando por você, Avery.

Avery sentou-se, parecendo irritada. Ela não esperava Randall naquela noite e teria preferido continuar seu cochilo. Ela desceu bastante irritada, mas parecendo muito linda, corada de sono. Janet estava no quarto delas, apertando nervosamente as mãos frias sobre o peito. O encanto funcionaria? Ah, ela precisava saber, precisava saber. Não podia esperar. Depois de alguns momentos que pareceram anos, ela desceu as escadas e saiu para o crepúsculo da noite quente de setembro. Como uma sombra, ela deslizou até a janela aberta da sala e olhou com cautela entre as cortinas de musselina branca. No minuto seguinte, caiu de joelhos nos pés de hortelã. Ela desejou poder morrer ali mesmo.

O jovem na sala não era Randall Burnley. Ele era negro, inteligente e bonito; estava sentado no sofá ao lado de Avery, segurando as mãos dela, sorrindo para o rosto rosado, encantado e animado dela. E ele era Bruce Gordon — sem dúvida. Bruce Gordon, o primo esperado da Escócia!

— Ah, o que fiz? O que fiz? — gemeu a pobre Janet, torcendo as mãos.

Ela tinha visto bem o rosto de Avery — vira a expressão nos olhos dela. Avery nunca olhara para Randall Burnley daquela forma. A terrível pomada da vovó Thomas funcionara perfeitamente — e Avery se apaixonara pelo homem errado.

Janet, gelada de horror e remorso, foi até a janela e ouviu. Ela precisava saber — precisava ter certeza. Conseguiu captar uma palavra aqui e ali, mas foi suficiente.

— Pensei que você tivesse prometido me esperar, Avery — disse Bruce.

— Você demorou, pensei que tivesse se esquecido de mim — devolveu Avery.

— Acho que me esqueci um pouco, Avery. Fui tão imaturo. Mas agora... bem, graças aos céus não cheguei tarde demais.

Houve um silêncio, e a desavergonhada Janet, espiando por cima do parapeito da janela, viu o que viu. Foi o suficiente. Ela se esgueirou escada acima para seu quarto. Estava deitada do outro lado da cama quando Avery entrou — uma esplêndida, transfigurada Avery, corada e triunfante. Janet sentou-se, pálida, manchada de lágrimas, e olhou para ela.

— Janet — disse Avery. — Vou me casar com Bruce Gordon na quarta que vem, em vez de com Randall Burnley.

Janet deu um pulo e agarrou a mão de Avery.

— Você não deve — implorou ela. — É tudo culpa minha... ah, se eu pudesse apenas morrer... Peguei o unguento do amor com a vovó Thomas para esfregar nos seus olhos e fazê-la amar o primeiro homem que visse. Era para ser Randall - pensei que fosse Randall... ah, Avery!

Avery ouvira, entre incredulidade e raiva. Agora, a raiva era mais forte.

— Janet Sparhallow — gritou ela —, você enlouqueceu? Ou está mesmo dizendo que foi até a vovó Thomas - você, uma Sparhallow! - e pediu a ela uma poção do amor para me fazer amar Randall Burnley?

— Eu não disse a ela que era para você - ela pensou que eu queria para mim — gemeu Janet. — Ah, devemos desfazê-lo! Irei até ela outra vez... sem dúvidas ela sabe uma forma de desfazer o feitiço...

Avery, cujos acessos de raiva nunca duravam muito, jogou a cabeça para trás e riu alto.

— Janet Sparhallow, você fala como se tivesse vivido na era das trevas! Imaginar que aquela velha horrível podia te dar poções do amor! Ora, garota, eu sempre amei Bruce - sempre. Mas pensei que ele havia se esquecido de mim. E esta noite, descobri que não. Isso resume tudo. Vou me casar com ele e nos mudaremos para a Escócia.

— E Randall? — perguntou Janet, pálida como um cadáver.

— Ah, Randall... pff! Você acha que eu me preocupo com Randall? Você deve ir até ele amanhã e contar a novidade por mim, Janet.

— Não vou. Não vou.

— Então eu mesma contarei. E contarei a ele que você foi até a vovó — disse Avery cruelmente. — Janet, não fique aí com essa cara. Não tenho paciência com você. Serei perfeitamente feliz com Bruce - e eu teria sido infeliz com Randall. Sei que não dormirei nada esta noite, estou animada demais. Ora, Janet, eu serei a sra. Gordon de Gordon Brae e terei tudo o que eu quiser e o homem que amo. Como o magrelo Randall Burnley e sua casinha de seis cômodos podem competir com isso?

Se Avery não dormiu, Janet também não. Ela ficou acordada até o amanhecer, com uma tristeza que nunca sentira na vida. Ela sabia que devia ir até Randall Burnley no dia seguinte e partir o coração dele. Se não fosse, Avery contaria a ele — contaria o que Janet fizera. E ele não podia saber — não podia, Janet não suportava nem pensar no assunto.

Foi uma Janet pálida e de olhos opacos que atravessou o bosque de bétulas até a fazenda Burnley na tarde seguinte, deixando para trás uma casa agitada onde a súbita mudança de noivos, anunciada por Avery, havia perturbado a todos. Janet encontrou Randall trabalhando no jardim de sua nova casa — plantando roseiras para Avery; Avery, que deveria abandoná-lo no altar, por assim dizer. Ele veio abrir o portão para Janet, sorrindo aquele sorriso querido. Era um sorriso querido — Janet prendeu a respiração por causa disso —, e ela iria apagá-lo do rosto dele.

Ela falou com franqueza. Quando tiver que desferir um golpe mortal, por que tentar aliviá-lo?

— Avery me enviou para contar que ela se casará com Bruce Gordon. Ele foi até lá ontem à noite - e ela diz que sempre gostou mais dele.

Uma mudança muito curiosa surgiu no rosto de Randall, mas não a mudança que Janet esperava ver. Em vez de ficar pálido, Randall corou; e em vez de um grito agudo de dor e incredulidade, disse em tom incerto:

— Graças a Deus!

Janet se perguntou se estava sonhando. A poção do amor da vovó Thomas parecia ter virado o mundo de cabeça para baixo. Afinal de contas, os braços de Randall estavam sobre ela e ele estava pressionando sua bochecha bronzeada contra a dela e dizendo:

— Agora posso dizer, Janet, o quanto te amo.

— Eu? Eu! — arfou Janet.

— Você. Ora, você está bem no centro do meu coração, garota. Não me diga que não pode me amar... você pode... você deve... ah, Janet — pois os olhos dele encontraram os dela por um segundo —, você me ama!

Foram cinco minutos sobre os quais ninguém pôde contar nada, pois nem mesmo Randall e Janet souberam claramente o que aconteceu. Então Janet, sentindo-se como se tivesse morrido e depois voltado à vida, encontrou sua voz.

— Há três anos, você cortejou Avery — disse, reprovadora.

— Há três anos, você era uma criança. Eu não pensava em você. Eu queria uma esposa, e Avery era bonita, pensei que estava apaixonado por ela. Então você cresceu de repente, e éramos tão amigos... Eu nunca podia conversar com Avery, ela não estava interessada em nada que eu dizia. E você tem olhos que atraem... sempre pensei nos seus olhos. Mas eu tinha um compromisso com Avery... não ousava pensar que você gostasse de mim. Você deve se casar comigo na quarta-feira que vem, Janet - teremos um casamento duplo. Você não se importaria de se casar tão rápido?

— Ah, não, não me importo — disse Janet, atordoada. — É só que... ah, Randall... devo te contar, eu não queria te contar, preferiria ter morrido, mas agora... devo te contar agora, porque não posso suportar esconder nada de você. Fui até a vovó Thomas e peguei um unguento de amor dela para fazer Avery te amar, pois ela disse que não te amava e eu queria que você fosse feliz... Randall, não... Não consigo falar quando você faz isso! Você acha que o unguento da vovó a fez se apaixonar por Bruce?

Randall riu — a risadinha baixa de um apaixonado triunfante.

— Se funcionou, fico feliz. Mas não preciso de unguento nos meus olhos para me apaixonar por você - você carrega seu próprio feitiço nesse seu rostinho de elfo, Janet.

L. M. MONTGOMERY

UM SACRIFÍCIO REDENTOR

1909

Paul e Joan estão perdidamente apaixonados. No entanto, será o amor suficiente para aplacar um passado sombrio?

O baile de Byron Lyall estava a todo vapor. Toff Leclerc, o melhor violinista de três condados, estava sentado à mesa da cozinha e diante do brilhante violino marrom que seu avô trouxe de Grand Pré. Conjurava uma música que fazia até a velha e rígida tia Phemy querer mostrar seus passos. Ao redor da cozinha havia uma fileira de rapazes e moças, e a porta aberta da sala de estar estava cheia de rostos de convidados que não dançavam, mas que queriam assistir ao espetáculo.

Um dança acabara, e as garotas, tontas com o balanço do passo final, foram levadas de volta aos seus lugares. Mattie Lyall saiu com uma concha de água e borrifou o chão, do qual uma poeira fina subia. O violino de Toff ronronou sob suas mãos enquanto ele esperava o próximo grupo se formar. Os dançarinos foram lentos. Não houve aquela correria para o salão como acontecera no início da noite, pois a mesa de jantar estava agora posta e a maioria dos convidados estava com fome.

— Vamos, rapazes! — gritou o violinista impaciente. — Tragam suas garotas para a próxima dança.

Depois de um momento, Paul King conduziu Joan Shelley do canto escuro onde estavam sentados. Eles já haviam dançado várias músicas juntos; Joan não havia dançado com mais ninguém naquela noite. Quando ficaram juntos sob a luz da lâmpada na prateleira acima deles, muitos olhos curiosos e desaprovadores os observaram. Connor Mitchell, que estava parado na porta externa aberta com o luar atrás dele, virou-se abruptamente e saiu.

Paul King encostou a cabeça na parede e olhou os observadores com uma expressão sorridente e desafiadora enquanto esperavam a dança começar. Ele era um sujeito bonito, com o jeito fácil e vitorioso que as mulheres adoram. Seu cabelo formava largos cachos cor de bronze sobre a cabeça; seus olhos escuros eram grandes, sonolentos e risonhos; havia um rosado em suas bochechas redondas; e seus lábios eram vermelhos e sedutores como os de uma garota. Um mau-caráter era Paul King, com um passado ruim e um futuro ruim. Ele era indolente e bêbado; histórias feias foram contadas sobre ele. Nenhum homem na casa de Lyall naquela noite lhe negaria o privilégio de ficar ao lado de Joan Shelley.

Joan era uma garota esguia, parecida com uma flor, e estava vestida de branco, muito parecida com a rosa pálida e perfumada que ela usava em seu cabelo escuro. Seu rosto era incolor e jovem, muito puro e suavemente arredondado. Ela tinha olhos azuis-escuros maravilhosamente doces, geralmente caídos, com cílios pretos longos. Havia muitas garotas mais vistosas nos grupos ao redor dela, mas nenhuma tão adorável. Ela fazia todas as belezas de bochechas rosadas parecerem grosseiras e exageradas.

Ela deixou que Paul segurasse a mão com a qual ele a havia conduzido ao salão. De vez em quando, ele desviava o olhar dos rostos à sua frente para os dela. Quando ele o fazia, ela sempre olhava para cima e eles trocavam olhares como se estivessem totalmente sozinhos. Aos poucos, três outros casais tomaram o salão e a roda começou. Joan vagava pelas silhuetas com a graça de uma folha soprada pelo vento. Paul dançava com alegre naturalidade, raramente tirando os olhos do rosto de Joan. Quando o último giro louco acabou, o irmão de Joan apareceu e disse a ela em tom raivoso para ir para a sala ao lado e não dançar mais, já que ela dançaria com apenas um homem. Joan olhou para Paul. Aquele olhar significava que ela faria o que ele, e nenhum outro, lhe dissesse. Paul assentiu com facilidade — ele não queria confusão naquele momento —, e a garota entrou obedientemente na sala. Quando ela se virou, Paul estendeu a mão friamente e tirou a rosa do cabelo dela; então, com um olhar triunfante ao redor da sala, ele saiu.

A noite de outono estava muito clara e fria, com um vento fraco e lamurioso soprando do noroeste sobre o mar que brilhava diante da porta. Do outro lado da enseada, os barcos balançavam e faziam reverências nas ondas, e, sobre os campos costeiros, a grande estrela vermelha do farol brilhava contra o céu prateado. Paul, com um assobio, desceu a alameda de areia, pensando em Joan. No quanto ele a amava — ele, Paul King, que zombara de tantas mulheres e nunca amara antes! Ah, e ela o amava. Ela nunca havia dito isso em palavras, mas os olhos e o tom de voz haviam dito —, ela, Joan Shelley, a escolha e o orgulho das garotas de Harbour, a quem tantos homens haviam cortejado. Ele a havia conquistado; ela era dele e apenas dele. Seu coração estava fervendo de orgulho, triunfo e paixão enquanto ele caminhava até a praia e se jogava na areia fria na sombra escura do barco encalhado de Michael Brown.

Byron Lyall, um homem grisalho e idoso, meio fazendeiro, meio pescador, e Maxwell Holmes, o professor da escola Prospect, aproximaram-se do barco. Paul ficou deitado e ouviu o que eles estavam dizendo. Ele não se incomodava com nenhum sentimento de desonra. Honra era algo que Paul King não podia perder, pois nunca possuíra. Estavam falando dele e de Joan.

— Que pena que uma garota como Joan Shelley esteja se envolvendo com um homem como esse — disse Holmes.

Byron Lyall tirou da boca o cachimbo que fumava e cuspiu, pensativo, em sua sombra.

— Uma pena — concordou ele. — A vida daquela garota vai ser arruinada se ela se casar com ele, arruinada, e se casar com ele ela vai. Ele a enfeitiçou; queria eu entender isso. Uma dúzia de homens melhores a quiseram; Connor Mitchell, por exemplo. E ele é um companheiro firme e honesto, com um bom lar para oferecer a ela. Se King a tivesse deixado em paz, ela teria aceitado Connor. Ela gostava dele o suficiente. Mas isso acabou. Ela está apaixonada por King, aquele vagabundo inútil. Ela vai se casar com ele e se arrependerá disso até o último dia. Ele é péssimo e sempre será. Ora, olhe, professor, a maioria dos homens melhora um pouco quando está cortejando uma garota, não importa o quão selvagem eles tenham sido e o quanto ainda serão. Paul não melhorou. Não houve diferença nenhuma. Ele estava bêbado na noite anterior no Harbour Head e não trabalhou por um mês. E mesmo assim Joan Shelley o aceita.

— O que o pessoal dela está pensando? — perguntou Holmes.

— São contra Paul, é claro, mas não importa. A garota se apaixonou e vai se arruinar. Arruinar, eu lhe digo. Se ela se casar com aquele belo desprezível, será uma mulher miserável e ninguém terá pena dela.

Os dois se afastaram então, e Paul ficou imóvel, de bruços na areia, os lábios pressionados contra a rosa doce e esmagada de Joan. Ele não sentiu raiva pela condenação implacável de Byron Lyall. Ele sabia que era verdade, cada palavra. Ele *era* um vagabundo inútil e sempre seria. Ele sabia disso perfeitamente bem. Estava em seu sangue. Nenhum de sua raça tinha sido respeitável, e ele era o pior de todos. Ele não tinha intenção de melhorar porque não poderia. Ele era não digno de tocar a mão de Joana. E mesmo assim tinha intenção de se casar com ela!

Mas para estragar a vida dela! Aconteceria isso? Sim, com certeza aconteceria. E se ele estivesse fora do caminho, tirando seu charme maligno da vida dela, Connor Mitchell poderia e sem dúvida ainda a conquistaria e lhe daria tudo o que Paul não podia.

O homem de repente sentiu seus olhos molhados de lágrimas. Ele nunca havia derramado uma lágrima em sua vida temerária antes, mas elas vieram quentes e pungentes. Algo que ele nunca tinha conhecido ou pensado entrou em sua paixão e a purificou. Ele amava Joan. Ele a amava o suficiente para ficar de lado e deixar que outro tomasse a doçura e a graça que agora eram suas? Ele a amava o suficiente para salvá-la da vida miserável e envergonhada que ela deveria levar com ele? Ele a amava mais do que a si mesmo?

— Não sou digno dela — grunhiu ele. — Nunca fiz algo decente na vida, como eles dizem. Mas como vou desistir dela...? Meu Deus, como vou fazer isso?

Ele ficou imóvel por muito tempo depois disso, até que o luar se aproximou do barco e afastou a sombra. Então ele se levantou e desceu devagar até a beira da água, segurando a rosa de Joan, toda molhada com suas lágrimas. Lenta e reverentemente, ele arrancou as pétalas e as espalhou nas ondulações, onde flutuaram como chalupas de fadas ao luar. Quando a última voou de seus dedos, ele voltou para casa e procurou o capitão Alec Matheson, que fumava cachimbo em um canto da varanda e observava os jovens dançando pela porta aberta. Os dois homens conversaram por algum tempo.

Quando a dança terminou e os convidados voltaram para casa, Paul procurou Joan. Rob Shelley tinha sua própria garota para levar para casa e renunciou à tutela da irmã com uma carranca. Paul saiu da cozinha e desceu os degraus ao lado de Joan, sorrindo com sua habitual ousadia. Ele assobiou ruidosamente por todo o caminho.

— Ótima dança — disse ele. — Minha última na cidade por um tempo.

— Por quê? — perguntou Joan.

— Ah, vou até a América do Sul na escuna de Matheson. Só Deus sabe quando voltarei. Este velho lugar ficou enfadonho demais para mim. Vou procurar algo mais animado.

Os lábios de Joan ficaram pálidos sob as franjas de seu fascinator branco. Ela estremeceu violentamente e levou uma de suas mãozinhas à garganta.

— Você... Você não voltará? — perguntou baixinho.

— Provavelmente não. Estou bem cansado de Prospect e não tenho nada que me prenda aqui. As coisas serão mais animadas no sul.

Joan não disse mais nada. Eles caminharam pelas estradas ladeadas de abetos, onde os raios da lua riam através dos galhos grossos que balançavam suavemente. Paul assobiou uma melodia alegre após a outra. A garota mordeu os lábios e apertou as mãos. Ele não se importava com ela — ele estava zombando dela como fazia com os outros. Orgulho e amor feridos lutaram na alma da garota. O orgulho venceu. Ela não deixaria ele, ou qualquer um, ver que ela se importava. Ela *não* se importaria!

No portão dela, Paul estendeu a mão.

— Bem, isso é um adeus, Joan. Partirei amanhã, então não te verei outra vez, provavelmente por anos. Você será uma mulher casada, velha e séria quando eu voltar a Prospect, se voltar.

— Adeus — disse Joan, firme.

Ela lhe deu a mão fria e olhou calmamente em seu rosto, sem vacilar. Ela o amara com todo o seu coração, mas agora um desprezo fatal por ele já estava se misturando com o amor. Ele era o que diziam que era, um vagabundo sem princípios ou honra.

Paul assobiou enquanto saía da alameda Shelley e subia a colina. Em seguida, ele se jogou sob os abetos, esmagou o rosto nas samambaias congeladas que o espetavam e sofreu sozinho.

Mas quando a escuna do capitão Alec partiu do porto no dia seguinte, Paul King estava a bordo dela, o mais selvagem e hilário de uma tripulação selvagem e hilária. As pessoas de Prospect assentiram com satisfação.

— Livramento — disseram elas. — Paul King é corrompido até a alma. Ele nunca fez algo decente na vida.

L . M . MONTGOMERY

O AMANTE DE MIRIAM

1901

A sra. Sefton tem uma história de fantasma para contar: uma que, no passado, a fez ter certeza de que o mundo dos mortos não está assim tão distante do mundo dos vivos...

Eu estava lendo uma história de fantasmas para a sra. Sefton e, no final, coloquei o livro de lado com um breve encolher de ombros de desprezo.

— Que besteira! — falei.

A sra. Sefton assentiu distraidamente por sobre seu bordado trabalhoso.

— Verdade. De fato é uma história muito comum. Não acredito que os espíritos dos falecidos se preocupem em revisitar os vislumbres da lua com o propósito de assustar mortais honestos, ou mesmo para passear pelos lugares favoritos de sua existência carnal. Se eles aparecem, deve ser por uma razão melhor do que essa.

— Você acha mesmo que eles aparecem? — questionei, incrédula.

— Nós não temos nenhuma prova de que eles não aparecem, minha querida.

— Certamente, Mary — exclamei —, você não quer dizer que acredita que as pessoas veem ou conseguem ver espíritos, ou fantasmas, como se diz, certo?

— Eu não disse que acreditava. Nunca vi nada do tipo. Não acredito nem desacredito. Mas você sabe que coisas estranhas acontecem às vezes, coisas que não dá para explicar. Pelo menos as pessoas não mentiriam a esse respeito. Claro, elas podem estar enganadas. E não acho que todas consigam ver espíritos também, isto é, se eles podem ser vistos. Isso requer pessoas de uma certa organização, com um olho espiritual, por assim dizer. Nem todos temos isso; na verdade, acho que poucos de nós têm. Atrevo-me a dizer que você acha que estou falando bobagem.

— Bem, sim, acho que está. Você me surpreende mesmo, Mary. Eu sempre pensei que você fosse a pessoa menos provável no mundo de aceitar tais ideias. Alguma coisa deve ter estado sob sua observação para você desenvolver tais teorias em sua mente pragmática. Diga-me o que foi.

— Com que propósito? Você permaneceria tão cética quanto sempre.

— Possivelmente não. Tente; posso ser convencida.

— Não — respondeu a sra. Sefton calmamente. — Ninguém nunca é convencido por boatos. Quando uma pessoa vê um espírito, ou pensa que viu, ela passa a acreditar. E quando outra pessoa está intimamente associada a essa pessoa e conhece todas as circunstâncias... bem, ela admite a possibilidade, pelo menos. Essa é a minha posição. Mas no momento em que chega à terceira pessoa, o estranho, ela perde o poder. Além disso, neste caso em particular, a história não é muito emocionante. Mas, mesmo assim, é verdade.

— Você despertou minha curiosidade. Você precisa me contar a história.

— Bem, primeiro me diga o que você acha disto. Suponha que duas pessoas, ambos indivíduos organizados com sensibilidade, se amem com um amor mais forte que a vida. Se eles estivessem separados, você acha que seria possível que suas almas se comunicassem de alguma maneira inexplicável? E se alguma coisa acontecesse com um, você não acha que esse poderia e faria o espírito do outro saber?

— Não sei nada desse assunto, Mary — respondi, balançando a cabeça. — Eu não sou uma autoridade em telepatia, ou seja lá como você chama isso. Não acredito em tais teorias. Na verdade, acho que elas são todas um disparate. Tenho certeza de que você deve pensar assim também em seus momentos racionais.

— Atrevo-me a dizer que é tudo bobagem — disse a sra. Sefton lentamente —, mas se você tivesse vivido um ano inteiro na mesma casa que Miriam Gordon, você também teria sido afetada. Não que ela tivesse "teorias", ela nunca as transmitiu, se as tinha. Mas simplesmente havia algo na própria moça que dava aos outros impressões estranhas sobre ela. Quando a conheci, tive a sensação mais esquisita de que ela era toda espírito, alma, como você quiser chamar! Sem carne, de qualquer forma. Esse sentimento passou depois de um tempo, mas ela nunca me pareceu outra pessoa.

"Ela era sobrinha do sr. Sefton. O pai dela morreu quando ela era criança. Quando Miriam tinha vinte anos, a mãe dela se casou pela segunda vez e foi para a Europa com o marido. Miriam veio morar conosco enquanto eles estavam fora. Quando eles retornaram, ela mesma estava para se casar.

"Eu nunca tinha visto Miriam. Sua chegada foi inesperada, e eu estava fora de casa quando ela veio. Voltei à noite e, quando a vi pela primeira vez, ela estava parada sob o lustre da sala de estar. Falando de espíritos! Por cinco segundos, pensei ter visto um.

"Miriam era linda. Eu sabia disso antes, embora ache que dificilmente esperava ver uma beleza tão maravilhosa. Ela era alta e extremamente graciosa, morena: seu cabelo era escuro, mas sua pele era maravilhosamente clara. O cabelo estava preso longe do rosto, e ela tinha uma testa alta, pura e branca, e as sobrancelhas mais retas, finas e pretas. Seu rosto era oval, com olhos muito grandes e escuros.

"Logo percebi que Miriam era, de alguma forma misteriosa, diferente das outras pessoas. Acho que todos que a conheciam sentiam o mesmo. Porém, era um sentimento difícil de definir. De minha parte, eu simplesmente sentia como se ela pertencesse a outro mundo, e durante aquele período, ela... a alma dela, sabe? Estava lá novamente.

"Você não deve achar que Miriam era uma pessoa desagradável para se ter em casa. Pelo contrário. Todo mundo gostava dela. Ela era uma das garotas mais doces e cativantes que já conheci, e logo passei a amá-la muito. Quanto ao que Dick chamava de 'pequenas estranhezas', bem, nós nos acostumamos com elas com o tempo.

"Miriam estava noiva, como eu lhe disse, de um jovem de Harvard chamado Sidney Claxton. Eu sabia que ela o amava profundamente. Quando ela me mostrou a fotografia dele, eu gostei de sua aparência e disse isso. Então fiz um comentário provocativo sobre as cartas de amor dela, só de brincadeira, sabe? Miriam olhou para mim com um sorrisinho estranho e disse rapidamente:

"— Sidney e eu nunca escrevemos um para o outro.

"— Ora, Miriam! — exclamei com espanto. — Você quer me dizer que ele nunca deu notícias?

"— Não, eu não disse isso. Ele dá notícia todos os dias, todas as horas. Não precisamos escrever cartas. Existem meios melhores de comunicação entre duas almas que estão em perfeita harmonia uma com a outra.

"— Miriam, sua criatura misteriosa, o que você quer dizer? — perguntei.

"Mas Miriam apenas deu outro sorriso estranho e não respondeu nada. Quaisquer que fossem suas crenças ou teorias, ela nunca as compartilhava.

"Ela tinha o hábito de cair em devaneios abstratos a qualquer hora ou lugar. Não importava onde ela estava, fosse lá o que fosse, tomava-a por completo. Miriam se sentava, talvez no meio de uma multidão animada, e olhava diretamente para o espaço, sem ouvir ou ver uma única coisa que acontecia ao seu redor.

"Lembro-me de um dia em particular; estávamos costurando no meu quarto. Ergui a cabeça e vi que o trabalho de Miriam havia caído sobre seu joelho e ela estava inclinada para a frente, os lábios separados, os olhos voltados para cima com uma expressão sobrenatural.

"— Não fique assim, Miriam! — falei, sentindo um arrepio. — Você parece estar olhando para algo a milhares de quilômetros de distância!

"Miriam saiu de seu transe ou devaneio e disse, com uma risadinha:

"— Como você sabia disso?

"Ela abaixou a cabeça por um minuto ou dois. Então a ergueu novamente e olhou para mim com uma súbita contração de suas sobrancelhas niveladas, que indicavam irritação.

"— Eu queria que você não tivesse falado comigo naquele momento — disse ela. — Você interrompeu a mensagem que eu estava recebendo. Agora não vou conseguir.

"— Miriam — implorei. — Eu gostaria tanto, minha querida menina, que você não falasse assim. Isso faz as pessoas pensarem que há algo estranho em você. Quem estava lhe enviando uma mensagem, como você diz?

"— Sidney — disse Miriam simplesmente.

"— Que absurdo!

"— Você acha que é absurdo porque não entende. — Foi a resposta calma dela.

"Lembro que outra situação ocorreu quando um visitante apareceu e nós entramos em uma discussão sobre fantasmas e coisas assim, e não tenho dúvidas de que todos nós falamos algum absurdo delicioso. Miriam não disse nada na hora, mas quando estávamos sozinhas eu perguntei o que ela achava disso.

"— Pensei que vocês estivessem apenas matando tempo — retrucou ela evasivamente.

"— Mas, Miriam, você acha mesmo que é possível para fantasmas...

"— Eu detesto essa palavra!

"— Bem, espíritos, então, retornar após a morte, ou aparecer sem a parte carnal para alguém?

"— Vou lhe dizer o que sei. Se alguma coisa acontecesse com Sidney, se ele morresse ou fosse morto, ele mesmo viria a mim e me diria.

"Um dia, Miriam desceu para almoçar parecendo pálida e preocupada. Depois que Dick saiu, perguntei se havia algo errado.

"— Algo aconteceu com Sidney — respondeu ela —, algum acidente doloroso... não sei o quê.

"— Como você sabe? — perguntei. Então, quando ela me olhou com estranheza, acrescentei apressadamente: — Você não está recebendo mais mensagens sobrenaturais, está? Miriam, certamente você não é tão tola a ponto de acreditar mesmo nisso!

"— Eu sei — respondeu ela rapidamente. — Crença ou descrença não tem nada a ver com isso. Sim, eu recebi uma mensagem. Eu sei que algum acidente aconteceu com Sidney, algo doloroso e inconveniente, mas não particularmente perigoso. Sei o que é. Sidney vai me escrever isso. Ele escreve quando é absolutamente necessário.

"— A comunicação aérea ainda não está aperfeiçoada? — falei maliciosamente. Mas, observando como ela parecia preocupada, acrescentei: — Não se preocupe, Miriam. Você pode estar enganada.

"Bem, dois dias depois, ela recebeu um bilhete de seu amante, o primeiro bilhete que a vi receber, no qual ele dizia que havia sido jogado do cavalo e quebrado o braço esquerdo. Aconteceu na mesma manhã em que Miriam recebeu aquela mensagem.

"Miriam estava conosco há cerca de oito meses quando, um dia, entrou apressadamente em meu quarto. Ela estava muito pálida.

"— Sidney está doente... perigosamente doente. O que devo fazer?

"Eu sabia que ela devia ter recebido outra daquelas mensagens abomináveis, ou eram pensamentos dela, e realmente, lembrando-me do incidente do braço quebrado, não consegui me sentir tão cética quanto fingia. Tentei animá-la, mas não consegui. Duas horas depois, ela recebeu um telegrama do colega de faculdade de seu amante, dizendo que o sr. Claxton estava muito doente, com febre tifoide.

"Fiquei bastante alarmada com Miriam nos dias seguintes. Ela sofria e se afligia sem parar. Um de seus problemas era não receber mais mensagens; ela disse que era porque Sidney estava doente demais para enviá-las. De qualquer forma, ela tinha que se contentar com os meios de comunicação usados pelos mortais comuns.

"A mãe de Sidney, que foi cuidar dele, escrevia todos os dias e, por fim, boas notícias chegaram. A crise tinha acabado e o médico que o atendeu achava que Sidney se recuperaria. Miriam parecia uma nova criatura naquela época e rapidamente recuperou o ânimo.

"Durante uma semana, os relatórios continuaram favoráveis. Uma noite, fomos à ópera para ouvir uma célebre prima-dona. Quando voltamos para casa, Miriam e eu estávamos sentadas em seu quarto, conversando sobre os acontecimentos da noite.

"De repente, ela se endireitou com uma espécie de estremecimento convulsivo, e, ao mesmo tempo... você pode rir, se quiser... a sensação mais horrível tomou conta de mim. Eu não vi nada, apenas senti que havia algo ou alguém na sala além de nós.

"Miriam estava olhando diretamente para a frente. Ela se levantou e estendeu as mãos.

"— Sidney! — disse ela.

"Então caiu no chão, desmaiada.

"Eu gritei por Dick, toquei a campainha e corri para ela.

"Em poucos minutos, toda a casa foi despertada, e Dick saiu às pressas para o médico, pois não pudemos reviver Miriam de seu desmaio mortal. Ela parecia uma morta. Nós tentamos por horas. Ela acordava de seu desmaio por um momento, nos lançava um olhar perdido e desmaiava estremecendo outra vez.

"O médico falou de algum choque terrível, mas eu sabia a verdade. Ao amanhecer, Miriam enfim voltou à vida. Quando ela e eu ficamos sozinhas, ela se virou para mim.

"— Sidney está morto — disse ela calmamente. — Eu o vi... pouco antes de desmaiar. Olhei para cima, e ele estava entre mim e você. Ele veio se despedir.

"O que eu poderia dizer? Quase enquanto conversávamos, chegou um telegrama. Ele estava morto: morreu na hora exata em que Miriam o vira."

A sra. Sefton fez uma pausa, e a campainha do almoço tocou.

— O que você acha disso? — perguntou ela quando nos levantamos.

— Sinceramente, não sei o que pensar — respondi com franqueza.

L. M. MONTGOMERY

A FESTA EM SMOKY ISLAND

1935

Uma festa regada a histórias de fantasmas mostra que o sobrenatural pode não estar do outro lado do véu... E sim ali, na mesma sala em que os vivos.

Quando Madeline Stanwyck me convidou para participar de sua festa em Smoky Island, a princípio eu não estava disposto. Era o início da estação, e haveria mosquitos. Um mosquito pode me manter mais acordado que uma consciência pesada: e há milhões de mosquitos em Muskoka.

— Não, não, a temporada deles acabou — Madeline me assegurou. Madeline diria qualquer coisa para conseguir o que queria.

— A temporada de mosquitos nunca acaba em Muskoka — respondi, tão mal-humorado quanto qualquer um poderia falar com Madeline. — Eles prosperam lá. E mesmo que por algum milagre não haja mosquitos, não tenho desejo de ser mastigado por borrachudos.

Mesmo Madeline não se atreveu a dizer que não haveria borrachudos, então ela sabiamente voltou para seu clássico jeito de ser.

— Por favor, venha, pelo meu bem — disse ela melancolicamente. — Não seria uma festa de verdade para mim se você não estivesse lá, Jim querido.

Sou o primo favorito de Madeline, vinte anos mais velho que ela, e ela chama todo mundo de querido quando quer arrancar alguma coisa da pessoa. Não... mas essa história não é a respeito de Madeline. Trata-se de uma situação que ocorreu em Smoky Island. Nenhum de nós finge entendê-la, exceto o juiz, que finge entender tudo. Mas ele não a entende melhor que o resto de nós. Sua última explicação é que estávamos todos hipnotizados e, no estado de hipnose, vimos e nos lembramos de coisas que de outra forma não poderíamos ter visto ou lembrado. Mas nem mesmo ele pode explicar quem ou o que nos hipnotizou.

Resolvi ceder, mas não de uma vez.

— A sua governanta de Smoky Island ainda tem aquele papagaio branco detestável? — perguntei.

— Sim, mas é muito mais educado do que costumava ser — garantiu Madeline. — E você sabe que sempre gostou do gato dela.

— Quem estará na sua festa? Eu sou bastante exigente quanto à companhia que mantenho.

Madeline sorriu.

— Você sabe que eu nunca convido ninguém além de pessoas interessantes para minhas festas — curvei-me ao elogio implícito —, com um ou dois sem graça para mostrar o brilho do resto de nós. — Não me curvei desta vez. — Consuelo Anderson... Tia Alma... Professor Tennant e sua esposa... Dick Lane... Tod Newman... Senador Malcolm e sra. Senadora... Velha Intrometida... Min Ingram... Juiz Warden... Mary Harland... e algumas Brilhantes Coisinhas Jovens para *me* divertir.

Repassei a lista em minha mente, sem desaprovar. Consuelo era uma garota muito gorda com um diploma de bacharel. Eu gostava dela porque ela conseguia ficar quieta por mais tempo do que qualquer mulher que conheço. Tennant era professor de algo que ele chamava de Nova Patologia — um homenzinho insignificante com um intelecto gigantesco. Dick Lane era um daqueles homens que vêm, mas parecem nunca chegar, mas um sujeito franco, amigável e encantador. Mary Harland era uma solteirona confortável, Tod, um almofadinha divertido, tia Alma, uma coisinha doce de cabelos prateados como uma mãe. Velha Intrometida — cujo nome verdadeiro era Miss Alexander e que nunca deixou ninguém esquecer que ela quase navegou no *Lusitania* — e os Malcolms não tinham medo de mim, embora o senador sempre chamasse sua esposa de "gatinhas". E o juiz Warden era um velho amigo meu. Eu não gostava de Min Ingram, que tinha uma língua parecida com um florete, mas ela podia ser ignorada, junto com as Brilhantes Coisinhas Jovens.

— Só esses? — perguntei cautelosamente.

— Bem... Doutor Armstrong e Brenda, é claro — respondeu Madeline, olhando para mim como se não fosse nada claro.

— Isso é... sábio? — disse eu lentamente.

Madeline se encolheu.

— Claro que não — disse ela miseravelmente. — É provável que vá estragar tudo. Mas John insiste nisso... você sabe que ele e Anthony Armstrong foram amigos a vida toda. E Brenda e eu sempre fomos amigas. Seria tão engraçado se não os recebêssemos. Eu não sei o que deu nela. Todos *sabemos* que Anthony nunca envenenou Susette.

— Brenda não sabe disso, aparentemente.

— Bem, ela deveria! — retrucou Madeline. — Como se Anthony pudesse ter envenenado qualquer um! Mas essa é uma das razões pelas quais eu particularmente quero que você venha.

— Ah, agora estamos chegando lá. Mas por que *eu*?

— Porque você tem mais influência sobre Brenda do que qualquer outra pessoa... ah, sim, você tem. Se você conseguir fazer ela se abrir... falar com ela... você pode ajudá-la. Se algo não a ajudar, em breve ela estará perdida. Você sabe disso.

Eu sabia bem o suficiente. O caso dos Anthony Armstrongs preocupava a todos nós. Vimos uma tragédia acontecendo diante de nossos olhos e não pudemos levantar um dedo para ajudar. Pois Brenda não falava e Anthony nunca tinha falado.

A história, agora com cinco anos, era conhecida de todos nós, é claro. A primeira esposa de Anthony tinha sido Susette Wilder. Dos mortos, não digo nada além de bom; então direi de Susette apenas que ela era muito bonita e muito rica. Por sorte, sua fortuna havia chegado inesperadamente pela morte de uma tia e primo depois que ela se casou com Anthony, para que ele não pudesse ser acusado de estar em busca da fortuna dela. Ele estava loucamente apaixonado por Susette no início, mas depois que fazia alguns anos que estavam casados, não acho que ele tinha muito afeto por ela. Para começo de conversa, nenhum de nós tinha. Quando chegou a notícia da Califórnia — onde Anthony a levara em um inverno por causa dos nervos — de que ela estava morta, acho que ninguém sentiu nenhum arrependimento ou suspeita quando soubemos que ela havia morrido de overdose de cloral; um tanto misterioso, com certeza, pois Susette não era descuidada nem inclinada ao suicídio. Houve alguns rumores desagradáveis, especialmente quando se soube que Anthony havia herdado toda a fortuna dela sob testamento; mas ninguém jamais ousou dizer muito abertamente. Nós, que conhecíamos e amávamos Anthony, nunca prestamos atenção às dicas. E quando, dois anos depois, ele se casou com Brenda Young, todos ficamos felizes. Anthony, dissemos, seria feliz de verdade agora.

Por um tempo ele foi. Ninguém podia duvidar de que ele e Brenda estavam extasiados. Brenda era uma criatura sincera, espiritual, adorável de uma maneira totalmente diferente de Susette. Susette tinha cabelos dourados e olhos tão frios e verdes quanto fluorita. Brenda tinha uma distinção esguia e negra, cabelos que se misturavam com o pôr do sol e olhos tão cheios de crepúsculo que era difícil dizer se eram azuis ou cinzas. Ela amava Anthony tão terrivelmente que às vezes eu pensava que ela estava testando Deus.

Então — lenta, sutilmente, sem remorsos —, a mudança começou. Sentimos que havia algo errado — muito errado — entre os Armstrong. Já não estavam tão felizes... não estavam nada felizes... estavam miseráveis. A velha risada deliciosa de Brenda nunca mais foi ouvida, e Anthony continuou seu trabalho com um ar de abstração que não agradava seus pacientes. Seu consultório havia ficado esvaziado antes da morte de Susette, mas havia aumentado e crescido maravilhosamente. Agora, começava a esvaziar outra vez. E o pior era que Anthony não parecia se importar. Claro que ele não precisava do ponto de vista financeiro, mas ele sempre se interessou muito por seu trabalho.

Não sei se era apenas suposição ou se Brenda deixara escapar uma palavra, mas todos sabíamos ou sentíamos que uma suspeita horrível a possuía. Houve um boato de uma carta anônima, cheia de insinuações vis, que começou o problema. Eu nunca soube dos detalhes, mas sabia que Brenda havia se tornado uma mulher assombrada.

Anthony tinha dado a Susette aquela overdose de cloral — dado de propósito?

Se ela fosse o tipo de mulher que fala sobre as coisas, alguns de nós poderiam tê-la salvado. Mas ela não era. Acredito que ela nunca disse uma palavra a Anthony sobre o horror da desconfiança que estava envenenando sua vida. Mas ele deve ter sentido que ela suspeitava dele, e entre eles havia o frio e a sombra de uma coisa que não deve ser comentada.

Na hora da festa na casa de Madeline, o estado das coisas entre os Armstrongs era tal que Brenda quase chegou ao ponto de ruptura. Os nervos de Anthony também estavam tensos, e seus olhos estavam quase tão trágicos quanto os dela. Estávamos todos prontos para ouvir que Brenda o havia deixado ou feito algo mais desesperado ainda. E ninguém podia fazer nada para ajudar, nem mesmo eu, apesar das tolas esperanças de Madeline. Eu não podia ir até Brenda e dizer: "Olhe aqui, Anthony nunca pensou em envenenar Susette". Afinal, apesar de nossas suposições, o problema podia ser algo completamente diferente. E se ela suspeitasse dele, que prova eu poderia oferecer a ela para arrancar a obsessão de sua mente?

Pensei que os Armstrongs dificilmente iriam para Smoky Island, mas eles foram. Quando Anthony virou no cais e estendeu a mão para ajudar Brenda a sair do barco a motor, ela o ignorou, saindo rapidamente sem qualquer ajuda e correndo pelo jardim de pedras e pelos abetos pontiagudos. Vi Anthony empalidecer. Eu mesmo me senti um pouco doente. Se as coisas chegaram a tal ponto que ela se encolhia com o mero toque dele, o desastre estava próximo.

Smoky Island ficava em um pequeno lago azul de Muskoka e a casa se chamava Wigwam, tenda... provavelmente porque nada na terra poderia ser menos parecido com uma tenda. O dinheiro de Stanwyck fez dali um lugar maravilhoso, mas mesmo o dinheiro de Stanwyck não podia comprar um tempo firme. A festa de Madeline foi um fracasso. Choveu todos os dias mais ou menos durante a semana e, embora todos nós tenhamos tentado heroicamente aproveitar, acho que nunca passei um momento mais desagradável. A educação do papagaio não era das melhores, apesar das garantias de Madeline. Min Ingram trouxe com ela um cachorro indiferente e desdenhoso que todos odiavam porque ele desprezava a todos nós. A própria Min continuava distribuindo insultos quando via alguém prestes a se sentir confortável. Pensei que as Brilhantes Coisinhas Jovens pareciam *me* fazer responsável pelo clima. Todos os nossos nervos estavam à flor da pele, exceto o da tia Alma. Nada jamais perturbava a tia Alma. Ela se orgulhava um pouco disso.

No sábado, houve uma chuva regular e um vento que saiu dos pinheiros preto-esverdeados para açoitar Wigwam e depois voltou como um animal enlouquecido. O ar estava tão cheio de folhas rasgadas e voadoras quanto de chuva, e o lago estava cheio de ondas agitadas. Este dia encantador terminou em uma noite úmida e límpida.

E, no entanto, as coisas pareciam um pouco melhores do que em qualquer outro dia. Anthony não estava. Recebera um misterioso telegrama logo após o café da manhã, pegara o pequeno barco a motor e partira para o continente. Fiquei agradecido, pois senti que não aguentaria mais ver a alma de um homem torturada como a dele. Brenda tinha ficado no quarto o dia todo com o bom e velho argumento de uma dor de cabeça. Não vou dizer que não foi um alívio. Todos nós sentimos a tensão entre ela e Anthony como uma coisa tangível.

— Alguma *coisa – alguma coisa* – vai acontecer — Madeline continuou me dizendo. Ela era mesmo pior do que o papagaio.

Depois do jantar, todos nos reunimos ao redor da lareira no corredor, onde um fogo alegre de madeira de bétula branca brilhava; pois embora fosse junho, a noite estava fria. Eu me acomodei com um suspiro de alívio. Afinal, nada durava para sempre, e a festa infernal terminaria na segunda-feira. Além disso, era mesmo muito confortável e alegre ali, apesar das janelas sacudindo e dos ventos uivantes e das vidraças varridas pela chuva. Madeline apagou as luzes elétricas, e a luz do fogo foi gentil com as mulheres, todas muito charmosas. Algumas das Brilhantes Coisinhas Jovens sentavam-se de pernas cruzadas no chão, abraçando-se indiscriminadamente no que dizia respeito ao sexo... exceto uma criatura lânguida e sofisticada em veludo laranja e longos brincos de âmbar, que estava sentada em um banquinho com o colo cheio de gatos da governanta, dando a todos uma excelente visão dos ossos em sua coluna. O cachorro de Min deitou altivamente no tapete, e o papagaio em sua gaiola estava quieto — para seus padrões

—, apenas nos dizendo de vez em quando que ele ou outra pessoa era diabolicamente inteligente. A sra. Howey, a governanta, insistiu em mantê-lo no corredor, e Madeline teve que ignorar isso porque era difícil conseguir uma governanta em Muskoka, mesmo para uma tenda.

O juiz estava rindo porque havia resolvido um quebra-cabeça que confundira a todos, e o professor e o senador, que haviam discutido muito o dia todo, estavam se divertindo ao falar de um inimigo em comum. Consuelo estava sentada quieta, como sempre. A sra. Tennant e a tia Alma estavam tricotando pulôveres. Gatinhas, com as mãos gordas cruzadas sobre a barriga acetinada, examinava seu senador com adoração, e a Srta. Intrometida observava tudo. Nós éramos, por ora, um grupo de pessoas satisfeitas e simpáticas e eu não entendia por que Madeline propôs de repente que cada um de nós contasse uma história de fantasmas, mas ela o fez. Era uma noite ideal para histórias de fantasmas, ela assegurou. Ela não ouvia nada há séculos e entendia que todo mundo tinha pelo menos uma ocorrência sobrenatural na vida.

— Eu não — rosnou o juiz com desprezo.

— Suponho — disse o professor Tennant, um pouco beligerante — que você chamaria alguém de burro por acreditar em fantasmas?

O juiz encaixou cuidadosamente as pontas dos dedos antes de responder.

— Ah, céus, não. Eu não insultaria os burros.

— Claro que se você não *acredita* em fantasmas eles não podem aparecer — disse Consuelo.

— Algumas pessoas são capazes de ver fantasmas e outras não — anunciou Dick Lane. — É simplesmente um dom.

— Um dom que não recebi — disse Gatinhas complacentemente. Mary Harland estremeceu.

— Que coisa terrível seria se os mortos realmente voltassem!

— Fantasmas e aparições, feras de longas pernas e coisas que rastejam na noite. Deus nos livre — citou Ted levianamente.

Mas Madeline não podia ser distraída. Seu rostinho de elfo, sob a coroa de cabelos ruivos, estava aceso com determinação.

— Nós vamos nos assustar um pouco — disse ela resolutamente. — Este é o tipo de noite em que os fantasmas andam. Só que é claro que eles não podem andar aqui porque Wigwam não é assombrado, lamento dizer. Não seria celestial viver em uma casa assombrada? Vamos, todos devem contar uma história de fantasmas. Professor Tennant, comece. Algo legal e assustador, por favor.

Para minha surpresa, o professor começou, embora a expressão da sra. Tennant claramente nos informasse que ela não aprovava malabarismos com fantasmas. Ele também contou uma história muito boa — pontuada com bufos do juiz — sobre uma casa que ele conhecia que havia sido assombrada pela voz de uma criança morta que participava de todas as conversas com amargura e vingança. A criança havia, é claro, sido maltratada e assassinada, e seu corpo acabou sendo encontrado sob a lareira da biblioteca. Então Dick contou uma história sobre um cachorro morto que vingou seu dono, e Consuelo me surpreendeu ao tecer uma história realmente horrível de um fantasma que foi ao casamento de sua amante com seu rival... Consuelo disse que conhecia as pessoas. Ted sabia de uma casa em que você ouvia vozes e passos onde não havia vozes ou passos, e até tia Alma falou de "uma senhora branca de mão fria" que pedia que dançassem com ela. Se você fosse imprudente o suficiente para aceitar o convite, a sensação da mão fria dela na sua permanecia para sempre. Esta aparição fria estava sempre vestida com o traje dos anos setenta.

— Imagine um fantasma de crinolina — riu uma Brilhante Coisinha Jovem.

Min Ingram, de todas as pessoas, tinha visto um fantasma e o levou muito a sério.

— Bem, mostre-me um fantasma e eu acreditarei nele — disse o juiz, com outra bufada.

— Ele não é diabolicamente inteligente? — coaxou o papagaio.

A FESTA EM SMOKY ISLAND

Nesse momento, Brenda desceu as escadas e sentou-se atrás de todos nós, seus olhos trágicos queimando em seu rosto branco. Tive a sensação de que ali, naquela cena calma, despreocupada, cheia de gente bem-humorada, razoavelmente divertida, banal, um coração humano ardia na fogueira em agonia.

Algo caiu sobre nós com a vinda de Brenda. O cachorro de Min Ingram de repente ganiu e se esticou no tapete. Ocorreu-me que era a primeira vez que eu o via parecendo um cachorro de verdade. Eu me perguntei o que o tinha assustado. O gato da governanta sentou-se, com as costas eriçadas, deslizou do colo de veludo laranja e se esgueirou para fora do corredor. Tive uma estranha sensação nas raízes do cabelo que me restava, então me virei apressadamente para a garota magra e negra no banquinho de carvalho à minha direita.

— Você ainda não nos contou uma história de fantasmas, Christine. É a sua vez.

Christine sorriu. Eu vi o juiz olhando com admiração para seus tornozelos, embainhados em meias de chiffon. O juiz sempre teve um olho para um tornozelo bonito. Quanto a mim, estava me perguntando por que não conseguia lembrar o sobrenome de Christine e por que me sentia impelido de alguma maneira estranha a fazer aquele comentário banal para ela.

— Você se lembra com que firmeza tia Elizabeth acreditava em fantasmas? — disse Christine. — E como ela costumava ficar com raiva quando eu ria da ideia? Sou... mais sábia agora.

— Eu me lembro — disse o senador de forma sonhadora.

— Foi o dinheiro de sua tia Elizabeth que foi para a primeira sra. Armstrong, não foi? — disse uma das Brilhantes Coisinhas Jovens, apelidada de Tweezers. Era uma coisa abominável para qualquer um dizer, bem diante de Brenda. Mas ninguém parecia horrorizado. Eu tive outra sensação estranha de que *tinha* que ser dito e quem devia dizer, senão Tweezers? Tive outra sensação... que desde a entrada de Brenda cada bobagem era importante, cada tom tinha um significado profundo, cada palavra tinha um significado oculto. Eu estava me estressando?

— Sim — disse Christine calmamente.

— Você acha que Susette Armstrong tomou mesmo aquela overdose de cloral de propósito? — perguntou Tweezers, inacreditavelmente.

Não estando perto o suficiente de Tweezers para assassiná-la, olhei para Brenda. Mas Brenda não deu sinal de ter ouvido. Ela estava olhando fixamente para Christine.

— Não — respondeu Christine. Eu me perguntei como ela sabia, mas não havia dúvida alguma em minha mente de que ela sabia. Ela falou como quem tem autoridade. — Susette não tinha intenção de morrer. Mas ela estava condenada, embora nunca suspeitasse. Ela tinha uma doença incurável que a teria matado em poucos meses. Ninguém sabia disso, exceto Anthony e eu. E ela passou a odiar Anthony. Ela ia mudar seu testamento no dia seguinte – tirar tudo dele. Ela me disse isso. Fiquei furiosa. Anthony, que passou a vida fazendo o bem a criaturas sofredoras, seria deixado na pobreza e dificuldades outra vez depois que sua clínica fosse destruída pelos acontecimentos de Susette. Eu amava Anthony desde que o conhecia. Ele não sabia, mas Susette sabia. Acreditem, sabia. Ela costumava caçoar de mim. Não que isso importasse... eu sabia que ele nunca iria gostar de mim, mas vi minha chance de fazer algo por ele e agarrei. *Eu* dei a Susette aquela overdose de cloral. Eu o amava o suficiente para isso... e para *isto*.

Alguém gritou. Nunca soube se foi Brenda ou não. Tia Alma — que nunca ficava chateada com nada — estava encolhida em sua cadeira, histérica. Gatinhas, sua figura gorda tremendo, estava agarrada a seu senador, cujo rosto tolo e amável estava cinza — absolutamente cinza. Min Ingram estava de joelhos e o juiz tentava evitar que as mãos tremessem, apertando-as. Seus lábios estavam se movendo e eu sei que vi a palavra "Deus". Quanto a Tweezers e todo o resto de sua gangue, eles não eram mais Brilhantes Coisinhas Jovens, mas simplesmente crianças trêmulas e aterrorizadas.

Eu me senti doente — muito, muito doente. *Porque não havia ninguém no banquinho de carvalho e nenhum de nós jamais tinha conhecido ou ouvido falar da garota que eu havia chamado de Christine.*

Nesse momento, a porta do corredor se abriu e um Anthony gotejante entrou. Brenda se jogou avidamente contra ele, molhado como ele estava.

— Anthony... Anthony, perdoe-me — ela soluçou.

Algo bom de se ver surgiu no rosto desgastado de Anthony.

— Você ficou com medo, querida? — ele disse com ternura.
— Desculpe ter chegado tão tarde. Não havia nenhum perigo de verdade. Esperei para ter uma resposta ao meu telegrama para Los Angeles. Sabe, eu soube esta manhã que Christine Latham morreu em um acidente de carro ontem à noite. Ela era prima em segundo grau e enfermeira de Susette... uma coisinha querida e leal. Eu gostava muito dela. Lamento que você tenha passado uma noite tão ansiosa, querida.

L. M. MONTGOMERY

O HOMEM NO TREM

1914

A vovó Sheldon fica muito apreensiva por ter que viajar de trem sozinha — até conhecer um gentil estranho que esconde um terrível segredo.

Quando o telegrama de William George chegou, vovó Sheldon estava sozinha com Cyrus e Louise. E Cyrus e Louise, de doze e onze anos, respectivamente, não eram muito bons, pensou vovó, quando se tratava de aconselhar sobre o que deveria ser feito. Vovó estava "toda agitada, céus, oh céus", como ela disse.

O telegrama dizia que Delia, a esposa de William George, estava gravemente doente em Green Village, e William George queria que Samuel levasse a vovó imediatamente. Delia sempre achou que não havia ninguém como a vovó quando se tratava de cuidar de pessoas doentes.

Mas Samuel e sua esposa estavam fora — fazia dois dias e pretendiam ficar mais cinco. Eles haviam dirigido para Sinclair, a trinta quilômetros de distância, para visitar os pais da sra. Samuel por uma semana.

— Céus, oh céus, o que devo fazer? — exclamou a vovó.

— Vá direto para Green Village no trem noturno — disse Cyrus rapidamente.

— Céus, oh céus, e deixar vocês dois sozinhos!

— Louise e eu ficaremos bem até amanhã — disse Cyrus com firmeza. — Enviaremos uma mensagem a Sinclair pelo correio de hoje, e papai e mamãe estarão em casa amanhã à noite.

— Mas eu nunca andei de trem na vida — protestou vovó nervosamente. — Estou... estou com muito medo de ir sozinha. E nunca se sabe que tipo de pessoa pode-se encontrar no trem.

— Você vai ficar bem, vovó. Eu te levarei até a estação, comprarei um bilhete para você e te colocarei no trem. Enviarei um telegrama ao tio William George para que a busque.

— Vou cair e quebrar o pescoço ao descer do trem — disse a vovó, pessimista. Mas ao mesmo tempo se perguntava se seria melhor levar a valise preta ou a amarela, e se William George provavelmente teria bastante linhaça em casa.

Eram dez quilômetros até a estação, e Cyrus levou vovó a tempo de pegar um trem que chegava a Green Village às nove horas.

— Céus, oh céus — disse a vovó —, e se os pais de William George não estiverem lá para me receber? Você pode muito bem, Cyrus, dizer que eles estarão lá, mas você não sabe. E pode muito bem me dizer para não ficar nervosa porque tudo vai dar certo. Se tivesse setenta e cinco anos e nunca tivesse pisado nos vagões em sua vida, também ficaria nervoso, e você não pode ter certeza de que tudo vai dar certo. Nunca se sabe que tipo de pessoas você vai encontrar no trem. Posso pegar o trem errado ou perder meu bilhete ou perder a estação de Green Village ou ser roubada. Bem, não, não vai acontecer isso, pois não levarei um centavo comigo. Você deve levar de volta para casa todo o dinheiro que não precisar para comprar meu bilhete. Então ficarei mais tranquila. Céus, oh céus, se não fosse Delia estar tão gravemente doente, eu não daria um passo.

— Ah, você vai ficar bem, vovó — assegurou Cyrus.

Ele comprou o bilhete e a vovó o amarrou no canto do lenço. Então o trem chegou e vovó, agarrada a Cyrus, foi colocada nele. Cyrus encontrou um assento confortável para ela e apertou as mãos alegremente.

— Adeus, vovó. Não se assuste. Aqui está o *Weekly Argus*. Comprei na loja. Você pode dar uma olhada.

Então Cyrus se foi, e em um minuto a estação e a plataforma começaram a deslizar para longe.

Céus, oh céus, o que aconteceu?, pensou vovó com desânimo. No momento seguinte, ela exclamou em voz alta:

— Ora, somos nós que estamos nos movendo, não ele!

Alguns dos passageiros sorriram agradavelmente para vovó. Ela era o tipo de senhora idosa para quem as pessoas sorriem agradavelmente; uma avó com bochechas redondas e rosadas, olhos castanhos suaves e lindos cachos brancos como a neve é uma pessoa agradável de se olhar onde quer que esteja.

Depois de um tempo, a vovó, para sua surpresa, descobriu que gostava de andar de trem. A experiência não era de todo desagradável como ela esperava que fosse. Ora, ela estava tão confortável quanto se estivesse em sua própria cadeira de balanço em casa! E havia tanta gente para olhar, e muitas das senhoras tinham vestidos e chapéus tão bonitos. *No fim das contas, as pessoas que você conhece no trem*, pensou vovó, *são surpreendentemente parecidas com as pessoas que você conhece fora dele.* Se não fosse por se perguntar como se sairia em Green Village, vovó teria se divertido muito.

Quatro ou cinco estações mais adiante, pararam em um lugar de aparência solitária que consistia na estação e um celeiro, cercado por matagais e campos de mirtilo. Um passageiro subiu e, encontrando apenas um assento vago no vagão lotado, sentou-se ao lado da vovó Sheldon.

Vovó Sheldon prendeu a respiração enquanto o olhava. Ele era um batedor de carteiras? Ele não parecia um, mas nunca se pode

O HOMEM NO TREM | 191

confiar nas pessoas que encontra no trem. Vovó lembrou, com um suspiro de gratidão, que não tinha dinheiro.

Além disso, ele parecia mesmo muito respeitável e inofensivo. Estava discretamente vestido com um terno de sarja azul-escuro com um sobretudo preto. Usava o chapéu bem para baixo na testa e estava bem barbeado. Seu cabelo era muito preto, mas seus olhos eram azuis — *olhos bonitos*, vovó pensou. Ela sempre sentiu grande confiança em um homem que tinha olhos azuis brilhantes e convidativos. Vovô Sheldon, que havia morrido há tanto tempo, quatro anos depois do casamento, tinha olhos azuis brilhantes.

E vovô tinha cabelos louros, refletiu a vovó. *É muito estranho ver um cabelo tão preto com olhos azuis tão claros. Bem, ele é muito bonito, e eu não acredito que haja um pingo de mal nele.*

A noite do início do outono já havia caído e vovó não conseguia se divertir observando a paisagem. Ela se lembrou do papel que Cyrus lhe dera e o tirou de sua cesta. Era um velho semanário de quinze dias antes. Na primeira página havia um longo relato de um caso de assassinato, e vovó mergulhou nele ansiosamente. A doce e velha vovó Sheldon, que não faria mal a uma mosca e odiava ver até mesmo uma ratoeira montada, simplesmente se divertia com os relatos de assassinatos nos jornais. E quanto mais chocantes e de sangue frio eles eram, mais ansiosamente vovó os lia.

Na opinião dela, aquela história de assassinato foi particularmente boa; estava cheia de "emoções". Um homem havia sido abatido, aparentemente a sangue-frio, e seu suposto assassino ainda estava foragido e iludiu todos os esforços da justiça para capturá-lo. Seu nome era Mark Hartwell, e ele foi descrito como um homem alto e louro, com barba ruiva cheia e cabelos claros e encaracolados.

— Que coisa chocante! — disse vovó em voz alta.

O homem olhou para ela com um sorriso gentil e divertido.

— O quê? — ele perguntou.

— Ora, esse assassinato em Charlotteville — respondeu vovó, esquecendo, em sua animação, que não era seguro falar com pessoas que você encontra no trem. — Ler a respeito disso faz meu sangue gelar. E pensar que o homem que fez isso ainda está em algum lugar do país - tramando outros assassinatos, não tenho dúvida. Para que serve a polícia?

— Eles são inúteis — concordou o homem.

— Mas eu não invejo a consciência daquele homem — disse vovó solenemente - e um tanto inconsistente, em vista de sua declaração sobre os outros assassinatos que estavam sendo tramados. — Como deve se sentir um homem que tem o sangue de um semelhante nas mãos? Acredite, seu castigo já começou, pego ou não.

— Isso é verdade — disse o homem calmamente.

— Um homem tão bonito também — disse vovó, olhando melancolicamente para a foto do assassino. — Não parece possível que ele possa ter matado alguém. Mas o jornal diz que não há dúvida.

— Provavelmente ele é culpado — afirmou o homem —, mas nada se sabe sobre seus motivos. O caso pode não ter sido tão a sangue-frio quanto os relatos afirmam. Esses companheiros de jornal sempre exageram nos detalhes.

— Eu acho mesmo — disse a vovó devagar — que gostaria de ver um assassino - apenas um. Sempre que digo algo assim, Adelaide - Adelaide é a esposa de Samuel - olha para mim como se achasse que há algo de errado comigo. E talvez haja, mas eu tenho vontade mesmo assim. Quando eu era uma garotinha, havia um homem em nosso assentamento que era suspeito de envenenar a esposa. Ela morreu muito de repente. Eu costumava olhar para ele com tanto interesse. Mas não foi satisfatório, porque não dava para ter certeza se ele era mesmo culpado ou não. Eu nunca poderia acreditar que ele era, porque ele era um homem tão bom em alguns aspectos e tão generoso e gentil com as crianças. Não acredito que um homem que foi mau o suficiente para envenenar a esposa possa ter algo de bom nele.

— Talvez não — concordou o homem. Ele distraidamente dobrou o velho exemplar do *Argus* e o colocou no bolso. Vovó não o pediu de volta a ele, embora gostaria de ver se havia mais histórias de assassinato nele. Além disso, naquele momento o condutor apareceu para pegar os bilhetes.

Vovó procurou seu lenço na cesta. Não estava lá. Ela olhou no chão e no assento e embaixo do assento. Não estava lá. Ela se levantou e se sacudiu — ainda nada de lenço.

— Céus, oh céus — exclamou a vovó loucamente —, perdi minha passagem - sempre soube que perderia, disse a Cyrus que perderia! Ah, onde pode estar?

O condutor fez uma careta antipática. O homem se levantou e ajudou a vovó a procurar, mas nenhum bilhete foi encontrado.

— Você terá que pagar então, e algo mais — disse o condutor rispidamente.

— Eu não posso, eu não tenho um centavo — lamentou a vovó. — Dei tudo para Cyrus porque estava com medo de ser roubada. Oh, o que devo fazer?

— Não se preocupe — disse o homem. Ele pegou a carteira e entregou uma nota ao condutor. Resmungando, o funcionário deu o troco e saiu marchando, enquanto a vovó, pálida de emoção e alívio, afundou de volta em seu assento.

— Eu não posso expressar o quanto estou agradecida a você, senhor — disse trêmula. — Não sei o que eu teria feito. Ele teria me deixado bem aqui na neve?

— Acho que dificilmente ele teria ido tão longe — disse o homem, sorrindo. — Mas ele é um sujeito mal-humorado o suficiente - eu o conheço há muito tempo. E você não deve se sentir muito grata a mim. Estou feliz pela oportunidade de ajudá-la. Eu mesmo tive uma velha avó um dia — acrescentou com um suspiro.

— Você deve me dar seu nome e endereço, é claro — disse a vovó —, e meu filho - Samuel Sheldon de Midverne - cuidará para que o dinheiro seja devolvido a você. Bem, isso é uma lição para mim! Jamais confiarei em mim mesma em um trem outra vez, e eu só queria estar em segurança fora deste. Essa confusão me deixou nervosa.

— Não se preocupe, vovó. Garantirei que fique em segurança fora do trem quando chegarmos a Green Village.

— Mas você vai mesmo? Vai? Vou ficar bem tranquila, então — ela acrescentou com um sorriso. — Sinto que posso confiar em você para qualquer coisa - e também sou uma pessoa muito desconfiada.

Eles tiveram uma longa conversa depois disso — ou melhor, a vovó falou e o homem ouviu e sorriu. Ela lhe contou tudo sobre William George e Delia e o bebê deles e sobre Samuel e Adelaide e Cyrus e Louise e os três gatos e o papagaio. Ele parecia gostar dos relatos dela também.

Quando chegaram à estação de Green Village, ele recolheu as malas da vovó e a ajudou com cuidado a descer do trem.

— Alguém aqui para encontrar a sra. Sheldon? — perguntou ao chefe da estação.

Este último balançou a cabeça.

— Acho que não. Não vi ninguém esperando esta noite.

— Céus, oh céus — disse a pobre vovó. — Isso é exatamente o que eu esperava. Eles nunca receberam o telegrama de Cyrus. Bem, eu deveria saber. O que devo fazer?

— A que distância fica a casa do seu filho? — perguntou o homem.

— Menos de um quilômetro, logo acima da colina. Mas nunca chegarei lá sozinha nesta noite escura.

— Claro que não. Mas eu vou com você. A estrada é boa, vamos nos sair bem.

— Mas esse trem não vai esperar por você — arfou a vovó, meio em protesto.

— Não importa. O Starmont passa aqui em meia hora e irei com ele. Venha, vovó.

— Ah, mas você é bom. Alguma mulher se orgulha de tê-lo como filho.

O homem não respondeu. Ele não respondeu a nenhuma das observações pessoais que vovó fez para ele na conversa.

Não demoraram muito para chegar à casa de William George Sheldon, pois a estrada do vilarejo era boa e a vovó era esperta. Foi recebida com entusiasmo e surpresa.

— Pensar que não havia ninguém para encontrá-la! — disse William George. — Mas nunca imaginei que você viria de trem, sabendo como não gosta dele. Telegrama? Não, eu não recebi nenhum telegrama. Suponho que Cyrus esqueceu de enviá-lo. Estou muito grato a você, senhor, por cuidar de minha mãe tão gentilmente.

— Foi um prazer — disse o homem cortesmente. Ele havia tirado o chapéu e eles viram uma cicatriz curiosa, em forma de uma grande borboleta vermelha, bem no alto da testa, sob o cabelo. — Estou muito feliz por ter sido de alguma ajuda para ela.

Ele não esperaria pelo jantar — o próximo trem chegaria e ele não deveria perdê-lo.

— Há pessoas procurando por mim — disse ele com seu sorriso peculiar. — Eles ficarão muito desapontados se não me encontrarem.

Ele se foi, e o apito do Starmont soou antes que vovó se lembrasse de que ele não havia lhe dado seu nome e endereço.

— Céus, oh céus, como vamos enviar o dinheiro para ele? E ele é tão gentil e de bom coração!

Vovó se preocupou com isso por uma semana enquanto cuidava de Delia. Um dia, William George chegou com um grande jornal. Ele olhou curioso para a vovó e então mostrou a ela a foto de primeira página de um homem, bem barbeado, com uma cicatriz de formato estranho no alto da testa.

— Você já viu esse homem, mãe? — ele perguntou.

— Claro que sim — disse a vovó animadamente. — Ora, é o homem que encontrei no trem. Quem é ele? Qual é o nome dele? Agora saberemos para onde enviar...

— Este é Mark Hartwell, que atirou em Amos Gray em Charlotteville três semanas atrás — disse William George calmamente.

Vovó olhou para ele sem expressão por um momento.

— Não pode ser — arfou por fim. — Aquele homem é um assassino! Eu nunca vou acreditar!

— É verdade, mãe. A história toda está aqui. Ele havia raspado a barba e tingido o cabelo e estava quase saindo do país. Eles estavam no encalço dele no dia em que ele pegou o trem com você e o perdeu porque desceu para trazê-la aqui. Seu disfarce era tão perfeito que havia pouco medo de ser reconhecido, desde que ele escondesse aquela cicatriz. Mas ela foi vista em Montreal e ele foi capturado lá. Ele fez uma confissão completa.

— Eu não me importo — gritou a vovó valentemente. — Nunca vou acreditar que ele era tão ruim - um homem que faria o que ele fez por uma pobre velha como eu, quando estava fugindo para salvar a própria vida. Não, não, havia algo bom nele, mesmo que tenha matado aquele homem. E tenho certeza de que ele deve se sentir muito mal com isso.

Vovó persistiu nessa ideia. Ela nunca diria ou ouviria uma palavra contra Mark Hartwell, e tinha pena daquele que todos os outros condenavam. Com as próprias mãos trêmulas, ela escreveu uma carta para ele para acompanhar o dinheiro que Samuel enviou antes de Hartwell ser levado para a penitenciária pelo resto da vida. Ela agradeceu-lhe novamente por sua bondade e assegurou-lhe que sabia que ele estava arrependido pelo que havia feito e que oraria por ele todas as noites de sua vida. Mark Hartwell tinha sido bastante duro e desafiador, mas os funcionários da prisão disseram que ele chorou como uma criança pela cartinha da vovó Sheldon.

— Ninguém é de todo ruim — diz a vovó quando conta a história. — Eu costumava acreditar que um assassino deve ser, mas agora sei a verdade. Penso naquele pobre homem muitas vezes. Ele foi tão gentil comigo - ele deve ter sido um bom menino um dia. Eu escrevo uma carta para ele todo Natal e mando folhetos e jornais. Ele é minha pequena instituição de caridade. Mas nunca estive no trem desde então e nunca mais estarei. Nunca se sabe o que vai acontecer com você ou que tipo de pessoas você vai conhecer se entrar em um trem.

L. M. MONTGOMERY

A HISTÓRIA DE DAVENPORT

1902

Um grupo de amigos se diverte contando histórias de fantasmas para passar o tempo — mas não acreditam para valer nos relatos fantásticos... até Davenport contar o seu.

Era uma tarde chuvosa, e estávamos passando o tempo contando histórias de fantasmas. Isso é muito bom para uma tarde chuvosa, e é um momento muito melhor do que à noite. Se você contar histórias de fantasmas depois de escurecer, elas podem deixá-lo nervoso, quer admita ou não, e você se esgueira até chegar em casa e corre escada acima sentindo um terror mortal, e se despe de costas para a parede, de modo que não ache que há algo atrás de você.

Cada um de nós tinha contado uma história, e tivemos a habitual variedade de ruídos misteriosos e avisos de morte e espectros sob lençóis, e assim por diante, passando por todo o catálogo de horrores

— o suficiente para satisfazer qualquer amante razoável de histórias de fantasmas. Mas Jack, como sempre, estava insatisfeito. Ele disse que nossas histórias eram todas recontadas. Não havia um homem na multidão que já tivesse visto ou ouvido um fantasma; todas as nossas chamadas histórias autênticas nos foram contadas por pessoas que ouviram a história de outras pessoas que viram os fantasmas.

— Não se obtém nenhuma informação com isso — disse Jack. — Eu nunca espero chegar tão longe a ponto de ver um fantasma de verdade, mas gostaria de ver e conversar com alguém que tenha visto.

Algumas pessoas parecem ter o dom de realizar os próprios desejos. Jack é desse tipo. Assim que ele fez a observação, Davenport entrou e, após descobrir o que estava acontecendo, ofereceu-se para contar uma história de fantasmas — algo que havia acontecido com sua avó, ou talvez fosse sua tia-avó; esqueci qual. Era uma história de fantasmas muito boa, e Davenport a contou bem. Até Jack admitiu isso, mas disse:

— É uma história recontada também. Você já teve alguma experiência fantasmagórica, senhor?

Davenport juntou as pontas dos dedos de forma crítica.

— Você acreditaria se eu dissesse que sim? — perguntou ele.

— Não — disse Jack, sem ficar envergonhado.

— Então não adiantaria eu contar.

— Mas você não quer dizer que já teve mesmo, certo?

— Não sei. Algo estranho aconteceu uma vez. Eu nunca fui capaz de explicar; isto é, não de um ponto de vista prático. Querem que eu conte?

Claro que quisemos. Aquilo era emocionante. Ninguém jamais suspeitaria que Davenport visse fantasmas.

— É convencional o suficiente — começou a falar. — Os fantasmas não parecem ter muita originalidade. Mas é minha, Jack, se é isso que você quer. Acho que nenhum de vocês já me ouviu falar do meu irmão, Charles. Ele era dois anos mais velho do que eu, e era um tipo de sujeito quieto e reservado; nada expansivo, mas com afeições muito fortes e profundas.

"Quando saiu da faculdade, ficou noivo de Dorothy Chester. Ela era muito bonita, e meu irmão a idolatrava. Ela morreu pouco antes da data marcada para o casamento, e Charles nunca se recuperou do golpe.

"Eu me casei com a irmã de Dorothy, Virginia. Virginia não se parecia nem um pouco com a irmã, mas nossa filha mais velha era notavelmente parecida com a tia morta. Nós a nomeamos Dorothy, e Charles era dedicado a ela. Dolly, como a chamávamos, sempre foi 'a garota do tio Charley'.

"Quando Dolly tinha doze anos, Charles foi para Nova Orleans a negócios e, enquanto lá, pegou febre amarela e morreu. Ele foi enterrado naquela mesma região, e Dolly meio que ficou com seu coração infantil partido com a morte dele.

"Um dia, cinco anos depois, quando Dolly tinha dezessete anos, eu estava escrevendo cartas na minha biblioteca. Naquela mesma manhã, minha esposa e Dolly tinham ido para Nova York a caminho da Europa. Dolly iria para a escola em Paris por um ano. Negócios impediram que eu as acompanhasse até Nova York, mas Gilbert Chester, irmão de minha mulher, ia com elas, que partiriam no *Aragon* na manhã seguinte.

"Escrevi sem parar por cerca de uma hora. Por fim, cansado, joguei a caneta no chão e, recostando-me na cadeira, estava prestes a acender um charuto quando um impulso inexplicável me fez virar. Deixei cair meu charuto e pulei de pé com espanto. Havia apenas uma porta na sala e eu estava o tempo todo de frente para ela. Eu poderia jurar que ninguém havia entrado, mas lá, de pé entre mim e a estante, estava um homem, e aquele homem era meu irmão Charles!

"Não havia como confundi-lo; eu o vi tão claramente quanto vejo vocês. Ele era um homem alto, bastante corpulento, com cabelos encaracolados e uma barba clara e bem aparada. Ele usava o mesmo terno cinza-claro com que estava ao se despedir de nós na manhã de sua partida para Nova Orleans. Estava sem chapéu, mas usava óculos, e se manteve em pé, em sua postura favorita: com as mãos para trás.

"Quero que vocês entendam que, neste exato momento, embora eu estivesse imensuravelmente surpreso, não estava nem um pouco assustado, porque nem por um momento supunha que o que eu vi fosse... bem, um fantasma ou aparição de qualquer tipo. O pensamento que passou pela minha mente confusa foi simplesmente de que houvera algum erro absurdo em algum lugar, e que meu irmão nunca tivesse morrido, mas estivesse ali, vivo e bem. Dei um passo apressado em direção a ele.

"— Meu Deus, velho amigo! — exclamei. — De onde é que você veio? Ora, todos nós pensávamos que você estivesse morto!

"Eu estava bem perto dele quando parei abruptamente. De alguma forma, não consegui dar mais um passo. Ele não fez um movimento, mas seus olhos olharam direto nos meus.

"— Não deixe Dolly navegar no *Aragon* amanhã — disse ele em tons lentos e claros, que ouvi distintamente.

"E então ele se foi. Sim, Jack, eu sei que é uma maneira muito convencional de se terminar uma história de fantasmas, mas tenho que lhe dizer exatamente o que aconteceu, ou pelo menos o que penso que aconteceu. Em um momento ele estava lá, e no momento seguinte, não estava. Ele não passou por mim nem saiu pela porta.

"Por algum tempo, me senti atordoado. Eu estava bem acordado e em meus sentidos corretos e apropriados até onde eu podia julgar, e ainda assim a coisa toda parecia inacreditável. Se estava com medo? Não, eu não estava consciente de estar com medo. Eu estava simplesmente confuso.

"Em minha confusão mental, um pensamento se destacou de forma nítida: Dolly estava correndo algum tipo de perigo, e se o aviso era mesmo de uma fonte sobrenatural, não deveria ser desconsiderado. Corri para a estação e, tendo primeiro telegrafado para minha esposa dizendo para elas não velejarem no *Aragon*, descobri que poderia fazer a conexão com o trem das cinco e quinze para Nova York, com a confortável consciência de que meus amigos certamente pensariam que eu havia enlouquecido.

"Cheguei a Nova York às oito horas da manhã seguinte e imediatamente me dirigi para o hotel onde minha esposa, filha e cunhado estavam hospedados. Encontrei-os muito perplexos com meu telegrama. Suponho que minha explicação fora muito ruim. Sei que me senti decididamente um tolo. Gilbert riu de mim e disse que eu tinha sonhado com tudo. Virginia ficou perplexa, mas Dolly aceitou o aviso sem hesitar.

"— Claro que foi o tio Charley — disse ela com confiança. — Não vamos navegar no *Aragon* agora.

"Gilbert teve que ceder a essa decisão com muita má vontade, e o *Aragon* partiu naquele dia com menos três de seus passageiros pretendidos.

"Bem, todos vocês já ouviram falar da histórica colisão entre o *Aragon* e o *Astarte* em um nevoeiro, e a terrível perda de vidas que envolveu. Gilbert não riu quando a notícia chegou, eu garanto. Virginia e Dolly navegaram um mês depois, no *Marselha*, e chegaram ao outro lado em segurança. Essa é toda a história, rapazes, a única experiência do tipo que já tive", concluiu Davenport.

Tínhamos muitas perguntas a fazer e várias teorias a formar. Jack disse que Davenport tinha sonhado e que a colisão do *Aragon* com o *Astarte* foi simplesmente uma coincidência impressionante. Mas Davenport apenas sorriu para todas as nossas sugestões e, como já era por volta das três, não contamos mais histórias de fantasmas.

L. M. MONTGOMERY

A GAROTA NO PORTÃO

1906

Em uma noite insone, o acamado sr. Lawrence conta a Jeanette a história da mulher que amou — e a promessa mortal que fizeram um ao outro.

Algo muito estranho aconteceu na noite em que o velho sr. Lawrence morreu. Nunca consegui explicar e nunca falei sobre isso, exceto para uma pessoa, e ela disse que tinha sido um sonho. Não foi um sonho... Eu vi e ouvi, acordada.

Não esperávamos que o sr. Lawrence morresse na época. Ele não parecia muito doente... nem de perto tão doente quanto estivera durante o ataque anterior. Quando soubemos de sua doença, fui a Woodlands para vê-lo, pois sempre fui uma grande favorita dele. O casarão estava quieto, os criados fazendo seu trabalho como de costume, sem qualquer aparência de animação. Disseram que eu não poderia ver o sr. Lawrence por um tempinho, pois o médico estava com ele. A sra.

Yeats, a governanta, disse que o ataque não era sério e me pediu para esperar na sala azul, mas preferi me sentar nos degraus da grande e arqueada porta da frente. Era uma noite de junho. Woodlands era muito adorável; à minha direita ficava o jardim, e diante de mim havia um pequeno vale brilhando ao pôr do sol. Mesmo assim, em alguns lugares sob as grandes árvores estava bem escuro.

Havia algo estranhamente quieto naquela noite... uma quietude de espera. Me fez pensar na última vez em que o sr. Lawrence esteve doente... quase um ano antes, em agosto. Uma noite, durante sua convalescença, eu tomei conta dele para substituir a enfermeira. Ele estava insone e falador, me contando muitas coisas sobre sua vida. Por fim, ele me contou sobre Margaret.

Eu sabia um pouco sobre ela... que ela tinha sido sua namorada e morreu muito jovem. O sr. Lawrence permaneceu fiel à memória dela desde então, mas eu nunca o tinha ouvido falar dela antes.

— Ela era muito bonita — disse ele, sonhador — e tinha apenas dezoito anos quando morreu, Jeanette. Ela tinha um maravilhoso cabelo dourado-claro e olhos castanho-escuros. Eu tenho uma pequena miniatura de marfim dela. Quando eu morrer, ela será dada a você, Jeanette. Esperei muito tempo por ela. Você sabe que ela prometeu que viria.

Não entendi o que ele quis dizer e fiquei em silêncio, pensando que ele pudesse estar um pouco confuso.

— Ela prometeu que viria e vai manter sua palavra — continuou. — Eu estava com ela quando ela morreu. Eu a segurei em meus braços. Ela me disse: "Herbert, eu prometo que serei fiel a você para sempre, não importa quantos anos de paraíso solitário eu precise aguentar antes de você vir. E quando seu tempo chegar, virei para facilitar sua passagem, como você fez com a minha. Eu virei, Herbert". Ela prometeu solenemente, Jeanette. Foi uma promessa de amor imortal. E eu sei que ela virá.

Ele havia adormecido então e, depois de sua recuperação, não tocou mais no assunto. Eu tinha me esquecido, mas me lembrei enquanto estava sentada nos degraus entre os gerânios naquela noite de junho. Eu gostava de pensar em Margaret... a linda garota que havia morrido há tanto tempo, levando o coração de seu amante com ela para o túmulo. Ela era irmã do meu avô, e as pessoas me diziam que eu me parecia um pouco com ela. Talvez fosse por isso que o velho sr. Lawrence sempre gostou tanto de mim.

Logo o médico saiu e acenou para mim alegremente. Perguntei-lhe como estava o sr. Lawrence.

— Melhor... melhor — disse ele rapidamente. — Ele vai ficar bem amanhã. O ataque foi muito leve. Sim, claro que você pode entrar. Não fique mais de meia hora.

A sra. Stewart, irmã do Sr. Lawrence, estava na enfermaria quando entrei. Ela aproveitou minha presença para se deitar um pouco no sofá, pois ficou acordada a noite toda. O sr. Lawrence virou sua bela e velha cabeça prateada no travesseiro e sorriu em saudação. Ele era um velho muito bonito; nem a idade nem a doença haviam estragado seu rosto bem modelado ou prejudicado o brilho de seus olhos azuis afiados. Ele parecia muito bem e falava de muitas coisas rotineiras com naturalidade e facilidade.

Ao fim da meia hora determinada pelo médico, levantei-me para ir embora. A sra. Stewart tinha adormecido, e ele não me deixou acordá-la, dizendo que não precisava de nada e que estava com vontade de dormir. Prometi subir de novo no dia seguinte e saí.

Estava escuro no corredor, onde nenhuma lâmpada havia sido acesa, mas lá fora, no gramado, o luar estava claro como o dia. Foi a noite mais clara e branca que já vi. Virei-me para o jardim, com a intenção de atravessá-lo, e peguei o caminho mais curto pela campina oeste para casa. Havia um longo caminho de roseiras que atravessava o jardim até um portãozinho do outro lado... do jeito que o sr. Lawrence costumava fazer há muito tempo, quando ia pelos campos para cortejar Margaret. Eu o segui, aproveitando a noite. Os arbustos estavam brancos de rosas, e o chão sob meus pés estava todo coberto, como se fosse neve feita de pétalas. O ar estava parado e sem brisa; novamente senti aquela sensação de espera... de expectativa. Quando cheguei ao portãozinho, vi uma jovem em pé do outro lado dele. Ela estava à luz da lua cheia, e eu a vi distintamente.

Ela era alta e magra, e sua cabeça estava descoberta. Vi que seu cabelo era de um ouro pálido, brilhando um tanto estranhamente sobre sua cabeça, como se captasse os raios de luar. Seu rosto era muito lindo, e seus olhos, grandes e escuros. Ela estava vestida com algo branco e levemente brilhante, e segurava uma rosa branca... uma muito grande e perfeita. Mesmo na época, me peguei imaginando onde ela poderia tê-la colhido. Não era uma rosa de Woodlands. Todas as rosas de Woodlands eram menores.

A jovem era uma estranha para mim, mas senti que já a tinha visto antes, ou fora alguém muito parecido com ela. Possivelmente, ela era uma das muitas sobrinhas do sr. Lawrence que poderiam ter vindo para Woodlands ao saber de sua doença.

Ao abrir o portão, senti um estranho e agradável arrepio de medo. Então ela sorriu como se eu tivesse falado o que estava pensando.

— Não se assuste — disse ela. — Não há nenhuma razão para você estar com medo. Eu só vim para manter uma promessa.

As palavras me lembraram de algo, mas eu não conseguia lembrar o que era. O medo estranho que estava em mim se aprofundou. Eu não conseguia falar.

Ela atravessou o portão e ficou por um momento ao meu lado.

— É estranho você ter me visto — disse ela —, mas agora veja o quão forte e belo é o amor fiel, forte o suficiente para vencer a morte. Nós, que amamos verdadeiramente, amamos sempre, e isso faz nosso céu.

Ela continuou caminhando depois de falar, descendo o longo caminho de rosas. Eu a observei até ela chegar a casa e subir os degraus.

Na verdade, pensei que a garota fosse alguém que não estava em seu juízo perfeito. Quando cheguei em casa, não falei sobre o assunto com ninguém, nem mesmo para perguntar quem poderia ser a garota. Parecia haver algo naquele estranho encontro que exigia meu silêncio.

Na manhã seguinte, chegou a notícia de que o velho sr. Lawrence estava morto. Quando desci correndo para Woodlands, encontrei tudo em confusão, mas a sra. Yeats me levou para a sala azul e me contou o pouco que havia para contar.

— Ele deve ter morrido logo depois que você o deixou, srta. Jeanette — ela soluçou —, pois a sra. Stewart acordou às dez horas e ele tinha partido. Ele tinha acabado de ver algo que o deixara maravilhosamente feliz. Eu nunca vi um olhar assim em um rosto morto antes.

— Quem está aqui além da sra. Stewart? — perguntei.

— Ninguém — respondeu a sra. Yeats. — Enviamos uma mensagem a todos os amigos dele, mas eles ainda não tiveram tempo de chegar aqui.

— Eu encontrei uma jovem no jardim ontem à noite — falei lentamente. — Ela entrou na casa. Eu não a conhecia, mas achei que devia ser parente do sr. Lawrence.

A sra. Yeats balançou a cabeça.

— Não. Deve ter sido alguém da aldeia, embora eu não tenha ouvido ninguém chamando depois que você foi embora.

Eu não disse mais nada a ela a respeito disso.

Após o funeral, a sra. Stewart me deu a miniatura de Margaret. Eu nunca tinha visto a miniatura nem qualquer foto de Margaret antes. O rosto era muito bonito — também estranhamente parecido com o meu, embora eu não seja bonita. Era o rosto da jovem que eu encontrara no portão!

L. M. MONTGOMERY

CAPTURADO PELA CÂMERA

1897

Amy, uma fotógrafa amadora, é contratada para fotografar a família do sr. Caroll. Mas quando um crime acontece, a câmera de Amy pode ser a chave para desvendar a identidade do criminoso.

Em um verão, fui picada pelo bicho da fotografia amadora. Depois, se tornou uma condição crônica, e desde então eu e minha câmera não nos separamos. Tivemos algumas aventuras estranhas juntas, e uma das nossas experiências mais originais foi aquela em que tivemos o papel de testemunha-chave contra Ned Brooke.

Devo dizer que meu nome é Amy Clarke, e acredito que sou considerada a melhor fotógrafa amadora em nossa parte do país. Isso é tudo o que preciso dizer ao meu respeito.

O sr. Caroll tinha me pedido para fotografar sua casa quando o pomar de maçãs estava florescendo. Ele tem uma pitoresca casa de campo à moda antiga, atrás de um gramado das mais agradáveis árvores antigas e flanqueada nos dois lados por pomares. Então, fui em uma tarde de junho, com todo o meu equipamento, preparada para "capturar" a casa Caroll no meu melhor estilo.

O sr. Caroll não estava, mas esperava-se que ele voltasse para casa em breve, então o aguardamos, já que toda a família desejava ser fotografada sob o grande bordo na porta da frente. Andei entre os arbustos na extremidade inferior do gramado e, depois de muito semicerrar os olhos em vários ângulos, enfim me fixei no local de onde pensei que a melhor vista da casa poderia ser obtida. Então Gertie, Lilian Carroll e eu nos sentamos nas redes e nos balançamos à vontade, aproveitando a brisa fresca que soprava os bordos.

Ned Brooke estava por perto, como de costume, observando-nos furtivamente. Ned era um dos membros esperançosos da família que vivia em um barraco decrépito do outro lado da rua, diante da casa dos Carroll. Eles eram terrivelmente pobres, e o velho Brooke, como era chamado, e Ned eram bastante empregados pelo sr. Carroll — mais por caridade do que tudo, imagino.

Os Brooke tinham uma reputação bastante suspeita. Eram notoriamente preguiçosos, e se suspeitava que sua linha de distinção entre suas mercadorias e a dos vizinhos não era muito bem traçada. Muitas pessoas censuravam o sr. Caroll por encorajá-los, mas ele era muito gentil para deixá-los passar necessidade, e, como consequência, um ou outro deles estava sempre perambulando por sua casa.

Ned era um jovem esguio e de cabelo louro-claro, tinha cerca de quatorze anos, olhos furtivos e cintilantes que nunca conseguiam olhar alguém direto no rosto. Sua aparência era tudo menos atraente, e eu sempre sentia, quando olhava para ele, que se alguém quisesse fazer um trabalho obscuro por procuração, Ned Brooke seria o rapaz certo para o negócio.

O sr. Carroll finalmente chegou, e todos nós descemos para encontrá-lo no portão. Ned Brooke também veio, arrastando os pés para pegar o cavalo, e o sr. Carroll jogou as rédeas para ele e, ao mesmo tempo, entregou uma carteira para sua esposa.

— Cuidado onde coloca isso — disse ele, rindo. — Há uma quantia que não deve ser apanhada em todos os arbustos de groselha. Gilman Harris me pagou esta manhã por aquela parte da floresta que lhe vendi no outono passado; deu quinhentos dólares. Eu prometi que você e as meninas deveriam pegá-lo para comprar um piano novo, então aí está.

— Obrigada — disse a sra. Carroll, encantada. — Mas é melhor você colocar em seu bolso até que entremos. Amy está com pressa.

O sr. Carroll pegou a carteira de volta e a colocou sem cuidado no bolso interno do casaco leve que usava.

Aconteceu que olhei para Ned Brooke bem na hora, e não pude deixar de notar a súbita expressão ávida e engenhosa que passou por seu rosto. Ele olhou furtivamente para a carteira nas mãos do sr. Carroll, e depois saiu com o cavalo, muito apressado.

As garotas estavam exclamando e agradecendo ao pai, e ninguém além de mim percebeu o comportamento de Ned Brooke, mas logo me esqueci do assunto.

— Venha para o seu lugar, sim, Amy? — disse o sr. Carroll.
— Bem, tudo está pronto, creio. Acho melhor prosseguirmos. Onde devemos ficar? Você pode nos agrupar como for melhor.

E então prossegui para organizá-los em ordem sob o bordo. A sra. Carroll se sentou em uma cadeira, enquanto o marido ficou em pé atrás dela. Gertie ficou em pé nos degraus com uma cesta de flores na mão, e Lilian se pôs ao seu lado. Os dois garotinhos, Teddy e Jack, subiram no bordo, e a pequena Dora, a menina de seis anos com covinha na bochecha, ficou em pé, séria, em primeiro plano, com um enorme gato cinza aninhado em seus braços gorduchos.

Era um grupo bonito em um cenário bonito, e fiquei animada, com orgulho profissional, enquanto dava um passo para trás para um último semicerrar de olhos conhecedor. Então fui até a câmera, coloquei a placa, os avisei e tirei a cobertura.

Coloquei duas placas para garantir, e então acabou, mas como eu tinha outra placa sobrando, pensei que era melhor tirar uma foto com a vista da casa em si. Carreguei minha câmera para um novo local e tinha acabado de aprontar tudo para erguer a cobertura quando o sr. Carroll se aproximou e disse:

— Se quiserem ver algo bonito, venham para o campo dos fundos comigo. Isso pode esperar até vocês voltarem, não é, Amy?

Então nos dirigimos para o campo dos fundos, a uma curta distância, onde o sr. Carroll mostrou orgulhosamente duas das mais lindas vacas Jersey que já tinha visto.

Voltamos para a casa pela estrada dos fundos e, quando avistamos a estrada principal, meu irmão Cecil se aproximou com o cavalo e disse que, se eu estivesse pronta, era melhor eu ir para casa com ele e me livrar de uma caminhada calorenta e empoeirada.

Os Carroll se aproximaram da cerca para conversar com Cecil, mas eu disparei apressadamente através dos pomares, pulei a cerca para o gramado e corri para o canto um tanto remoto onde deixei minha câmera. Eu estava tão desesperadamente apressada pois sabia que o cavalo de Cecil não gostava de esperar, então nunca olhei para a casa, mas tirei a cobertura, contei até dois e a recoloquei.

Em seguida, tirei minha placa, coloquei-a no apoio e recolhi minhas coisas. Suponho que tudo durou cinco minutos e fiquei de costas para a casa o tempo todo, e no tempo em que preparava minhas coisas e emergia do meu recanto, não havia ninguém por perto.

Enquanto me apressava pelo gramado, percebi Ned Brooke caminhando em um passo rápido rua abaixo, mas o fato não me causou nenhuma impressão em particular no momento, e só me lembrei disso depois.

Cecil me esperava, então subi na carroça e partimos. Ao chegar em casa, me tranquei no meu quarto escuro e comecei a revelar os primeiros dois negativos da casa Carroll. Estavam ambos excelentes, o primeiro um pouquinho melhor, portanto decidi terminar com ele. Minha intenção era também revelar o terceiro, mas bem quando eu estava terminando os outros, meia dúzia de primos da cidade chegaram em nossa casa e tive que guardar minha parafernália, emergir do meu recanto escuro e me apressar para fazer sala.

No dia seguinte, Cecil entrou e disse:

— Ficou sabendo, Amy, que o sr. Carroll perdeu uma carteira com quinhentos dólares dentro?

— Não! — exclamei. — Como? Quando? Onde?

— Uma pergunta por vez. Só posso responder uma: noite passada. Quanto ao "como", eles não sabem, e quanto ao "onde"... bem, se soubessem, poderiam ter alguma esperança de encontrá-la. As garotas estão para baixo. O dinheiro era para comprar um piano que queriam muito, parece, e agora se foi.

— Mas como isso aconteceu, Cecil?

— Bem, o sr. Carroll diz que a sra. Carroll lhe entregou a carteira no portão ontem, e que ele a colocou no bolso de dentro do casaco...

— Eu o vi fazer isso — falei.

— Sim, e então, antes de ser fotografado, ele pendurou o casaco no corredor. O casaco ficou lá até a noite, e ninguém pareceu pensar no dinheiro, cada um supondo que o outro o tinha guardado com cuidado. Depois do chá, o sr. Carroll vestiu o casaco e foi ver alguém em Netherby. Ele diz que nunca pensou na carteira; tinha se esquecido completamente de tê-la colocado no bolso do casaco. Ele voltou para casa pelos campos por volta das onze horas e descobriu que as vacas tinham entrado no pasto, e teve que persegui-las antes de tirá-las de lá. Quando ele entrou, assim que passou pela porta, se lembrou do dinheiro. Ele apalpou o bolso, mas não havia nenhuma carteira ali; ele perguntou à esposa se ela a tinha pegado. Ela não tinha, e ninguém mais tinha. Havia um buraco no bolso, mas o Sr. Carroll diz que era pequeno demais para a carteira ter passado por ele. No entanto, deve ter acontecido isso, a menos que alguém a tenha tirado do bolso em Netherby, e isso não é possível, porque ele nunca tirou o casaco e estava no bolso interno. É capaz de nunca mais verem a carteira outra vez. Alguém pode encontrá-la, é claro, mas as chances são baixas. O sr. Carroll não sabe exatamente por onde passou pelos campos, e se ele a perdeu enquanto estava atrás das vacas, é uma situação ainda mais triste. Eles ficaram procurando o dia todo, é claro. As meninas estão muito decepcionadas.

Uma súbita lembrança veio a mim do rosto de Ned Brooke, de como eu o tinha visto no dia anterior no portão, juntamente com a lembrança de vê-lo andando pela rua em um ritmo rápido, tão diferente de seu andar cambaleante habitual, enquanto eu corria pelo gramado.

— Como eles sabem que a carteira está perdida? — perguntei.
— Talvez tenha sido roubada antes do sr. Carroll ir para Netherby.
— Eles acham que não — disse Cecil. — Quem teria roubado?
— Ned Brooke. Eu o vi andando por aí. E você tinha que ver a expressão que ele fez quando ouviu o sr. Carroll dizer que havia quinhentos dólares naquela carteira.

— Bem, eu sugeri a eles que Ned poderia saber de alguma coisa, pois me lembrei de tê-lo visto descer a rua quando eu estava esperando por você, mas eles não vão escutar. Os Brooke são uma espécie de protegidos deles, você sabe, e eles não vão acreditar em nada de ruim vindo deles. Mas se Ned pegou, não há sombra de evidência contra ele.

— Não, acho que não — respondi, pensativa —, mas quanto mais penso nisso, mais me convenço de que ele a pegou. Sabe, todos voltamos ao campo para olhar as vacas, e aquele tempo todo o casaco ficou pendurado no corredor, e não havia uma alma viva na casa. E, logo depois que voltamos, vi Ned correndo pela rua muito rápido.

Mencionei minhas suspeitas aos Carroll alguns dias depois, quando desci com as fotografias, e fiquei sabendo que eles não haviam descoberto nenhum vestígio da carteira perdida. Mas eles certamente pareceram zangados quando insinuei que Ned Brooke poderia saber mais sobre seu paradeiro do que qualquer outra pessoa. Declararam que suspeitariam de um de si mesmos antes de suspeitar de Ned, e pareciam tão ofendidos com minha sugestão que me calei e não os irritei com mais suposições.

Depois, na excitação da visita de nossos primos, o assunto saiu por completo da minha mente. Eles ficaram duas semanas, e eu estava tão ocupada o tempo todo que nunca tive a chance de revelar aquela terceira placa e, na verdade, me esqueci de tudo.

Certa manhã, logo depois que eles foram embora, lembrei-me da placa e decidi ir desenvolvê-la. Cecil foi comigo, e nos trancamos em nossa toca, acendemos nossa lanterna de rubi e começamos as operações. Eu não esperava muito da placa, porque ela havia sido exposta e manuseada descuidadamente, e pensei que poderia estar subexposta ou clara demais. Então deixei Cecil revelá-la ao passo que eu preparava a fixação. Cecil estava assobiando quando, de repente, emitiu um tremendo "caramba" de espanto e pôs-se em pé em um salto.

— Amy, Amy, olhe aqui! — gritou.

Corri para o lado dele e olhei para a placa enquanto ele a segurava na luz rosada. Era uma fotografia esplêndida, e a casa dos Carroll saiu nítida, com a porta da frente e os degraus à vista.

E ali, no ato de sair da soleira, estava a silhueta de um menino com um velho chapéu de palha na cabeça e — na mão — a carteira!

Ele estava parado com a cabeça virada para o canto da casa como se estivesse ouvindo, com uma mão segurando o casaco esfarrapado e a outra suspensa no ar com a carteira, como se fosse colocá-la no bolso interno. A cena toda estava clara como o meio-dia, e ninguém com os olhos na cabeça poderia deixar de reconhecer Ned Brooke.

— Meu Deus! — arfei. — Coloque aqui, rápido!

E mergulhamos a coisa no banho de fixação e depois nos sentamos sem fôlego e olhamos um para o outro.

— Nossa, Amy — disse Cecil —, que golpe será para os Carroll! Ned Brooke não poderia fazer uma coisa dessas... ah, não! O pobre menino ferido que todos adoram! Eu me pergunto se isso vai convencê-los.

— Você acha que eles vão conseguir recuperar tudo? — perguntei. — Não é provável que ele tenha ousado gastar o dinheiro ainda.

— Não sei. Vamos tentar, de qualquer forma. Quanto tempo antes que a foto esteja seca o suficiente para ser levada aos Carroll como evidência circunstancial?

— Três horas, mais ou menos — respondi —, mas talvez antes. Vou tirar duas impressões quando estiver pronta. Me pergunto o que os Carroll vão dizer

— É pura sorte que a foto tenha saído tão boa depois da maneira descuidada como foi tirada e manejada. Amy, isso não é uma aventura e tanto?

Por fim, a placa estava seca, e imprimi duas provas. Nós as embrulhamos cuidadosamente e marchamos até a casa do sr. Carroll.

Você nunca viu pessoas tão impressionadas como os Carroll ficaram quando Cecil, com ar de estadista revelando as evidências de alguma terrível conspiração contra a paz e o bem-estar da nação, apresentou a placa e as provas e as estendeu diante deles.

O sr. Carroll e Cecil pegaram as provas e foram até o barraco dos Brooke. Eles encontraram apenas Ned e sua mãe em casa. A princípio, Ned, quando acusado de sua culpa, negou, mas quando o sr. Carroll o confrontou com as provas, ele teve um espasmo de terror e confessou tudo. Sua mãe pegou a carteira e o dinheiro — eles não ousaram gastar um centavo sequer —, e o sr. Carroll foi para casa triunfante.

Talvez Ned Brooke não devesse ter se livrado tão facilmente como aconteceu, mas sua mãe chorou e implorou, e o sr. Carroll era bondoso demais para resistir. Então ele não os puniu de forma alguma, a não ser descartando completamente toda a família e suas preocupações. O lugar ficou marcado demais para eles depois que a história se espalhou, e em menos de um mês todos se mudaram — para o bem de Mapleton.

L . M . MONTGOMERY

DO SILÊNCIO

1934

As velhas amigas Anne e Edith brigaram pouco antes que esta última falecesse. Triste e arrependida, Anne vive seus dias amargurada, se agarrando às últimas lembranças da amiga e desejando que a briga nunca tivesse acontecido. Até que um ato altruísta de redenção a leva à verdade sobre Edith.

Anne Hamilton acordara de um sonho com Edith. É uma coisa estranha sonhar com os mortos. No sonho, eles vivem, mas ainda assim, de alguma forma, você sabe que estão mortos. Era a primeira vez que ela sonhava com Edith desde a morte dela, mas embora estivessem caminhando juntas, o rosto de Edith estava virado — sempre virado. Assim, o sonho não era conforto para Anne, e sua memória do rosto de Edith em vida estava se tornando muito turva e indistinta.

Anne tinha um estranho defeito — ou melhor, falta de capacidade. Ela não conseguia se lembrar de rostos que não via há algum tempo. Ela não conseguia evocar em sua mente uma imagem deles como outras pessoas pareciam ser capazes de fazer. Edith estava morta havia seis meses e Anne estava esquecendo como era sua velha amiga.

Não havia nenhuma imagem para ajudá-la. Não havia fotografias de Edith. Era uma mania estranha dela. Ela estava determinada que nenhuma foto sua deveria existir após a morte. Anne nunca foi capaz de convencê-la do contrário.

Fazia seis meses que Edith morrera, mas fazia um ano desde a briga. Aquela briga tola e sem sentido por causa do patife Jim Harvey! Surgiu do nada. Elas já haviam falado bastante de Jim Harvey e nunca brigaram, embora sempre discordassem. Anne não tinha utilidade — nunca tivera nenhuma utilidade — para Jim Harvey. Edith sempre o amou e o defendeu. Que brigassem por causa dele era impensável, mas fizeram isso. Edith estava preocupada com alguma coisa naquele dia. Talvez Anne tivesse sido um pouco indelicada. Uma ferida fora tocada. E elas brigaram amargamente depois de trinta anos de amizade impecável. Teriam feito as pazes se Edith estivesse viva, Anne estava desesperadamente certa disso. Mas Edith partiu logo depois para sua viagem ao exterior, e na Itália o telegrama, enviado por um primo que nada sabia da briga, chegou até Anne, informando que Edith havia morrido repentinamente. Anne enterrou o rosto no travesseiro e gemeu como sempre fazia quando se lembrava da angústia daquele momento.

Quando voltou para casa, as chuvas de outono estavam caindo sobre o túmulo de Edith, e não havia nada para Anne fazer nas noites tempestuosas de inverno que se seguiram, a não ser sentar sozinha e pensar em sua amiga perdida. Nem nos livros ela conseguia encontrar alívio para sua dor. Tudo o que lia a lembrava de Edith. Elas leram e conversaram sobre tantos livros. Havia poemas e passagens que Edith havia marcado. Se não fosse pela briga, essas coisas a teriam consolado. Agora, eram como uma faca enfiada em seu coração.

Owlwood estava fechada e sem inquilino. Nunca mais Anne poderia olhar para a colina e ver a luz de Edith nela. E Edith morrera com raiva dela — sem uma palavra de amor ou lembrança. Ali estava a ferroada intolerável. Anne teria dado qualquer coisa que possuísse para saber que Edith tinha pensado coisas boas dela antes da morte — que desejara reconciliação. Mas isso não poderia ser verdade, pois ela não deixara nenhuma mensagem. Os Hamiltons eram muito amargos e implacáveis quando brigavam. Edith tinha ido para o silêncio do qual nunca nenhuma palavra de reconciliação poderia vir.

A solidão de Anne durante o inverno que se seguiu ao seu retorno a Glenellyn foi terrível. Ela sempre fora uma mulher bastante distante, reservada, de reputação orgulhosa, e não tinha outra amiga íntima. Edith e ela tinham sido tudo uma para a outra. Eram adultas e tinham sido amigas desde a infância. O jovem marido de Edith morrera tão pouco tempo depois do casamento que nunca pareceu a Anne que Edith tivesse realmente se casado. Alastair Graham havia deixado uma fortuna para a esposa, e Owlwood era uma beleza; mas ela passara tanto tempo na modesta casinha de Anne nos arredores de Croyden quanto em sua própria.

Anne conhecera o suficiente da dor em sua vida para saber que, com o tempo, mesmo a lembrança mais amarga se desvanece em uma doçura e uma lembrança nada desagradáveis quando não há veneno nela. Ela sabia que, se não fosse pela briga e pelo fato de Edith não ter feito nenhum gesto de reconciliação mesmo sabendo que estava morrendo, suas lembranças de Edith teriam sido suas companheiras e consoladoras. Ela teria sido livre para imaginar que Edith ainda estava lá, livre para pensar nela nos crepúsculos enluarados que elas amavam, no jardim onde conversaram entre as flores que plantaram. As piadas que haviam saboreado juntas ainda teriam um eco de alegria; até mesmo seus silêncios — o silêncio com Edith tinha sido mais eloquente do que conversar com outra mulher — seriam lindos de lembrar.

Mas agora...

— Meus dias não passam de fantasmas — disse Anne amargamente.

Eles nunca seriam nada além de fantasmas. E ela não era velha — tinha apenas quarenta e oito anos. Longos anos podiam estar à frente dela — anos amargos e vazios. Todas as memórias envenenadas e irritantes.

— Se houvesse uma palavra - apenas uma palavra. Se ela tivesse apenas mencionado meu nome!

A melancolia de seu sonho com o rosto de Edith desviado a acompanhou o dia todo. Tudo era amargurado para ela — a beleza de seu jardim, os amados salgueiros que Edith lhe dera dois Natais antes, o silêncio dourado de sua varanda ao sol, os belos humores da colina sombria a oeste de Glenellyn, os céus suaves de lua nova, a árvore que plantaram juntas em memória de um primo soldado que morrera na guerra. Jim Harvey havia escapado do alistamento por alguma trapaça. Foi algo que Anne disse a respeito disso que provocou a briga. Ela costumava dizer coisas piores que isso para Edith sobre Jim Harvey — aquele canalha franco, amigável e encantador. Edith nunca se irritou. Ela sempre concordara, com tristeza, que ele era um ovo podre.

— Mas não posso deixar de gostar dele — ela costumava protestar caprichosamente. — Ele será gostado. Sei que tudo que você diz dele é verdade. Sei que deveria ter vergonha de um parente que é preguiçoso e fraudador. Tenho vergonha dele - e continuo gostando dele. Acho que é porque ele foi um bebê tão adorável. Até você não pode negar isso. Eu o amei assim que o vi e não consigo deixar de amar as pessoas quando começo. Você pode zombar dele o quanto quiser, Anne. Meu cérebro concorda com cada palavra que você diz. Mas meu coração simplesmente não. Se eu soubesse onde ele está, tentaria ajudá-lo de alguma forma.

Ela sempre foi tão bem-humorada com relação ao ponto de vista de Anne. Explodir como explodira e romper os laços de uma vida! Anne nunca poderia entender.

A prima Lida apareceu naquela noite, cheia de fofocas de família, como sempre. Agora, Anne não suportava a prima Lida. Ela e Edith costumavam se divertir muito com ela. Era mesmo uma velhinha cômica. Anne se lembrou de como Edith costumava "dispensá-la".

— Aquela coisa da Maureen saiu do hospital — disse ela.

Anne estremeceu. "Aquela coisa da Maureen" era a esposa de Jim, a cabeleireira bonita e comum com quem ele se casou. Ninguém da família, exceto Edith, jamais havia reparado nela. Depois que Jim escapou da prisão por peculato, partindo para terras desconhecidas, ela reabriu sua loja e conseguiu sustentar a si mesma, seus filhos e sua tia. Então teve que ir ao hospital para uma cirurgia séria.

— Ela está horrível e não tem um centavo — continuou prima Lida. — Ela não conseguiu pagar o aluguel da loja, então a perdeu. É uma provação para ela, sem dúvida.

Anne se viu sorrindo dolorosamente sobre o que Edith teria feito com isso. Maureen não era a pessoa com quem qualquer primo dos Hamilton deveria ter casado, mas Anne não sabia exatamente o que ela tinha feito para merecer uma "provação". Ela tinha sido fiel a seu expiatório marido e fizera o possível para cuidar dos filhos dele.

— O que será dela? — perguntou Anne.

— Deus sabe — disse a prima Lida com uma voz que parecia muito duvidosa do conhecimento de Deus. — É uma pena que Edith não esteja viva. Ela a teria ajudado, não duvido. Eu sei que ela pretendia deixar algo em seu testamento, mas se foi tão de repente, coitada, que não teve tempo de fazer um. Deveria ser um alerta para todos nós. John Alec deveria fazer alguma coisa. Ele ficou com todo o dinheiro de Edith por ser seu meio-irmão. Mas ele sempre odiou Jim e não vai levantar um dedo para ajudar a pobre viúva.

— Eu vou cuidar dela — afirmou Anne.

Ficou ainda mais espantada do que a prima Lida com seu próprio discurso. Até se pegar dizendo isso, ela não fazia ideia de tal coisa. Mas era o que Edith teria feito.

— Você! Mas eu pensei... e como pode? Você não tem o suficiente para si mesma — protestou prima Lida, com um pouco de indignação em seu tom. Anne estava tirando dele qualquer desculpa para não ajudar Maureen.

— Tenho espaço para eles — disse Anne. — E, de alguma forma, eles serão alimentados.

Várias vezes durante o verão que se seguiu, Anne se perguntou por que tinha sido tão tola. Ela nunca se sentiu reconciliada com o que havia feito. Não tinha sido realmente necessário. Maureen poderia ter colocado as crianças e sua tia em alguma casa e encontrado uma maneira de se sustentar. Em vez disso, ela, Anne, tinha se sobrecarregado ao apoiá-los e — pior ainda — na companhia deles. Anne não se importou com as economias necessárias para esticar sua pequena renda para seis pessoas, para não falar de dois cachorros e um gato. Mas era insuportável ter sua casa invadida e sua vida virada de cabeça para baixo e do avesso. Pois era isso o que parecia.

Não se podia odiar exatamente nenhum deles — Anne teria se sentido bem melhor se pudesse odiá-los. Maureen era uma almazinha comum e de bom coração. Ela zombava de tudo que Anne considerava sagrado e ria, conversava e contava histórias em uma gramática excruciante de manhã à noite. Ela contava todos os detalhes de sua cirurgia a todos que iam a casa. Ela batia as portas e entretinha suas amigas ruidosamente depois que Anne ia para a cama. Ela tinha sobrancelhas feitas e olhos azuis rasos sem nenhum pensamento por trás deles. Ela não tinha ideia do que significava reticência. Ela estava constante e alegremente sugerindo mudanças que melhorariam Glenellyn. Anne ficava horrorizada ao pensar em qualquer mudança. Ela era apaixonadamente leal ao seu lar — com todas as virtudes, com todos os defeitos. E Maureen lhe dava um tapinha condescendente no ombro e lhe dizia que ela era uma coisinha querida e que nada deveria ser mudado se ela não quisesse.

Anne tentou gostar das crianças. Não eram desagradáveis. Mas as coisas que faziam! Dificilmente havia um dia em que não quebrassem alguma coisa. Maureen nunca tentou reprimi-las.

— Mandaram demais em mim quando eu era criança — disse ela. — Meus filhos não serão reprimidos assim. Eles vão curtir a infância.

Talvez elas tenham gostado, mas ninguém mais gostou. E Jimmy estava doente mais da metade do tempo.

— Ele sempre pega tudo o que aparece — Maureen dizia filosoficamente, e deixava os cuidados para Anne e tia Beenie.

Tia Beenie era a que Anne mais detestava. Ela se censurava por isso. Pobre tia Beenie! Bem-intencionada, inofensiva, mas terrível.

Havia algo tão estranho nela. Ela havia perdido a memória quase completa e constantemente murmurava para si mesma de uma maneira senil que Anne achava repulsiva — ainda mais que seus súbitos acessos de riso fútil. Então a memória voltava por alguns momentos e tia Beenie surpreendia a todos com algum comentário bastante racional ou história bem contada.

As pessoas se perguntavam como Anne Hamilton poderia suportar o grupo. Ela mesma se perguntava. A vida era uma espécie de pesadelo. Ela não tinha paz, nem sossego, nem Edith. Pois havia esquecido completamente o rosto de Edith agora e não conseguia encontrar nada além de dor em todas as lembranças de sua companhia. A briga não curada devia doer para sempre. De certa forma, Maureen e sua família foram uma bênção. Eles a impediam de pensar. Ela não tinha chance de pensar. Alguns dos amigos de Maureen estavam sempre indo ou vindo; as crianças estavam sempre se metendo em encrencas; o cachorro estava sempre trazendo ossos ou estragando o jardim; tia Beenie estava sempre vagando e se perdendo ou se trancando no banheiro e esquecendo como destrancá-lo.

— Muitas vezes me pergunto por que você não nos põe para fora — riu Maureen no dia em que Jenny arruinou o novo papel de parede do corredor com impressões digitais gordurosas.

Anne poderia ter se perguntado, se não soubesse. Edith teria cuidado de Maureen. Ela estava fazendo isso por causa de Edith — Edith, que morreu odiando-a.

No dia em que Maureen, as crianças e tia Beenie foram à cidade visitar amigos, Anne olhou em volta com um suspiro de alívio. Um dia inteiro para ficar sozinha! Ela olhou com amor para seus livros antigos, seu piano, seus quadros, seu jardim. Como iria saboreá-los novamente! Ela havia trancado o cachorro no galpão de ferramentas e o gatinho de Jenny no porão. No dia anterior, o gatinho havia desorganizado a casa tendo um ataque e rastejando em um buraco na parede da cozinha atrás do fogão. Anne teve que enviar homens para arrancar metade da parede da cozinha para resgatá-lo. Ela estava com tanta raiva que pretendia eliminar o gatinho. Mas Jenny e Jimmy tinham gritado muito só de pensar nisso, e Maureen implorou e tia Beenie chorou amargamente sem a menor ideia de por que estava chorando... e Anne tinha cedido.

Mas hoje o dia era dela. Um dia maduro de outono, com o ouro pálido dos álamos atrás do jardim. Ela saiu e sentou-se perto deles. Ela não faria nada por uma hora abençoada — nada além de ficar sentada lá no belo silêncio.

E então viu tia Beenie virando a esquina da casa.

Anne sabia o que tinha acontecido. Tia Beenie fugira de Maureen na estação; Maureen dera de ombros, rira e entrara no trem. Tia Beenie apareceria em segurança. Ela sempre aparecia.

Qualquer dia — todos os dias — chega ao fim. Anne pensou que aquele em particular nunca chegaria. Ela não podia trancar tia Beenie no galpão de ferramentas ou no porão. Nem podia impedi-la de falar. A língua de tia Beenie não parava nem por um momento. Ela fez as mesmas perguntas repetidas vezes e chorava se Anne não as respondesse. E terminou o dia caindo nos degraus da varanda dos fundos.

Ela não se machucou nem um pouco. Anne a levou para a sala e a fez deitar no sofá. Tia Beenie era estranhamente obediente e de repente ficou quieta. Ela ficou ali em silêncio por um tempo, de olhos fechados. Anne estava sentada, exausta, em sua cadeira de balanço. Estava cansada física e mentalmente. Sentiu que gritaria se tia Beenie começasse a falar novamente. Tia Beenie o fez, e suas primeiras palavras surpreenderam Anne.

— Foi gentil da parte de Edith enviar o retrato dela para você, não foi?

Seu tom era bastante racional, mas não havia sentido em tal observação. Anne fechou os olhos. Tinha começado de novo. Ela aguentaria ouvir tia Beenie falar sobre Edith?

— Era um retrato muito bom dela — tia Beenie continuou em um tom comovente e pensativo. — Ela disse que sempre odiou a ideia de tirar uma foto, mas pediu para o artista pintar para você. O retrato era como ela – ora, era como ela, em cor e tudo. Ela tinha uma cor tão bonita – e seu cabelo ruivo não era um ácaro cinza. Quanto aos olhos... bem, não eram apenas olhos naquele retrato, eram ela. O que você fez com ele? Nunca o vi por aí.

— Eu não sei do que você está falando — disse Anne, hesitando. — Não existe nenhum retrato de Edith.

— Ah, sim, existe — tia Beenie soava muito astuta. — Eu vi, estou lhe dizendo. Ela o mostrou para mim, para a pobre tia Beenie. Eu estava em Owlwood um dia antes de ela morrer. Ela me mostrou o retrato e me disse que era para você. Ela lhe escreveria uma carta também. Ela colocou os dois em um livro seu que havia pegado emprestado e disse que ia levá-los para você na Itália em seu aniversário. Eu vi. Você não pode enganar a tia Beenie. Eu sou velha, mas sou terrivelmente fofa.

Tia Beenie riu e continuou rindo. Seu breve intervalo de lucidez acabara.

Anne levantou-se trêmula e entrou na biblioteca. Ela andava como uma mulher em um sonho. O livro — tinha sido enviado a ela quando a cunhada de Edith limpara Owlwood. Anne nunca o desembrulhou; ela o escondera no fundo de uma gaveta — aquele livro que ela e Edith haviam lido, marcado; com o qual haviam chorado e rido.

Ela o pegou, removeu o embrulho de papel, abriu-o. Lá estava a carta e o retrato — um esboço em aquarela de Edith. Inacreditavelmente semelhante — o lindo cabelo ruivo, os olhos; tia Beenie estava certa. Eles eram Edith.

Anne sentou-se trêmula em uma cadeira para ler a carta — a carta de Edith.

"Querida das queridas Annes", Edith escrevera com sua bela e única caligrafia. "Acabei de mandar pintar um retrato para você. O filho de Sally tem me visitado. Ele é um artista de renome e fez a coisa certa por mim. Lisonjeou-me um pouco, como era apropriado. Quero que você se lembre de mim como mais bonita do que realmente sou.

"Nós imaginamos que tivemos uma briga? E você imaginou que foi para a Itália em um acesso de raiva? Tudo sonho. Não existe briga entre nós — não poderia existir, quando eu te amo tanto e você me ama. Nós nunca vamos pensar nisso novamente. Estou enviando esta carta e o retrato para o seu aniversário. Espero que chegue a tempo. E eu quero que você volte para casa logo, querida. Porque...

"Vi meu médico hoje. Ele me deu um ano, se eu for cuidadosa.

"Estou contente. Quero ir enquanto ainda estou forte e as pessoas vão sentir minha falta. Sempre tive horror de viver o suficiente para perder o juízo — como a tia Beenie de Maureen.

"No geral estou bem satisfeita com a vida. Tive alguns momentos esplêndidos, algumas grandes emoções vívidas, algumas horas de visões maravilhosas. Sim, valeu a pena viver. E sempre existiu você.

"Então corra para casa para mim. Quero dar mais uma boa risada ainda antes de morrer e só com você posso dá-la. E vamos caminhar sobre a velha colina, sobre a floresta de samambaias foscas — por todos os velhos lugares familiares que amamos. E faremos todas as velhas perguntas não respondidas, pouco nos importando que não haja resposta enquanto formos ignorantes juntas."

A carta estava inacabada. Edith não teria seu ano — nem mais um dia. Mas dizia tudo o que Anne queria saber.

Anne ainda estava sentada ao crepúsculo quando Maureen entrou, com as crianças caindo umas sobre as outras atrás dela.

— Tudo no escuro? Não entendo como alguém pode gostar de sentar no escuro. Me dá arrepios. Mas tenho novidades... e um emprego. Imagine! Encontrei minha velha amiga, Elinor Honway, hoje - o marido dela tem um salão de primeira classe, quer uma assistente - e a pequena Maureen conseguiu o emprego com um salário razoável. Rapaz, mas foi sorte! Vou direto amanhã. Arranjarei um apartamento e levarei as crianças e a tia Beenie. Senhor, ficarei feliz por estar na cidade novamente! Croyden é o limite, acredite em mim. Mas sei que você foi boa, e nunca vou esquecer.

Maureen acendeu a luz.

— Ora... você está chorando. O que foi? Tia Beenie está atormentando você?

— Não, querida. — Anne estava muito calma; ela sentiu que sempre estaria calma dali em diante. Todo o desejo incessante e corrosivo se fora, toda a amargura. Edith era dela novamente, todas as suas memórias intocadas e bonitas. — Estou mesmo muito feliz. Acabei de receber uma mensagem do silêncio - tia Beenie me deu.

Maureen a encarou, depois deu de ombros.

— Às vezes, eu acho que você é quase tão maluca quanto a tia Beenie — disse ela com franqueza. — Mas o que importa, desde que você esteja feliz?

— Sim, o que importa? — disse Anne.

AGRADECIMENTOS

Separadas por cerca de um século, a publicação desta obra e as histórias que ela apresenta chegam aos leitores em uma edição de colecionador financiada coletivamente por mais de 1.300 entusiastas de enredos sombrios.

L. M. Montgomery, Edith Nesbit e Mary E. Braddon viveram em períodos diferentes, mas, quando descobrimos que elas, autoras de romances e fantasias, também se apaixonaram pela escrita de suspenses, soubemos que eram personalidades afins e requeriam uma coleção.

Publicar estas autoras em uma seleção inédita de seus contos antigos é uma honra, e agradecemos a ajuda de cada um dos apoiadores, leitores, profissionais e parceiros desta obra!

Equipe Wish

APOIADORES

A-B-C

A. G. Oliveira, Adriana Alves de Oliveira Gomes, Adriana Aparecida dos Santos, Adriana Aparecida Montanholi, Adriana Barbosa Fraga, Adriana de Godoy, Adriana Ferreira de Almeida, Adriana Francisca de Oliveira Silva, Adriana Gonzalez, Adriana Monte Alegre, Adriana Satie Ueda, Adriana Souza, Adriana Teodoro da Cruz Silva, Adriane Rodrigues da Silva, Adriano Rodrigues Souza, Ágabo Araújo, Agatha Bando Meusburger, Agatha Milani Guimarães, Aisha Morhy de Mendonça, Alana Nycole N Sousa, Alana Stascheck, Alba Regina Andrade Mendes, Alba Valéria Lopes, Alberto Silva Santana, Aldevany Hugo Pereira Filho, Alec Silva, Alejandro Jônathas Ramos, Alessandra Arruda, Alessandra de Moraes Her, Alessandra Koudsi, Alessandra Leire Silva, Alessandra Pedro, Alessandra Simoes, Alessandro Delfino, Alessandro Lima, Alex André (Xandy Xandy), Alex Bastos Borges, Alex Costa, Alexandra de Moura Vieira, Alexandre Adame, Alexandre Nóbrega, Alexandre Roberto Alves, Alexandre Sobreiro, Alexia Américo, Aléxia Moreira de Carvalho, Alexsandro Neri de Melo, Alice Antunes Fonseca Meier, Alice Bispo dos Santos, Alice Désirée, Alice Maria Marinho Rodrigues Lima, Alice Soares Coelho Marques, Aline Cristina Moreira de Oliveira, Aline de Oliveira Barbosa, Aline Fiorio Viaboni, Aline Servilha Bonetto, Aline Viviane Silva, Aliny Fábia da Silva Miguel Oliveira (Alaine), Álisson Rian de França, Allana Santos, Allyson Russell, Alvim Santana Aguiar, Alyne Rosa, Amanda Antônia, Amanda Assis, Amanda Caniatto de Souza, Amanda de Almeida Perez,

Amanda Diva de Freitas, Amanda Leonardi de Oliveira, Amanda Lima Veríssimo, Amanda Pampaloni Pizzi, Amanda Pardinho, Amanda Rinaldi, Amanda Salimon, Amanda Scacabarrozzi, Amanda Vieira Rodrigues, Amaury Mausbach Filho, Amélia Soares de Melo, Ana Amélia G S Francisco, Ana Bárbara Canedo Oliveira, Ana Beatriz Fernandes Fangueiro, Ana Beatriz Mendonça, Ana Carolina Cavalcanti Moraes, Ana Carolina de Carvalho Guedes, Ana Carolina de Oliveira, Ana Carolina Ferreira de Moraes, Ana Carolina Fonseca, Ana Carolina Martins, Ana Carolina Silva Chuery, Ana Carolina Vieira Xavier, Ana Carolina Wagner G. de Barros, Ana Caroline Silva do Nascimento, Ana Clara da Mata, Ana Clara Rêgo Novaes Santos, Ana Claudia, Ana Claudia de Campos Godi, Ana Cláudia Pereira Lima, Ana Claudia Sato, Ana Elisa Spereta, Ana Flávia V. de França, Ana Gabriela Barbosa, Ana Gabriela Barbosa, Ana Gallas, Ana Julia Candea, Ana Laura Brolesi Anacleto, Ana Lethicia Barbosa, Ana Luiza Henrique dos Santos, Ana Luiza Lima, Ana Luiza Poche, Ana Maria Cabral de Vasconcellos Santoro, Ana Paula de Menezes Firmino, Ana Paula Garcia Ribeiro, Ana Paula Mariz Medeiros, Ana Paula Menezes, Ana Paula Velten Barcelos Dalzini, Ana Raquel Barbosa, Ana Spadin, Ana Virgínia da Costa Araújo, Ananda Albrecht, Ananda Magalhães, Anastacia Cabo, Anderson do Nascimento Alencar, Anderson Luiz Silva, Anderson Mendes dos Santos, André Correia, André Maia Soares, André Pereira Rosa, André Sefrin Nascimento Pinto, Andréa Bistafa, Andréa Diaz de Almeida, Andrea Mattos, Andreas Gomes, Andreia Almeida, Andréia N. A. Bezerra, Andresa Tabanez da Silva, Andressa Almada, Andressa Cristina de Oliveira, Andressa Panassollo, Andressa Popim, Andressa Rodrigues de Carvalho, Angela Cristina Martoszat, Angela Loregian, Angela Moreira, Angela Neto, Angelica Oliveira dos Santos, Angélica Vanci da Silva, Angelita Cardoso Leite dos Santos, Anna Beatriz Torres Neves da Silva, Anna Caroline Varmes, Anna Luiza Resende Brito, Anna Raphaella Bueno Rot Ferreira, Anne Diogenes, Anthony Ferreira dos Santos, Antonietta Martins Maia Neta, Antonio Milton Rocha de Oloiveira, Antonio Ricardo Silva Pimentel, Antonioreino, Araí Nrl, Ariadne Erica Mendes Moreira, Ariadne Fantesia de Jesus, Ariane Araújo Ássimos, Ariane Lopes dos Santos, Arnaldo Henrique Souza Torres, Arthur Almeida Vianna, Artur Ferreira, Aryane Rabelo de Amorim, Atália Ester, Audrey Albuquerque Galoa, Augusto Bello Zorzi,

Aurelina da Silva Miranda, Ayesha Oliveira, Bárbara de Lima, Bárbara Kataryne, Bárbara Marques, Bárbara Parente, Bárbara Schuina, Barbara Zaghi, Beah Ribeiro, Beatriz Alencar, Beatriz Gabrielli-Weber, Beatriz Galindo Rodrigues, Beatriz Leonor de Mello, Beatriz Maia de Aquino, Beatriz Petrini, Beatriz Pizza, Beatriz Ramiro Calegari, Beatriz Souza Silva, Beatriz Tajima, Berenice Thais Mello Ribeiro dos Santos, Bia Carvalho, Bia Nunes de Sousa, Bia S. Nunes, Bianca Alves, Bianca B Gregorio, Bianca Barczsz, Bianca Berte Borges, Bianca de Carvalho Ameno, Bianca Santos Coutinho dos Reis, Blume, Brenda Bossato, Brenda Galvão, Brenda Schwab Cachiete, Breno Paiva, Bruna A B Romão, Bruna Damasco, Bruna de Lima Dias, Bruna Grazieli Proencio, Bruna Leoni, Bruna Marques Figueiroa, Bruna Pimentel, Bruna Pontara, Brunno Marcos de Conci Ramírez, Bruno Cavalcanti, Bruno Fiuza Franco, Bruno Goularte, Bruno Hipólito, Bruno Mendonça da Silva, Bruno Moreira Ribeiro Sequeira, Bruno Moulin, Bruno Rodrigo Arruda Medeiro, Caah Leal, Caio Henrique Amaro, Caio Rossan, Caio Souza Pimentel, Caique Fernandes de Jesus, Camila Cabete, Camila Campos de Souza, Camila Cruz, Camila Felix de Lima Fernandes, Camila Gilli Konig, Camila Gimenez Bortolotti, Camila Kahn Raña, Camila Linhares Schulz, Camila Linhares Schulz, Camila Maria Campos da Silva, Camila Nakano de Toledo, Camila Perlingeiro, Camila Villalba, Camilla Cavalcante Tavares, Camille Pezzino, Camille Silva, Carla Costa e Silva, Carla Dombruvski, Carla Kesley Malavazzi, Carla Paula Moreira Soares, Carla Santos, Carla Schmidt, Carla Spina, Carlos Eduardo de Almeida Costa, Carlos Thomaz do Prado Lima Albornoz, Carmen Lucia Aguiar, Carol Beck, Carol Cruz, Carol Garotti & Carol Torim, Carol Maia, Carol Nery Lima Vicente, Carolina Amaral Gabrielli, Carolina Cavalheiro Marocchio, Carolina Dantas Nogueira, Carolina Lopes Lima, Carolina Melo, Carolina Oliveira Canaan, Carolina Vieira, Carolina Yamada, Caroline Benjamin Garcia de Mattos, Caroline de Souza Fróes, Caroline Pereira dos Santos, Caroline Piecha Motta, Caroline Pinto Duarte, Carollzinha Souza, Cássia Alberton Schuster, Catarina S. Wilhelms, Cátia Michels, Cau Munhoz, Cecilia M. Matusalem, Cecilia Morgado Corelli, Cecília Pedace, Célia Aragão, Celso Cavalcanti, Cesar Lopes Aguiar, Christiane Mattoni, Christianne Paiva, Christine Ribeiro Miranda, Cícera H de Amorim Hass, Cinthia Guil Calabroz, Cinthia Nascimento, Cintia A de Aquino Daflon,

Cíntia Cristina Rodrigues Ferreira, Clara Daniela S. de Freitas, Clarice das Mercês Guimarães, Claudia Alexandre Delfino da Silva, Claudia de Araújo Lima, Cláudia G Cunha, Cláudia Helena R. Silva, Cláudia Santarosa, Cláudio Aleixo, Cláudio Augusto Ferreira, Clébia Miranda, Clever D'freitas, Coral Daia, Cosme do Nascimento Rodrigues, Creicy Kelly Martins de Medeiros, Cristiane de Oliveira Lucas, Cristiane Prates, Cristiane Veloso Coelho, Cristina Alves, Cristina Glória de Freitas Araujo, Cristina Lobo Teixeira, Cristina Maria Busarello, Cristina Vitor, Cristine Martin, Cybelle Saffa.

D-E-F

Dandara Maria Rodrigues Costa, Dani, Daniel Benevides Soares, Daniel Kiss, Daniel Taboada, Daniela Honório, Daniela Miwa Miyano, Daniela Nascimento da Silva, Daniela Ribeiro Laoz, Daniela Uchima, Daniele Carolina Rocha de Avelar, Daniele Franco dos Santos Teixeira, Daniella Monteiro Corrêa, Danielle Campos Maia Rodrigues, Danielle Dayse Marques de Lima, Danielle Demarchi, Danielle Mendes Sales, Danielle Moreira, Danila Gonçalves, Danilo Barbosa, Danilo Domingues Quirino, Danilo Pereira Kamada, Danyel Gomes, Danyelle Gardiano, Dariany Diniz, Darla Gonçalves Monteiro da Silva, Darlene Maciel de Souza, Darlenne Azevedo Brauna, David Alves, Dayane de Souza Rodrigues, Dayane Gomes da Silva, Dayane Suelen de Lima Neves, Débora, Debora Coradini Benetti, Débora dos Santos Cotis, Débora Maria de Oliveira Borges, Débora Mille, Deborah Almeida, Déborah Araújo, Déborah Brand Tinoco, Denise Ramos Soares, Diego Cardoso, Diego de Oliveira Martinez, Diego José Ribeiro, Diego P. Soares, Diego Villas, Diego Void, Diogo F. Tenório, Diogo Gomes, Diogo Simoes de Oliveira Santos, Diogo Vasconcelos Barros Cronemberger, Dionatan Batirolla e Micaela Colombo, Divanir Pires, Dolly Aparecida Bastos da Costa, Douglas S. Rocha, Driele Andrade Breves, Drika Lopes, Duliane da C. Gomes, Dyuli Oliveira, Eddie Carlos Saraiva da Silva, Edgreyce Bezerra dos Santos, Edilene Di Almeida, Edith Garcia, Ednéa R. Silvestri, Eduarda Bonatti, Eduarda de Castro Resende, Eduarda Ebling, Eduarda Luppi, Eduarda Martinelli de Mello, Eduardo "Dudu" Cardoso,

Eduardo de Oliveira Prestes, Eduardo Gattini Faleiro, Eduardo Henrique Barros Lopes, Eduardo Lima de Assis Filho, Elaine Aparecida Albieri Augusto, Elaine Carvalho Fernandes, Elaine Kaori Samejima, Elaine Regina de Oliveira Rezende, Elga Holstein Fonseca Doria, Eliana Maria de Oliveira, Eliane Barbosa Delcolle, Eliane Barros de Carvalho, Eliane Barros de Oliveira, Eliane Bernardes Pinto, Eliane da Silva Moraes, Eliane Mendes de Souza, Eliel Carvalho, Elis Mainardi de Medeiros, Elisangela Regina Barbosa, Ellen Vitória de Oliveira Santos, Eloiza Bringhenti, Elora Mota, Elyse Oyadomari, Emanoela Guimarães de Castro, Emanuelly Cristyne Verissimo Evangelista, Emanuelly Rosa Chagas, Emilena Bezerra Chaves, Emily Winckler, Emmanuel Carlos Lopes Filho, Emmanuelle Pitanga, Eric Mikio Sato Peniza, Érica de Assis, Erica do Espirito Santo Hermel, Érica Mendes Dantas Belmont, Erik Alexandre Pucci, Erika Ferraz, Estela Maura Mesquita Carabette, Estephanie Gonçalves Brum, Ester da Silva Bastos, Ester Garcia Ferreira da Silva, Esthefani Garcia, Esthefany Tavares, Eugênia Arteche do Amaral, Evans Cavill Hutcherson, Evelin Schueteze Rocha, Eveline Malheiros, Evelyn Siqueira, Fabiana Aguiar Carneiro Silva, Fabiana Cristina de Oliveira, Fabiana de Oliveira Engler, Fabiana Ferraz Nogueira, Fabiana Martins Souza, Fabiana Oliveira, Yudi Ishikawa, Fabiana Rodrigues, Fabiane Batista da Silva Gomes, Fabio da Fonseca Said, Fabio da Fonseca Said, Fabio Eduardo Di Pietro, Fabiola Aparecida Barbosa, Fabíola Cristina A C Queiroz, Fabíola Ratton Kummer, Família Montecastro, Felipe Andrei, Felipe Andrei, Felipe Augusto Kopp, Felipe Azevedo Bosi, Felipe Burghi, Felipe Moura, Felipe Pessoa Ferro, Fernanda Barão Leite, Fernanda Bononomi, Fernanda Correia, Fernanda Cristina Buraslan Neves Pereira, Fernanda da Conceição Felizardo, Fernanda Dias Borges, Fernanda Fernandes, Fernanda Galletti da Cunha, Fernanda Garcia, Fernanda Gomes de Souza, Fernanda Gonçalves, Fernanda Hayashi, Fernanda Martínez Tarran, Fernanda Mendes Hass Gonçalves, Fernanda Mengarda, Fernanda Reis, Fernanda Santos Benassuly, Fernanda Tavares da Silva, Fernandinho Sales, Fernando da Silveira Couto, Fernando Rosa, Filipe Pinheiro Mendes, Flavia Bensoussan Mele, Flávia Maria Gomes Campos, Flávia Sanches Martorelli, Flávia Silvestrin Jurado, Flávio do Vale Ferreira, Franciele Santos da Silva, Francielle Alves, Francielle Marcia da Costa, Francisco Assumpção, Francisco Roque Gomes, Frank González Del Río.

G-H-I-J

Gabi Mattos, Gabriel Carballo Martinez, Gabriel de Faria Brito, Gabriel Farias Lima, Gabriel Guedes Souto, Gabriel Martini e Cintia Port, Gabriel Nelson Koller, Gabriel Nogueira de Morais, Gabriel Tavares Florentino, Gabriela Maia, Gabriela Araújo, Gabriela Costa Gonçalves, Gabriela dos Santos Gentil, Gabriela Garcez Monteiro, Gabriela H. Tomizuka, Gabriela Mafra Lima, Gabriela Neres de Oliveira e Silva, Gabriela Reis Ferreira, Gabriela Souza Santos, Gabrielle Monteiro, Gianieily Afq Silveira, Giovana Lopes de Paula, Giovana Mazzoni, Giovanna Alves Martins de Souza, Giovanna Batalha Oliveira, Giovanna Bobato Pontarolo, Giovanna Bordonal Gobesso, Giovanna Lusvarghi, Giovanna Romiti, Giovanna Rubbo, Giovanna Souza Rodrigues Bastos, Gisele Carolina Vicente, Gisele Eiras, Gisele Mendes, Giulia Marinho, Glaucea Vaccari, Glauco Henrique Santos Fernandes, Glenda Freitas, Gleyka Rodrigues, Gofredo Bonadies, Gofredo Bonadies, Graciela Santos, Greice Genuino Premoli, Gui Souza, Guilherme Adriani da Silva, Guilherme Cardamoni, Guilherme de Oliveira Raminho, Guilherme Wille, Gustavo de Freitas Sivi, Gustavo Primo, Hajama., Hanah Silva, Hanna Gimli Lucy, Hannah Cintra, Haphiza Delasnieve, Haydee Victorette do Vale Queiroz, Heclair Pimentel Filho, Helano Diógenes Pinheiro, Helena Dias, Helil Neves, Hellen A. Hayashida, Hellen Cintra, Hellen Cintra, Heloísa Vivan, Helton Fernandes Ferreira, Heniane Passos Aleixo, Henricleiton Nascimento Leite, Henrique Botin Moraes, Henrique Carvalho Fontes do Amaral, Henrique de Oliveira Cavalcante, Henrique Luiz Voltolini, Henrique Petry, Hevellyn Coutinho do Amaral, Hiago da S.l, Hitomy Andressa Koga, Hugo P. G. J., Humberto Pereira Figueira, Iara e Clarice, Iara Franco Leone, Igor Senice Lira, Ileana Dafne Silva, Indianara Hoffmann, Ingrid Jonária da Silva Santos, Ingrid Orlandini, Ingrid Rocha, Ingrid Souza, Ingridh Weingartner, Iracema Lauer, Irene Bogado Diniz, Íris Milena de Souza e Santana, Isabela Brescia Soares de Souza, Isabela Dirk, Isabela do Couto Ribeiro Lopes, Isabela Graziano, Isabela Lucien Bezerra, Isabela Moreira, Isabela Resende Lourenço, Isabela Silva Santos, Isabella Alvares, Isabella Alvares Fernandes, Isabella Czamanski, Isabella Gimenez, Isabella Miranda de Medeiros, Isabella T. Perazzoli,

Isabelly Alencar Macena, Isadora Cunha Salum, Isadora Fátima Nascimento da Silva, Isadora Loyola, Isadora Provenzi Brum, Isadora Saraiva Vianna de Resende Urbano, Ísis Porto, Ismael Chaves, Itaiara de Rezende Silveira, Ivan G. Pinheiro, Ivone de F. F. Barbosa, Jaaairo, Jackieclou, Jacqueline Freitas, Jade Martins Leite Soares, Jade Rafaela dos Santos, Jader Viana Massena, Jader Viana Massena, Jady Cutulo Lira, Jailma Cordeiro do Nascimento, Jaine Aparecida do Nascimento, Jamile R., Janaina Paula Tomasi, Jane Rodrigues Pereira Andrade, Jaqueline Matsuoka, Jaqueline Oliveira Barbosa, Jaqueline Santos de Lima Cordeiro, Jaqueline Soares Fernandes, Jaqueline Varella Hernandez, Jeferson Melo, Jennifer Mayara de Paiva Goberski, Jess Goulart Petruzza, Jessica Brustolim, Jéssica Caroline Pereira da Silva de Andrade, Jéssica Caroline Pereira da Silva de Andrade, Jéssica Gubert Tartaro, Jéssica Kaiser Eckert, Jessica Mineia da Silva Rodrigues, Jéssica Monteiro da Costa, Jessica Nayara da Silva Miranda, Jessica Oliveira Piacentini, Jéssica Pereira de Oliveira, Jéssica Saori Iwata Mitsuka, Jéssica Taeko Sanches Kohara de Angeli, Jessica Widmann, Joana Antonino da Silva Rodrigues, Joanna Késia Rios da Silva, João Felipe da Costa, João Herminio Lyrio Loureiro, João Neto Queiroz Sampaio, João Paulo Cavalcante Coelho, João Paulo Cavalcanti de Albuquerque, João Paulo Pacheco, João Paulo Siqueira Rabelo, João Vítor de Lanna Souza, João Vitor Monteiro Chagas, João Vitor Zenaro, Johabe Jorge Guimarães da Silva, Joice Mariana Mendes da Silva, Joiran Souza Barreto de Almeida, Jordan da Silva Soeiro, Jordy Héricles, Jorge Alves Pinto, Jorge Raphael Tavares de Siqueira, José Carlos da Silva, José Eduardo Goulart Filho, José Manoel Martins, José Maria Mendes Dias de Carvalho, José Messias Rodrigues de Araújo, Joselle Biosa Ferreira, Jota Rossetti, Joyce Roberta, Juju Bells, Júlia Antunes Oliveira, Julia Bassetto, Julia da Silva Menezes, Julia Dias, Julia França dos Santos, Julia Gallo Rezende, Júlia Goettems Passos, Júlia Medeiros, Júlia Nascimento Lourenço Souza, Juliana, Juliana Fiorese, Juliana Lemos Santos, Juliana Martins, Juliana Mourão Ravasi, Juliana Ponzilacqua, Juliana Renata Infanti, Juliana Ruda, Juliana Salmont Fossa, Juliana Silveira Leonardo de Souza, Juliana Soares Jurko, Juliana Vijande, July Medeiros, Julyane Silva Mendes Polycarpo, June Alves de Arruda, Junis Ribeiro, Jurimeire, Jussara Oliveira.

K-L-M-N

Kabrine Vargas, Kalina Vanderlei Paiva da Silva, Kalina Vanderlei Silva, Kamylla Silva Portela, Karen Käercher, Karen Pereira, Karen Trevizani Stelzer, Karina Beline, Karina Cabral, Karina Casanova, Karina Cruz, Karina Natalino, Karine Lemes Büchner, Karly Cazonato Fernandes, Karol Rodrigues, Karollina Lopes de Siqueira Soares, Kássio Alexandre Paiva Rosa, Kathleen Machado Pereira, Katia Barros de Macedo, Kátia Marina de A. Silva, Kátia Miziara de Brito, Katia Regina Machado, Katiana Korndörfer, Kecia Rayane Chaves Santos, Keith Konzen Chagas, Keize Nagamati Junior, Kelly Cristina Oliveira, Kelly Duarte, Kelly Freire Delmondes, Kely Cordeiro, Keni Tonezer de Oliveira, Kennya Ferreira, Ketilin Alves, Kevin de Paula, Kevynyn Onesko, Keyla Ferreira, Klayton Amaral Gontijo, Ladjane Barros, Lahys Silva Nunes, Lais Braga, Laís Felix Cirino dos Santos, Laís Fonseca, Lais Pires Queiroz Pereira, Lais Pitta Guardia, Laís Souza Receputi, Laís Sperandei de Oliveira, Lana dos Santos Silva, Lana Raquel Morais Rego Lima, Lara Almeida Mello, Lara Cristina Freitas de Oliveira, Lara Daniely Prado, Lara Ferreira de Almeida Gomes, Lara Marinho Oliveira, Larissa, Larissa Fagundes Lacerda, Larissa Francyélid, Larissa Junqueira Costa Pereira, Larissa Moreti, Larissa Pinheiro, Larissa Sayuri, Larissa Teodoro Sena, Larissa Volsi dos Santos, Larissa Wachulec Muzzi, Larissa Yamada, Larissa Yedda Bentes, Larisse Sanntos Mesquita, Laryssa de S. Lucio, Laryssa Ktlyn, Laryssa Surita, Laura Konageski Felden, Laura Souza Neto Bossi, Lays Azevedo, Lays Bender de Oliveira, Leandro da S. Dias, Leandro de Campos Fonseca, Leandro Fabian Junior, Leandro M Kezuka, Leandro Raniero Fernandes, Leh Pimenta, Leila Maciel da Silva, Leila Maria Torres de Menezes Flesch, Leila Miranda Lúcia Balbino, Leonardo Baldo Dias, Leonardo Fogaça, Leonardo Fregonese, Leonardo La Terza, Leonardo Macleod, Leonel Marques de Luna Freire, Leonor Benfica Wink, Lethícia Roqueto Militão, Letícia Alvarenga, Letícia Bittes Reino, Letícia Cândida de Moura, Letícia Gabriela Lopes do Nascimento, Leticia Izumi Yamazaki, Letícia Pacheco Figueiredo, Letícia Pombares Silva, Letícia Prata Juliano Dimatteu Telles, Letícia Rezende Lisboa, Letícia Silva Siqueira, Lia Cavaliera, Lidiane da Silva Fernandes,

Lidiane Silva Delam, Lílian Vieira Bitencourt, Liliane Cristina Coelho, Lina Machado Cmn, Lis Vilas Boas, Lisiani Coelho, Livia C V V Vitonis, Lívia de Oliveira Revorêdo, Livia Marinho da Silva, Lívia Mendonça, Lívia Poeys, Lorena da Silva Domingues, Lorena Ricardo Justino de Moura., Louise Vieira, Loyse Ferreira, Lua Nascimento, Luan Cota Pinheiro, Luana Andrade, Luana Feitosa de Oliveira, Luana Muzy, Luana Pimentel da Silva, Lucas Alves da Rocha, Lucas Gabriel Rodrigues Corrêa, Lucas La Ferrera Pires, Lucas Ozório, Luciana, Luciana & Gilma Vieira da Silva, Luciana Araujo Fontes Cavalcanti, Luciana Barreto de Almeida, Luciana Liscano Rech, Luciana M. Y. Harada, Luciana Maira de Sales Pereira, Luciana Ortega, Luciana Schuck e Renato Santiago, Luciana Teixeira Guimarães Christofaro, Luciane Rangel, Luciano da Silva Bianchi, Luciano Rodrigues Carregã, Luciano Vairoletti, Luciene Santos, Lucilene Canilha Ribeiro, Lucyellen Lima, Ludmila Beatriz de Freitas Santos, Luis Gerino, Luís Henrique Ribeiro de Morais, Luisa Bruno, Luísa de Lucca, Luísa de Souza Lopes, Luisa Freire, Luisa Mesquita, Luiz Aristeu dos Santos Filho, Luiz Arnaldo Menezes, Luiz Carlos Gomes Santiago, Luiz Felipe Benjamim Cordeiro de Oliveira, Luiz Fernando Cardoso, Luiz Orlando Teixeira Tupini, Luíza Álvares Dias, Luiza Fernandes Ribeiro, Luiza Herrera, Luiza Morais, Luiza Pimentel de Freitas, Luiza Seara Schiewe, Luizana Migueis, Luzia Tatiane Dias Belitato, Luziana Lima, Lygia Ramos Netto, Lygia Rebecca, M. Graziela Costa, M. Ivonete Alves, Mª Helena R. Chagas, Madalena Araujo, Madame Basilio, Mahatma José Lins Duarte, Maic Douglas Souza Martins dos Santos, Maikhon Reinhr, Maíra Lacerda, Maíra Secomandi Falciroli, Manoela Fernanda Girello Cunha, Marcela Andrade Silva, Marcela de Paula, Marcela Paula S. Alves, Marcela Santos Brigida, Marcella Gualberto da Silva, Marcelle Rodrigues Silva, Marcelo Fernandes, Marcelo Leão, Marcelo Trigueiros, Marcia Avila, Marcia Renata J. Tonin, Marciane Maria Hartmann Somensi, Marciele Moura, Márcio Ricardo Pereira, Marco Antônio Baptista, Marco Antonio Bonamichi Junior, Marco Antonio da Costa, Marcos Denny, Marcos Murillo Martins, Marcos Nogas, Marcos Roberto Piaceski da Cruz, Marcus Augustus Teixeira da Silva, Marcus Vinicius Neves Gomes, Margarete Edul Prado de Souza, Maria Alice Tavares, Maria Angélica Tôrres Mauad Mouro, Maria Anne Bollmann, Maria Batista,

Maria Beatriz Abreu da Silva, Maria Carolina Monteiro, Maria Clara Silvério de Freitas, Maria Claudiane da Silva Duarte, Maria Eduarda Blasius, Maria Eduarda de Faria Azevedo, Maria Eduarda Moura Martins, Maria Eduarda Ronzani Pereira Gütschow, Maria Faria, Maria Fernanda Pontes Cunha, Maria Graciete Carramate Lopes, Maria Inês Farias Borne, Maria Isabelle Vitorino de Freitas, Maria Lúcia Bertolin, Maria Renata Tavares, Maria Sena, Maria Teresa, Maria Thereza Amorim Arrais Chaves, Maria Veríssima Chaia de Holanda, Mariana Bourscheid Cezimbra, Mariana Bricio Serra, Mariana Carmo Cavaco, Mariana Carolina Beraldo Inacio, Mariana Coutinho, Mariana D. P. de Souza, Mariana da Cunha Costa, Mariana David Moura, Mariana dos Santos, Mariana Januário dos S. Viana, Mariana Midori Sime, Mariana Reis Marques, Mariana Rocha, Mariana Sommer, Mariane Cristina Rodrigues da Silva, Marianne Jesus, Mariany Peixoto Costa e Sarah Pereira, Maria-Vitória Souza Alencar, Marielly Inácio do Nascimento, Marina, Marina Araújo de Souza, Marina Barguil Macêdo, Marina Brunacci Serrano, Marina Cândido Barreto, Marina Cristeli, Marina de Castro Firmo, Marina Donegá Neves, Marina Lima Costa, Marina Mendes Dantas, Mario Zonaro Junior, Marisa Gonçalves Telo, Marisol Bento Merino, Marisol Prol, Marjarie Marrie, Martha Gevaerd, Martha Lhullier, Martina Sales, Mary Camilo e Thiago Caversan, Maryana A., Mateus Cruz de Oliveira, Matheus de Magalhães Rombaldi, Matheus Goulart, May Tashiro, Mayara C M de Moura, Mayara Neres, Mayara Pereira da Silva, Mayara Policarpo Vallilo, Mayara Silva Bezerra, Maylah Esteves, Meg Ferreira, Melina de Souza, Melissa Barth, Mell Ferraz, Meow Meow, Merelayne Regina Fabiani, Meulivro.jp, Mia Pegado, Michel Ávila, Michel Barreto Soares, Michele Bowkunowicz, Michele Faria Santos, Michele Vaz Pradella, Michelle Gimenes, Michelle Hahn de Paula, Michelle Meloni Braun, Michelle Müller Rossi, Michelle Romanhol, Mih Lestrange, Milena Ferreira Lopes, Milena Nunes de Lima, Milene Antunes, Milene Santos, Millena Marques de Souza, Miller de Oliveira Lacerda, Minnie Santos Melo, Mirela Sofiatti, Miriam Paula dos Santos, Miriam Potzernheim, Mirna Porto, Monallis Cardoso, Mônica Loureiro Baptista, Mônica Sanoli, Monique Calandrin, Monique D'orazio, Monique Lameiras Amorim, Monique Mendes, Monique Miranda, Morgana Conceição da Cruz Gomes, Mucio Alves, Mylena Nuernberg, Nádia Simão de Jesus,

Nadyelle Targino de Lima, Nahuel Mölk, Naira Carneiro, Nalí Fernanda da Conceição, Nancy Yamada, Natali Ricco, Natália Bergamin Retamero, Natalia da Silva Candido, Natalia de Araújo, Natália dos Reis Farias, Natalia Kiyan, Natália Luiza Barnabé, Natalia Noce, Natalia Oka, Natalia Oliveto Araujo Vitor, Natalia Schwalm Trescastro, Natália Wissinievski Gomes, Natália Zanatta Stein, Natalia Zimichut Vieira, Natasha Ribeiro Hennemann, Nathalia Borghi, Nathalia de Lima Santa Rosa, Nathalia de Vares Dolejsi, Nathalia Matsumoto, Nathália Mosteiro Gaspar, Nathalia Premazzi, Nathanna Harumi, Natielle Souza Guedes, Nayara Cruz, Nayara da Silva Santos, Nayara Oliveira de Almeida, Náyra Louise Alonso Marque, Nelson do Nascimento Santos Neto, Newton José Brito, Neyara Furtado Lopes, Nichole Karoliny Barros da Silva, Nicolas Almeida, Nícolas Cauê de Brito, Nicole Führ, Nicole Leão, Nicole Pereira Barreto Hanashiro, Nicole Roth, Nicole Sayuri Tanaka, Nicoly S Ramalho, Nikelen Witter, Nivaldo Morelli, Núbia Barbosa da Cruz, Núbia Silva.

O-P-Q-R

Octavio Campanol Neto, Ohana Fiori, O'hará Silva Nascimento, Olga Yoko Otsuka, Olivia Mayumi Korehisa, Omar Geraldo Lopes Diniz, Oracir Alberto Pires do Prado, Pábllo Eduardo, Palloma Sichelero, Paloma A Cezar, Paloma Kochhann Ruwer, Pâmela Felix Soriano Lima, Pamela Moreno Santiago, Pamela Nhoatto S., Paola, Paola Borba Mariz de Oliveira, Paola de Freitas Oliveira, Patrícia Alexandre da Silva, Patricia Ana Tremarin, Patrícia Ferreira Magalhães Alves, Patrícia G S Neves, Patricia Harumi Suzuki, Patricia Hradec, Patrícia Kely dos Santos, Patricia Lima Zimerer, Patrícia Milena Dias Gomes de Melo, Patrícia Mora Pereira, Patrícia Pereira, Patrícia Pizarro, Patrícia Sasso Marques Correia Prado Batista, Patrícia Zulianello Zanotto, Patrick Wecchi, Paula Cruz, Paula H., Paula Helena Viana, Paula Oquendo, Paula Vargas Gil, Paula Zaccarelli, Paulo Cezar Mendes Nicolau, Paulo Garcez, Paulo Vinicius Figueiredo dos Santos, Pedro Afonso Barth, Pedro Carneiro, Pedro Fernandes Jatahy Neto, Pedro Henrique Morais, Pedro Lopes, Pietra Vaz Diógenes da Silva, Poliana Belmiro Fadini, Poliane Ferreira de Souza, Priscila Daniel do Nascimento, Priscila Erica Kamioka,

Priscila Orlandini, Priscila Prado, Priscilla Ferreira de Amorim Santiago, Priscilla Moreira, Professora Dayana, Quim Douglas Dalberto, Rafael Alves de Melo, Rafael de Carvalho Moura, Rafael Lechenacoski, Rafael Leite Mora, Rafael Leite Mora, Rafael Lucas Barros Botelho, Rafael Miritz Soares, Rafael Wüthrich, Rafaela Barcelos dos Santos, Rafaela de Fátima Araújo, Rafaela Martins, Rafaella Grenfell, Rafaella Kelly Gomes Costa, Rafaella Silva dos Santos, Rafaelle C-Santos, Rafaelle Schütz Kronbauer Vieira, Rahissa Pachiano Quintanilha, Raissa Fernandez, Raíssa Hanauer, Raphael Fernandes, Raphaela Valente de Souza, Raquel Fernandes, Raquel Gomes da Silva, Raquel Grassi Amemiya, Raquel Hatori, Raquel Michels, Raquel Pedroso Gomes, Raquel Rezende Quilião, Raquel Samartini, Raquel V. Ambrósio, Rayane Fiais, Rayane Sousa, Rebeca Aparecida dos Santos, Rebeca Iervolino Fernandes Ferreroni, Rebeca Prado, Rebecka Cerqueira dos Santos, Rebecka Ferian de Oliveira, Regina Andrade de Souza, Regina Kfuri, Rejane F Silva, Renata A. Cunha, Renata Alexopoulos, Renata Asche Rodrigues, Renata Bertagnoni Miura, Renata de Araújo Valter Capello, Renata de Lima Neves, Renata Oliveira do Prado, Renata Pereira da Silva, Renata Roggia Machado, Renata Santos Costa, Renato Drummond Tapioca Neto, Ricardo Ataliba Couto de Resende, Ricardo Rocha, Ricella Delunardo Torres, Rinaldo Halas Rodrigues, Rita de Cássia Dias Moreira de Almeida, Roberta Hermida, Robson Muniz de Souza, Robson Oliveira, Robson Santos Silva (Robson Mistersilva), Rodney Georgio Gonçalves, Rodney Georgio Gonçalves, Rodrigo Bobrowski - Gotyk, Rodrigo Hesse, Rodrigo Matheus Rodrigues de Oliveira, Rodrigo Miranda, Rodrigo Silveira Rocha, Rogério Duarte Nogueira Filho, Ronaldo Antônio Gonçalves, Ronaldo Barbosa Monteiro, Roni Tomazelli, Rosana Maria de Campos Andrade, Rosana Santos, Rosea Bellator, Rosineide Rebouças, Ruan Matos, Ruan Oliveira, Rubens Pereira Junior, Rubia Cunha, Ruth Danielle Freire Barbosa Bezerra.

S-T-U-V-W-X-Y-Z

Sabrina, Sabrina Melo, Samantha Gleide, Samara Aparecida G. Santana, Samara Farias Viana, Sandra Lee Domingues, Sandra Regina dos Santos, Sara Marie N. R., Sara Marques Orofino, Sarah, Sarah Augusto,

Sarah Nascimento, Sayuri Scariot Utsunomiya, Shay Esterian, Sheron Alencar, Silmara Helena Damasceno, Silvana Cruz, Silvana Pereira da Silva, Silvia Maria Antunes Elias, Silvia Maria dos Santos Moura, Silvia V. Ferreira, Silvio Aparecido Gonçalves, Simone Teixeira de Souza, Sofia Kerr Azevedo, Solange Burgardt, Sônia de Jesus Santos, Sophia Gaspar Leite, Sophia Lopes, Sophia Ribeiro Guimarães, Soren Francis, Spartaco Carlos Nottoli, Sr. D.n, Stefani Camila Santos de Souza, Stefânia Dallas, Stelamaris Alves de Siqueira, Stella Noschese Teixeira, Stephania de Azevedo, Stephanie Azevedo Ferreira, Stephanie de Brito Leal, Stephanie Rosa Silva Pereira, Stephanie Rose, Stephany Ganga, Stephany Morais, Suellen Gonçalves, Susana Ventura, Susy Stefano Giudice, Suzana Dias Vieira, Sylvia Feer, Tábata Shialmey Wang, Taciana Maria Ferreira Guedes Nascimento, Taciana Souza, Tácio Rodrigues Côrtes Correia, Tainah Castro Fortes, Tainara Kesse, Taís Castellini, Taís Coppini Pereira, Taise Conceição de Aguiar Pinto, Taki Okamura, Talita Chahine, Talita M Sansoni, Talles dos Santos Neves, Tamires Regina Zortéa, Tamiris Carbone Marques, Tânia Maria Florencio, Tânia Veiga Judar, Tassiane Santos, Tathi Souza, Tatiana, Tatiana Carvalho, Tatiana Catecati, Tatiana Gonçalves Morales, Tatiane de Cássia Pereira, Tatiane Felix Lopes, Tatyana Demartini, Tayane Couto da Silva Pasetto, Taylane Lima Cordeiro, Taynara & Rogers Jacon, Tereza Marques, Terezinha de Jesus Monteiro Lobato, Terezinha de Jesus Monteiro Lobato, Thabata S, Thaiane Pinheiro, Thainá Carriel Pedroso, Thainá Souza Neri, Thairiny Alves Franco, Thais Cardozo Gregorio da Silva, Thaís Costa, Thais Cristina Micheletto Pereira dos Santos, Thais Elen R. Matias, Thaís Ferraz, Thais Martins de Souza, Thais Messora, Thais Moreno Ferreira, Thais Pires Barbosa, Thais Rosinha, Thais Terzi de Moura, Thales Leonardo Machado Mendes, Thalita Oliveira, Thamires Ossiama Zampieri, Thamyres Cavaleiro de Macedo Alves e Silva, Thayana Sampaio, Thayna dos Santos Gonçalves, Thayna Ferreira Silva, Thayna Rocha, Thaynara Albuquerque Leão, Thiago Babo, Thiago de Souza Oliveira, Thiago Oliveira, Thuty Santi, Thyago dos Santos Costa, Tiago Batista Bach, Tiago Queiroz de Araújo, Tiago Troian Trevisan, Ticianne Melo Cruz, Tiemy Tizura, Trícia Nunes Patrício de Araújo Lima, Tyanne Maia, Úrsula Antunes, Úrsula Lopes Vaz, Úrsula Maia, Val Lima, Valdineia C Mendes, Valéria Padilha de Vargas, Valéria Villa Verde, Valkiria Oliveira, Valquiria Gonçalves,

Vanádio José Rezende da Silva Vidal, Vandre Fernandes, Vanessa Akemi Kurosaki (Grace), Vanessa Luana Wisniewsky, Vanessa Ramalho M. Bettamio, Vanessa Rodrigues Thiago, Vanessa Serafim, Vanessa Siqueira, Vera Carvalho, Vera Lúcia N. R., Veronica Carvalho, Verônica Cocucci Inamonico, Verônica Meira Silva, Victor Cruzeiro, Victória Albuquerque Silva, Victoria David, Victoria Karolina dos Santos Sobreira, Victória Loyane Triboli, Victoria Raiol, Victoria Yasmin Tessinari, Vinícius Dias Villar, Vinicius Oliveira, Vinicius Rodrigues Queiroz, Vinicius Sousa, Virgílio de Oliveira Moreira, Viriato Klabunde Dubieux Netto, Vitor Boucas, Vitória Filgueiras M., Vitória Rivera dos Santos, Vitória Sinadhia, Vivian Carmello Grom, Vívian Carvalho, Vivian Ramos Bocaletto, Viviane Côrtes Penha Belchior, Viviane Piccinin, Viviane Vaz de Menezes, Viviane Ventura e Silva Juwer; Mara Ferreira Ventura e Silva, Viviane Wermuth Figueras, Vladi Abreu, Wady Ster Gallo Moreira, Walkiria Nascente Valle, Wand, Wande Santos, Washington Rodrigues Jorge Costa, Wellington Furtado Ramos, Wenceslau Teodoro Coral, Wenderson Oliveira, Wesley Marcelo Rodrigues, Weslianny Duarte, Weverton Oliveira, William Multini, Willian Hazelski, Wilma Suely Reque, Wilma Suely Reque, Wilma Suely Reque, Wilson José Ramponi, Wilson Madeira Filho, Wong Ching Yee, Yahel Mores Podcameni, Yara Guimarães Duarte Marques, Yara Nolee Nenture - Yara Teixeira da Silva Santos, Yasmin Dias, Yasmine Louro, Yonanda Mallman Casagranda, Yuri Cichello Benassi, Yúri Koch Mattos, Yuri Takano, Zaira Viana Paro, Zeindelf, Zoero Kun.

SOBRE A ILUSTRADORA: Ana Milani é artista e ilustradora graduada em arquitetura que transformou hobby e paixão em seu trabalho.

Cria suas artes no tradicional papel, desenvolvendo ainda ilustrações e colagens digitais. Partilha o que faz em revistas, livros e eventos, inspirando-se em artes visuais, história, psicologia e literatura, além da estética do século XIX, do onírico e estranho, com fortes representações de figuras femininas.

Ama, por fim, visitar espaços culturais, a natureza e suas gatas.

EMPRESAS PATROCINADORAS

As empresas a seguir apoiaram a campanha deste livro e, portanto, sempre terão nosso agradecimento. Sua paixão pela arte é reconhecida e apreciada!

MEULIVRO.JP

Uma livraria brasileira no Japão com objetivo levar um pouco da nossa cultura através da leitura.

@meulivro.jp

meulivro.jp@gmail.com

CASATIPOGRÁFICA

Estúdio de diagramação de livros e obras-primas para editoras e autores nacionais.

@casatipografica

www.casatipografica.com.br

Apoio Master

MARATONA.APP

Maratona.app

A plataforma mais emocionante de literatura, vincule seus livros aos desafios de cada maratona, encontre leituras conjuntas, acompanhe seu histórico de foco e adicione que emoções você sentiu lendo as páginas. E não menos importante, respeitamos sua privacidade e contribuição na plataforma.

maratona.app

Apoio Master

UFFO

Objetos de outros planetas prontos para decorar e transformar sua casa. Especial para leitores, geeks e nerds, como nós mesmos somos! Projetos 100% exclusivos, com design assinado pela Uffo. Garantia de itens únicos e com qualidade para você levar para casa ou presentear outros terráqueos.

📷 @uffo.store

www.uffo.com.br

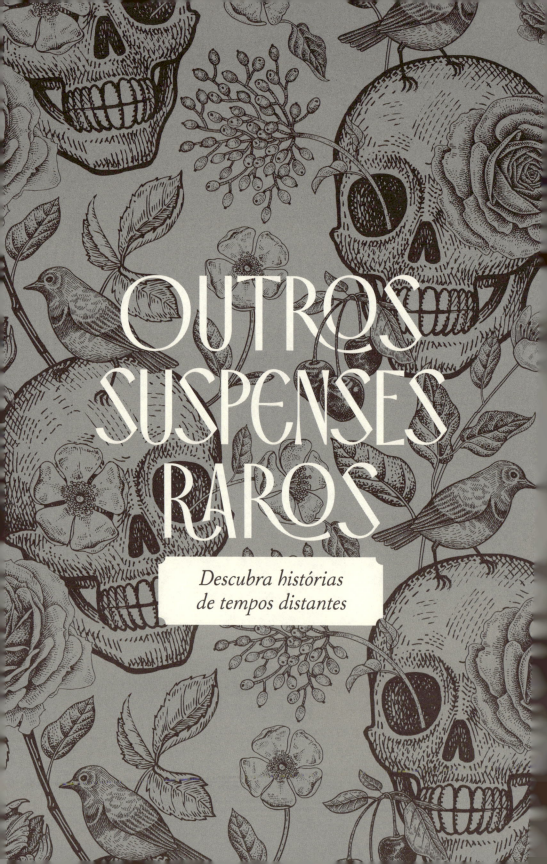

OUTROS SUSPENSES RAROS

Descubra histórias de tempos distantes

Sweeney Todd, o barbeiro demoníaco da Rua Fleet

THOMAS PECKETT PREST E JAMES MALCOLM RYMER

Uma famosa história vitoriana que deu origem ao filme e musical de Sweeney Todd

EDITORA WISH | 320 PÁGINAS

O Anel dos Löwensköld

SELMA LAGERLÖF

Um mistério além-túmulo de 1925 escrito pela autora vencedora de um Nobel

EDITORA WISH | 160 PÁGINAS

Mestres do Gótico Botânico

ALGERNON BLACKWOOD, CHARLOTTE P. GILMAN E OUTROS

Um resgate dos clássicos de horror botânico do período vitoriano

EDITORA WISH | 256 PÁGINAS

A Morta Apaixonada

THÉOPHILE GAUTIER

Um jovem padre vive o celibato e a castidade, mas nada poderia prepará-lo para a chegada daquela vampira

EDITORA WISH & EDITORA CLEPSIDRA | 200 PÁGINAS

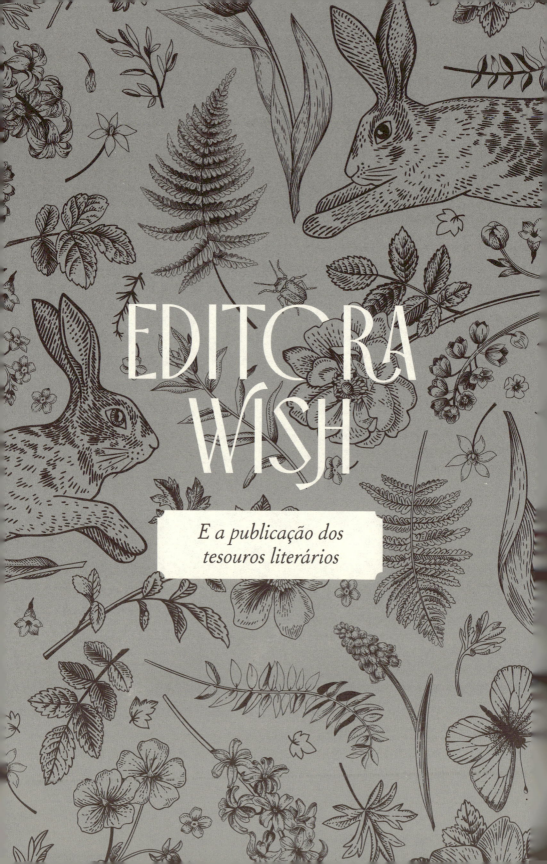

EDITORA WISH

E a publicação dos tesouros literários

A publicação de obras raras e inéditas pela Editora Wish acontece desde o nosso primeiro lançamento, com contos de fadas que nunca tinham sido traduzidos para a língua portuguesa. Acabamos, com o tempo, nos apaixonando cada vez mais pelo passado e seus tesouros escondidos. Enquanto clássicos criam gerações de leitores ao longo das décadas, os raros e inéditos mantêm aceso o fogo da curiosidade sobre o que é diferente do comum. Afinal, quais livros eram lidos e apreciados pelos nossos antepassados? Quais tipos de obras deslumbrantes ou estranhas eles tinham em suas bibliotecas particulares?

A literatura rara e inédita leva a mente para fora do escopo do comum, e direciona nossas lunetas para estrelas nunca antes vistas... Ou quase esquecidas.

A Wish tem o prazer de publicar livros antigos de qualidade e com traduções realizadas pelos melhores profissionais, envelopados em projetos gráficos belos e atuais para agraciar as estantes dos leitores. São presentes para a imaginação repletos de entretenimento e recordações de épocas que não vivemos – mas que podemos frequentar através de incríveis personagens.

EQUIPE WISH

Este livro foi impresso na fonte
P22 Stickley Pro, com características
clássicas das antigas tipografias, em papel
Pólen® Bold 70g/m² pela gráfica Geográfica.

Os papéis utilizados nesta edição
provêm de origens renováveis.

Publicamos tesouros literários para você
www.editorawish.com.br